DREAMBOOKS★

두 번 사는 랭커

사도연 판타지 장편소설

ORIGINAL FANTASY STORY & ADVENTURE

dream
books
드림북스

두 번 사는 랭커 27 스퀘테

초판 1쇄 인쇄 2020년 8월 7일
초판 1쇄 발행 2020년 8월 24일

지은이 사도연
발행인 오영배
편집 편집부
일러스트 우문
표지·본문 디자인 오정인
제작 조하늬

펴낸곳 (주)삼양출판사 · 드림북스
주소 서울시 강북구 도봉로 173
대표 전화 02-980-2112 **팩스** 02-983-0660
편집부 전화 02-987-9393 **팩스** 02-980-2115
블로그 blog.naver.com/dreambookss
출판등록 1999년 3월 11일 제9-00046호.

ISBN 979-11-283-9912-1 (04810) / 979-11-283-9659-5 (세트)

드림북스는 (주)삼양출판사의 판타지 · 무협 문학 브랜드입니다.

ORIGINAL FANTASY STORY & ADVENTURE

사도연 판타지 장편소설

27

두 번 사는 랭커

| 스퀴테 |

dream
books
드림북스

목차

Stage 80. 스퀴테   007

Stage 81. 신화 붕괴   251

Stage 80.
스퀴테

배광이 빚어내는 세상은 아주 아름다웠다.

노출된 존재들을 강제로 안식에 들게 만들던 올포원의 빛과 다르게, 그들이 빚어내는 빛은 하나같이 죽음의 기운과 투쟁의 기운을 뒤섞어 전혀 다른 기질을 자랑하고 있었다.

[더 많은 칠흑의 속성을 획득하였습니다.]

……

[신앙 수치가 가파른 속도로 쌓이고 있습니다.]

[신앙 수치가 첫 번째 임계점을 돌파하였습니다!

자격과 조건이 충족되어 그동안 확인이 불가능했던

'칠흑왕의 형틀'에 대한 정보가 일부 해제되었습니다. 자세한 사항은 정보창을 확인해 주시기 바랍니다.]

……

[죽음의 개념이 강화되었습니다.]

[죽음의 개념이 강화되었습니다.]

[소지한 권능들의 위력이 강화되었습니다.]

……

[당신에 대한 죽음의 신들의 충성도가 상승하였습니다.]

[당신에 대한 죽음의 악마들의 충성도가 상승하였습니다.]

……

[칠흑왕이 인식하고 있는 당신의 존재감이 한층 더 짙어집니다.]

[칠흑왕이 '이번 꿈'에 대해 자그마한 흥미를 갖기 시작합니다. 당신에게 한 가지 선물을 내리고자 합니다!]

연우는 칠흑왕이 자신에게 관심을 가지고 힘을 실어 주려 하는 기색이 내심 걸렸다.

역시나 힘이 반가우면서도, 그에게 단단히 얽힐까 봐 신경이 바짝 곤두섰던 것이다.

아직까지 칠흑왕에 비하면 자신은 한 줌의 모래와도 같은 존재. 그가 마음만 먹는다면 그동안 자신이 쌓은 모든 것들이 송두리째 사라질 게 뻔했기 때문이었다. 오히려 지금은 그의 환심을 사는 게 더 좋을지도 몰랐다.

그러면서도 한편으로는.

'이번 꿈?'

연우는 메시지 중에서 유독 한 단어가 눈에 밟혔다.

꿈이라니.

이게 대체 무슨 뜻일까?

자신이 칠흑왕이 품고 있던 여러 개념 중 '죽음'을 가져갔듯이, 하르모니아가 '꿈'을 가져간 건 알고 있었다.

하지만 정확하게 하르모니아는 꿈속 세계를 제멋대로 유영하면서 여러 사람들의 무의식에 침입하고, 이를 바탕으로 공허의 힘을 끌어 올리는 것일 뿐. 이것과는 조금 의미가 다른 것 같았다.

'이번이라는 건…… 다른 꿈도 있다는 건가?'

[시차 괴리]

연우는 한껏 빨라진 의식 흐름 속에서 판단을 빠르게 정리해 보고자 했다.

얼핏 짐작되는 건 있었다.

　—너는 '몇 번째'의 나인 거지?

크로노스의 과거를 엿보았을 때. 크로노스는 어린 시절 우라노스의 명령에 따라 다른 형제들과 함께 칠흑의 늪을 방문한 적이 있었다.

태초에 우주가 생기면서 버려진 구획. 신과 악마를 구분 짓지 않고 모든 존재를 빠뜨려 집어삼킨다는 그곳에서, 크로노스는 마성을 만났다. 당시에 녀석이 던진 질문이 바로 저것이었다.

그리고.

　—나는 몇 번이나 돌고 돈 걸까?

　—뭐, 아무래도 좋아.

　—이번에도 될 때까지 해 보면 될 테니까.

추가로 다른 말들을 내뱉기도 했다.

크로노스는 그 말들에 의문을 가지면서도 마성에 의해 신열(神熱)을 겪느라 생각을 길게 잇지 못했다. 그리고 겨우겨우 회복하고 나서부터는 '거짓말처럼' 저 말들을 모두 잊고 지냈다.

지워진 건 아니었다. 그저 별로 중요치 않은 기억이라고 무의식이 자의적으로 판단해 저 깊은 기억의 늪에다 묻어 뒀을 뿐이었다. 연우는 크로노스의 기억을 읽던 도중에 그것을 확인한 것이었고.

그래서 연우는 혹 여기에 대해 아는 게 있는지 크로노스에게 물었고.

『아니. 나도 짐작 가는 바가 전혀 없다. 너도 알다시피 나는 말만 칠흑왕의 사도였을 뿐이지, 정작 그에 대해서 알고 있는 건 전혀 없었으니까. 권능을 깨우친 것도 대부분 마성에 의해서 '저절로' 알게 된 것뿐이었어.』

결국 자세한 건 전부 마성이 알고 있단 뜻이었다.

'어차피 이 탑을 깨고 나면 칠흑왕과는 어떻게든 조우해야만 해. 늪에도 언젠가는 갈 생각이었고. 그때…… 차차 알아보면 되겠지.'

그보다 칠흑왕이 준다고 하는 '선물'이란 게 대체 무엇일까?

메시지가 이어서 떠올랐다.

[칠흑왕이 왼손의 약지 한 마디를 잘랐습니다.]
[칠흑왕으로부터 선물이 도착하였습니다!]

휘휘휘!
연우의 손바닥 위로 검은 구슬이 내려앉았다.
마치 칠흑을 끄집어내어 곱게 조각한 것처럼 아름답게
반짝이는 구슬.

[칠흑옥(漆黑玉)]
종류: 측정 불가
등급: 측정 불가
설명: 칠흑왕이 내린 성물(聖物). 그 쓰임새는 알
아내기 전까지 알 수 없다.

너무 간단한 설명.
종류와 등급이 '측정 불가'로 판정되는 걸 보니, 탑의 시스
템도 파악하기 힘들 정도로 대단한 물건이라는 건 확실했다.
이 속에 담긴 칠흑의 양과 질 또한 여태껏 보았던 어떤
물건과도 궤를 달리하고 있었다.

이미 웬만한 신격들쯤은 발아래로 볼 정도로 높은 경지에 오른 연우조차 섣불리 손을 대는 게 꺼려질 정도였으니까.

[77층을 공략 중인 신들이 성물, '칠흑옥'을 감지하고 두려움에 몸을 떱니다!]
[대부분의 신들이 경악한 얼굴로 '칠흑옥'을 바라봅니다!]
[모든 악마들이 강한 충격에 빠졌습니다!]

['말라흐'의 서기장, 메타트론이 침묵에 잠깁니다.]
['르 인페르날'의 수좌, 바알이 아무런 대답을 내놓지 않습니다.]

천계의 반응도 다르진 않았다.
올포원을 상대하느라 정신이 없을 여러 신들조차도.
무엇보다 충격적인 것은.
'약지를 잘랐다고?'
이것이 칠흑왕이 가진 힘에 비하면 아주 사소한 것에 불과하다는 것이다.

앞뒤 정황을 봐서는 이게 손가락 한 마디를 잘라 보낸 물건인 게 분명한데…… 그것만으로도 이만한 힘을 보낼 수 있다면, 대체 본체는 어느 정도인지 짐작도 가지 않을 정도였다.

더구나 가장 큰 문제는 쓰임새가 도저히 짐작이 가질 않는다는 점이었다.

용도를 알아내지 못한다면 불필요한 물건일 게 분명했다. 이래서야 무용지물이나 다름없었다.

'놀림을 받고 있는 것 같은데.'

연우는 어쩐지 칠흑왕이 선물을 두고 전전긍긍할 자신을 지켜보기 위해, 혹은 시험해 보기 위해 이런 짓을 한 게 아닐까 하는 생각이 들었다.

다행히 의문은 오래 가지 않았다.

『이건……!』

크로노스의 반응이 심상치 않았으니까.

"아버지는 이게 무엇인지 아십니까?"

『……알다마다. 모를 수가 없는데.』

크로노스가 한차례 숨을 고르면서 말했다.

『스퀴테의 메인 코어다.』

"……!"

연우는 칠흑옥을 보면서 눈을 아주 크게 떴다.

스퀴테.

크로노스가 신왕 시절에 사용했다던 대신물.

크로노스는 올포원의 '빛'을 벨 수 있는 유일한 물건으로 스퀴테를 추천했고, 연우도 언젠가 이것을 만들 생각을 하고 있었다. 그리고 올포원 레이드를 시작한 지금은 〈음검〉과 함께 반드시 필요한 물건이기도 했다.

다만 스퀴테를 만드는 데 가장 중요한 아다만트의 대부분을 시의 바다가 독점하고 있어 잠시 놔두고 있는 중이었다.

원래 연우는 빛의 세계로 침투한 뒤, 페렌츠 백작 등을 구하고 나서 곧장 스퀴테 제작에 들어갈 생각이었다.

한시가 촉박한 상황에서 말도 안 되는 짓이라 할 수도 있었지만.

유일신 경쟁처럼 시의 바다가 보이는 동태가 심상치 않고, 말라흐와 르 인페르날도 독자적인 움직임을 보이려 하는 등, 연우로서도 도저히 어떻게 제어할 수 없을 정도로 상황이 급박하게 돌아가고 있었기 때문에 어쩔 수 없는 선택이었다.

그래도 이렇게 급박한 순간에도 스퀴테를 만드는 것에 대해 생각해 둔 바가 따로 있었기 때문에 크게 걱정하지는 않았다.

같은 목표가 생긴 이상, 시의 바다에서도 아다만트를 계속 독점하고 있을 이유는 없을 테니.

그런데.

전혀 생각지도 못한 방식으로 칠흑왕으로부터 스퀴테와 관련된 재료를 받게 되었으니 놀랄 수밖에.

『당연한 말이지만, 스퀴테를 제작하는 데 필요한 건 아다만트만 있는 건 아니다. 성질 변화를 위해서는 다른 재료들도 필요하고…… 그런 건 대부분 포포와 페페가 어떻게든 구해 줄 수 있다고 하니 별다른 걱정은 하지 않았어.』

"하지만 칠흑옥에 대해서는 말씀한 적이 없지 않으십니까?"

『그야 비그리드가 있으니까. 아무리 많이 무뎌졌다지만, 이 자체가 칠흑옥으로 만들어졌으니 스퀴테를 만드는 데는 크게 지장이 없었거든.』

"……쉽게 말해, 이대로 진행했으면 하급의 스퀴테 정도는 나왔을 거란 말씀이시군요."

『죽음의 태엽을 네가 그만큼 강화시켜 놨으니, 그 정도 차이쯤은 쉽게 메울 수 있겠다 싶었으니까. 그런데…….』

크로노스가 허망하다는 듯이 작게 중얼거렸다.

『이렇게 갑자기 주어질 거라고는.』

크로노스는 과거 칠흑옥을 얻기 위해 수도 없이 많은 퀘

스트를 진행하고, 그만큼 고생했던 나날들을 떠올리고는
고개를 절레절레 흔들었다.

그러면서도 영혼이 부르르 떨릴 정도로 소름이 끼치는
것을 느껴야만 했다.

『이거 완전히 머릿속을 훤히 읽히고 있는데, 아들아?』

연우는 무겁게 고개를 끄덕였다.

스퀴테 제작은 아직 일행들 중 누구에게도 말하지 않았
던 비밀.

하지만 칠흑왕은 깊은 잠에 빠져 의식을 제대로 차리지
못하고 있는 상황인데도 불구하고, 자신에 대해 모든 것을
인지하고 있었다.

두려움이 저절로 들지 않는다면 그게 더 이상했다.

『시험을 해 보려는 건가. 후계로서의 자질을?』

연우는 무겁게 고개를 끄덕였다.

칠흑옥은 여전히 두려운 파장을 뿜어내고 있었다.

"그리고 이왕에 대리전(代理戰)도 같이 벌어 보려는 것이
겠지요."

칠흑왕을 공허 밑바닥에 처박은 게 바로 천마라는 것을
감안한다면.

그리고 올포원이 그런 천마의 아들이라는 것을 감안한다
면, 사실 이건 당연한 일이었다.

칠흑왕으로서는 자신이 후계자로 점지한 연우와 하르모니아가 올포원을 레이드하는 것을 성공하기를 바랄 수밖에 없었다. 그래야만 천마의 콧대를 납작하게 눌러 줄 수 있을 테니까. 그래야만 잠에서 깨어날 방법도 강구할 수 있을 것이다.

그러니 연우에게 힘을 빌려주려는 것 같았다. 아마 다른 후계자인 하르모니아에게도 비슷한 지원이 있을 게 분명했다.

'기분 나쁘군.'

연우로서는 자신의 계획이 몽땅 들통난 것으로도 모자라, 이용까지 당한다는 사실이 영 불쾌했다.

이건 칠흑왕의 지원과는 별개였다. 전적으로 자신을 희롱하는 것이나 마찬가지였으니까. 압도적인 힘을 자랑하는 존재의 압제는 언제나 짜증만 부르는 법이었다.

그래도.

일단은 칠흑왕이 원하는 대로 어울려줘야겠지.

그 순간, 느려졌던 세계의 시간이 되돌아오고.

쿠쿠쿠쿠!

이제는 연우의 신도로 변모한 죄수들이 허공으로 튀어 오르는 것이 보였다.

칠흑의 축복을 통해 사기와 투기를 겸비하게 된 그들은 여태껏 억눌렸던 세월과 울분을 한꺼번에 분출하기라도 하듯, 막강한 기세를 떨치고 있었다. 페렌츠 백작과 흡혈군주가 선두에 서서 사방에서 쏟아지는 광선들을 빠르게 쳐 나갔다.

라플라스는 여전히 기쁜 듯이 크게 난동을 피워 대고 있었다.

『페렌츠, 최대한 시간을 벌어라. 스테이지 외부에서는 아테나와 올림포스가 도와줄 테니 적극 협조하도록 하고.』

『명에 따르겠습니다.』

페렌츠 백작은 이유 따윈 묻지 않았다. 그저 맹목적인 충성만 있을 뿐. 그들에게 있어 이번 싸움은 압제에 대한 투쟁이자, 그들에게 새로운 기회를 준 신을 위한 성전(聖戰)이었다.

수석 사도인 아테나에게는 따로 계획을 일러두었으니, 전황을 거기에 맞게 지휘해 줄 것이다.

올림포스.

망자 거인.

사룡.

아르티야.

성전의 신자들.

그 외에 여러 권속들까지.

'죽음의 행진'이라는 이름하에 모두가 맹활약을 하고 있었다. 온통 '빛'만 가득하던 77층에 칠흑이 조금씩 번지고 있었다.

이로써.

'판은 만들어졌다.'

원하던 대로 천계와 관리국, 시의 바다 등 여러 말들도 제 위치를 잡았다.

그리고 이제 남은 건.

'거기서 왕을 잡는 것.'

그리고 그러기 위해서는 마지막 포석이 필요했다.

'스퀴테.'

연우가 눈을 감았다.

의식이 깊게 가라앉았다.

[죽음의 태엽이 맹렬하게 회전합니다!]
[시간의 태엽이 천천히 감깁니다!]

목에 건 회중시계의 속도가 처음으로 느려지기 시작했다.

그리고.

모든 세상이 마치 '정지'라도 한 것처럼 아주 고요하게 흘렀다.

＊　　　＊　　　＊

『혹시나 했는데. 역시 이곳으로 오셨군요.』

연우가 다시 눈을 뜬 곳은 심연이었다.

무의식 세계에서도 가장 깊은 곳. 태곳적부터 현재에 이르기까지, 수많은 생명체와 영혼들이 보유한 인식(認識)과 사념(思念)이 뭉쳐진 원형(Arche—Type)의 거대 '문' 앞에 하르모니아는 여전히 문지기처럼 서 있었다.

일전에는 여기까지 닿기 위해 수도 없이 많은 시간을 지나야만 했지만, 이미 한 번 닿았던 적이 있는 곳이기에 이번에는 쉽게 도착할 수 있었던 것이다.

연우는 하르모니아의 뒤편에 있는 '문'을 잠깐 보면서 기이한 눈빛을 보였지만, 곧 관심을 거두고 하르모니아를 보았다.

"다른 잡설은 걷어치우고, 바로 본론부터 들어가지. 난 스퀴테가 필요해. 아다만트, 얼마나 갖고 있지?"

＊　　　＊　　　＊

[시간의 태엽이 아주 느릿한 속도로 천천히 감기고 있습니다!]

[신위가 작동 중입니다.]

[불완전한 신위입니다. 태엽이 작동되는 시간이 길어질수록 손상 정도가 극심해질 수 있습니다. 자칫 영구 손상이 올 수 있으니 작동에 유의해 주시기 바랍니다.]

[태엽이 작동되는 동안, '탑'을 둘러싼 '작은 굴레'가 천천히 굴러갑니다.]

['작은 굴레'의 영향에 놓인 존재들이 이것을 인지하지 못합니다.]

['작은 굴레'에 의해 시간의 태엽에 가중되는 무게가 더해집니다.]

[시간의 태엽에 과부하가 걸렸습니다.]

[칠흑왕이 당신의 행동에 큰 흥미를 보입니다!]

시간의 태엽.

'죽음'과 함께 과거에 크로노스로 하여금 신왕좌에 앉게 해 주었던 것.

이것이 있었기에 크로노스는 전 우주를 제멋대로 유린하면서 올림포스의 전성기를 이끌 수 있었다.

사용하기에 따라서는 과거와 미래를 엿보는 전지(全知)

의 도구가 될 수 있었고, 사회의 힘을 빌린다면 '굴레'를 돌리는 만능의 보구가 되기도 했기 때문이었다.

물론, '굴레'를 돌리는 것은 '황'쯤 되는 위대한 존재에게나 허락되는 것.

여러 의지와 행동이 인과율이 되어 뒤섞이는 기록들을 강제로 소거하고, 제 입맛대로 쓰고자 하는 행위로 전락할 수 있기 때문이었다. 때문에 그도 좀처럼 시도하지 않는 것이었다. 거기에 따른 후유증도 아주 큰 편이었고.

하지만.

그런 건 어디까지나 전 우주의 역사에 해당하는 '큰 굴레'에 해당하는 것일 뿐.

그보다 범위가 훨씬 좁은 '작은 굴레'라면 이야기는 조금 달라지게 된다. 그마저도 직접 손을 대고자 하는 부분이 적다면 부담은 더 확 줄어들 수밖에 없었다.

그래서 크로노스는 소싯적에 시간의 태엽을 아주 유용하게 사용하곤 했다.

'작은 굴레'를 아주 느리게 굴리거나 빠르게 굴리는 것으로 시간적인 이점을 취하거나, 때로는 정지를 시켜서 죽음을 수확하기도 했다.

시공간을 제멋대로 유린할 수 있다는 것. 그것만큼 전능(全能)에 가까운 힘이 어디에 있을까.

그리고.

연우는 그런 크로노스의 방식을 모방하고자 했다.

시간의 태엽은 아직까지 복구가 완료되지 않아 정지는 불가능하다. '작은 굴레'를 느리게 돌리는 것에도 한계가 있었다. 영구 손상을 입는다면, 동생의 사념체가 크게 다칠 우려가 있었다.

하지만.

『걱정 마. 그동안 밥값만 축냈었는데. 이제는 이 정도라도 해야 하지 않겠어?』

차정우의 사념체는 오히려 자신에게만 맡겨 두라는 식으로 가슴팍을 두들겼다.

『회중시계에 있는 동안 태엽을 감는 건 수도 없이 연습하고 연구했으니까. 아마 이것만 따지면 형도 나를 못 따라올걸? 그러니 후딱 다녀와. 부족분은 칠흑으로 채우면 되는 거고. 그리고 아버지도 계시잖아?』

회중시계를 쇠사슬과 연결시키면 칠흑의 기운이 태엽 안으로 스며들게 된다. '작은 굴레'를 굴리는 정도의 힘을 보충해 주는 것이다.

『내가 어떻게든 버티고는 있겠다만, 그래도 최대한 서둘러라. 녀석이 눈치챈다면 시간의 태엽에도 어떻게 손을 댈지 모르니.』

그래서 연우는 동생과 아버지에게 뒤를 부탁한 채로, 심연에 들어오게 되었다.

그들이 시간을 벌어 주는 동안 스퀴테를 완성하기 위해서.

1분 1초가 급했다.

　＊　　　＊　　　＊

『'작은 굴레'를 느리게 감으면서 77층의 스테이지를 흔드는 동안, 자신은 필요한 무기를 완성한다…… 확실히 당신다운 생각입니다.』

이전에도 봤던 것처럼. 하르모니아는 엄청난 체구를 자랑하고 있었다.

정말 여름여왕의 쌍둥이가 맞나 싶을 정도로 비대한 크기. 거기다 비늘의 색깔도 흑요석처럼 반짝이는 칠흑색이었다. 여름여왕이 불 속성을 지닌 레드 드래곤이었단 것을 떠올린다면 비정상적인 일이었다.

어쩌면 시의 바다를 만들고, 칠흑왕의 후예가 되면서 모든 속성이 근본부터 바뀌었을지도 모르는 일이었다.

연우도 한차례 영혼을 해체하고 재조립하면서 칠흑에 더 긴밀하게 다가간 상태였으니까.

"여유 시간이 그렇게 많은 게 아니라서. 묻는 거에나 대답하지 그래? 아다만트, 얼마나 있지?"

77층은 스테이지가 통째로 올포원, 그 자체라고 봐도 과언이 아니었다. 천계와 하계가 구분 없이 위아래로 공략을 시도하고 있으니, 올포원도 똑같이 흔들리고 있는 것이다.

하지만 올포원이 시스템의 화신으로 있는 이상, 결국 장기전으로 간다면 녀석이 이길 수밖에 없었다.

그러니 그 안에 어떻게든 무기를 완성해야만 한다.

연우는 이곳에서 하르모니아와 농담 따먹기로 시간을 허비할 생각이 추호도 없었다.

『일단은 얼굴을 보고 이야기를 나누는 게 좋을 것 같네요.』

츠츠츠!

하르모니아는 연우를 굽어보는 게 힘든 듯, 폴리모프를 시도해 작은 소녀의 모습을 갖췄다. 큰 곰 인형을 안고 있으면 귀여울 것 같은 모습.

연우는 저도 모르게 인상을 팍 찡그렸다.

"따지자면 세샤의 외할머니가 되는 건데. 그런 모습을 하고 있으면 쪽팔리지는 않나?"

"개체마다 취향은 다 다른 법이니까요. 오히려 이런 모습을 손녀가 더 좋아하지는 않을까요? 자기와 눈높이를 맞춰서 같이 놀 수 있으니까요. 친구 같은 할머니…… 좋지 않나요?"

연우는 혀를 가볍게 찼다.

이래저래 지적하고 싶은 것도 많고, 의문도 많이 가는 존재였지만. 지금은 그런 걸 신경 쓸 때가 아니겠지.

약속대로 그와 시의 바다는 잠시간이나마 공동 전선을 갖춘 상태였고, 이는 올포원 레이드가 끝날 때까진 깨지지 않는다.

그리고 연우로서도 그것을 깰 생각이 없었다.

만약 뒤통수를 쳐서 얻을 이익이 크다면 곧장 배신을 상정해 보겠지만, 지금은 그래서야 자중지란만 일어날 뿐이었으니까.

"탑 내에 있던 것뿐만 아니라, 외부의 다른 우주에서 나는 아다만트도 전부 시의 바다에서 가져갔다고 들었는데."

"사실이에요. 저희가 독점하고 있어요."

"나눠 줄 수 있나?"

"매점매석 모르나요? 꽤나 비쌀 텐데."

"돈은 얼마든지 내어 주지."

"바이 더 테이블의 수장과 관계가 가깝다고 하더니. 사실이었나 보네요."

연우는 잠시간 대답을 하지 않고 눈을 가늘게 좁혔다. 크로노스와 프레지아 간의 관계는 아직 외부에 밝혀진 바가 전혀 없을 텐데? 그걸 대체 어떻게 알게 된 거지?

'내부에서…… 새기라도 했나?'

하지만 여기에 대해서는 연우도 다른 사람에게 말해 준 바가 없었기 때문에 더 소름이 끼칠 수밖에 없었다.

어쩌면 바이 더 테이블 쪽에서 정보가 새어 나간 것일 수도 있지만, 그들이 원래 얼마나 철저한 보안 체계를 보유하고 있는지를 감안한다면 그것도 무섭긴 매한가지였다.

자칫 그가 이후 벌이려는 계획 같은 것들도 전부 어떻게든 하르모니아에게로 흘러 들어갈 수 있는 것이니까.

하르모니아는 그런 연우의 생각쯤은 알고 있다는 듯 가볍게 웃었다.

"말씀드리지 않았나요? 저희는 어디에나 존재하지 않으면서도 존재한다고."

"……."

"하지만 저도 이 이상은 모르고 있답니다. 여기에도 한계가 있기 마련이니까요."

저 말을 믿어야 할까, 말아야 할까? 믿을 수 있다면 어디까지 믿어야 할까? 기만은 어디까지 닿아 있는 걸까?

"안타깝게도 아다만트는 저희도 쓸 데가 있어 겨우겨우 모아 놓은 것이라서요. 함부로 내놓기는 힘들어요."

순간, 연우의 눈이 빛났다.

내놓기 힘들다는 것.

거절이 아니었다.

조건이 맞는다면 얼마든지 내어 줄 수도 있다는 뜻이었
다.

"원하는 게 뭐지?"

하르모니아의 입가에 미소가 번졌다.

"당신의 호의요."

"뭐?"

전혀 생각지도 못한 말.

바로 그때였다.

띠링!

[파티가 생성되었습니다!]

[시나리오 퀘스트(칠흑왕의 야욕 I)가 생성되었
습니다.]

[시나리오 퀘스트 / 칠흑왕의 야욕 I]

설명: 천마에게 큰 상처를 입고, 배반자인 ???들
에 의해 공허의 가장 깊숙한 곳으로 떨어지고 말았
던 칠흑왕은 오랜 기다림 끝에 두 명의 후계자를 점
지하는 데 성공하였습니다.

칠흑왕은 원래 두 후계자에게 경쟁을 붙여 자신이 깨어나는 날을 준비케 하려던 계획을 갖고 있었지만, 자신을 다치게 한 천마의 혈육이 '탑'에 존재한다는 사실을 알고 도중에 생각을 바꾸게 되었습니다.

자신의 힘을 이은 자들이 천마의 혈육을 처치하고, 천마가 고통과 절망에 빠지는 모습을 직접 보고 싶어진 것입니다.

그러니 지금부터 칠흑왕의 뜻을 받들어 천마의 혈육을 처치하십시오.

위대한 승리를 가져다준다면, 그 만족도에 따라 특별히 칠흑왕이 당신에게 후사(厚謝)를 할 것입니다.

달성 조건:

1. 다른 후계자와 손을 잡으십시오. 퀘스트가 진행되는 동안 내분은 절대 허락되지 않습니다. 적대 시에는 칠흑왕의 분노를 살 수 있습니다.

2. 더 많은 칠흑의 힘을 깨우십시오.

3. 천마의 혈육을 처치하여, 칠흑왕이 만족해할 만한 승리를 가져다주십시오. 승리가 압도적일수록 만족도도 더 커질 것입니다.

주의점: 파티 퀘스트입니다. 공헌도에 따라 보상
이 달라지게 되니 유의해 주세요.

제한 조건: 칠흑왕의 후계자
제한 시간: ―

보상:
1. ???
2. ???

시나리오 퀘스트가 생성되었다. 이 사건을 인지하기 시작
한 칠흑왕이 더더욱 관심을 보이기 시작했다는 뜻이었다.

하르모니아는 자신에게도 똑같은 퀘스트창이 떴을 텐데
도 불구하고, 그쪽에는 전혀 아랑곳하지 않았다.

"당신이 '그분'을 진심으로 따르지 않고, 속으로 불경한
마음을 품고 있다는 것쯤은 이미 알고 있어요. 하지만 예언
은 반드시 이뤄질 수밖에 없는 것. 그리고 그 뒤에 당신은
'그분'께서 앉아 계실 옥좌의 바로 옆자리에 서게 될 테죠.
저흰 결국 협력을 할 수밖에 없는 사이란 뜻이랍니다."

하르모니아는 담담한 말투로 말을 이어 나갔다.

"그런데 계속 이렇게 저에 대한 불신을 계속 품고 계셔

서야 고달프기만 할 따름이지요. 해서 저는 당신의 호의를 사고 싶습니다만. 어떠신가요? 당신께도 나쁜 제안은 아니라고 생각이 드는데요."

연우로서는 기가 찰 지경이었다.

처음 심연에서 만났을 때, 아직 때가 아니라는 이상한 말을 남기면서 날려 버릴 때는 언제고.

게다가 세샤와 아난타, 브라함을 기만할 때는 또 언제고 이제 와 저딴 말을 뻔뻔하게 할 수 있는 건지.

하르모니아가 계속 속내를 숨기고 있는 한, 그리고 칠흑왕을 경계하고 있는 한 호의를 가질 생각이 전혀 없었지만.

그렇다고 해서 상대방이 거저 주겠다는 호의를 거절할 생각도 없었다.

녀석의 생각 따윈 그 뒤에 생각해도 절대 늦지 않는 것이다.

"좋아. 그러지."

"이로써 서로 한 발자국씩 가까워지게 되었네요. 모은 아다만트, 원하시는 만큼 전부 내어 드리겠어요."

[플레이어, '하르모니아'가 '아다만트 ×?'를 제공하였습니다!]
[자동으로 아공간에 귀속되었습니다.]

"그럼 몇 가지 더 부탁해도 되나?"

"더 필요한 게 있으신가요?"

"아주 많이."

"역시. 뻔뻔하시군요."

"호의를 베풀겠다고 하는데, 굳이 거절할 필요는 없잖아? 그리고 칠흑왕도 손을 잡으라고 하고 있고."

칠흑옥을 얻은 이상, 새로 만들어질 스퀴테는 기존의 것과는 비교도 할 수 없을 정도로 뛰어난 성능을 자랑할 것이다. 그렇다면 거기에 들어갈 재료들도 뛰어날수록 좋았다.

다행히 연우가 요구한 것들은 시의 바다도 상당히 비밀리에 챙기고 있던 것들.

"……대체 이런 것들은 어떻게 아시는 거죠?"

여유만만하던 하르모니아도 질려 하는 기색이 역력했다.

"일단은 나도 명장(名匠)의 호칭을 얻은 장인이라서 말이지."

연우는 이왕에 얼굴에 철판을 깔기로 한 것, 끝까지 밀고 나가기로 마음먹고 있었다.

'웬만한 건 바이 더 테이블을 통해서 확보해 놓았지만. 그래도 많을수록 나쁠 건 없으니까.'

"이제 끝나셨나요?"

"대충은."

"대단하시군요, 여러모로."

"칭찬으로 받아들이지."

"하아!"

연우는 하르모니아의 쓸쓸한 한숨을 뒤로하고, 곧장 몸을 돌렸다.

그러다 떠나기 직전, 하르모니아의 뒤편에 있는 철문을 슬쩍 보았다.

칠흑왕이 있을지도 모르는 곳.

거기서는.

여전히 아무런 반응도 보이질 않았다.

'어쩔 수 없나. 그럼 이다음에 필요한 재료는……'

결국 연우는 다음 장소로 이동하면서 재료를 빠르게 재검토하는 한편, 손목에서 유달리 차갑게 느껴지는 칠흑왕의 형틀을 손끝으로 매만졌다.

'정보가 갱신되었다고 했었지? 정보창 확인.'

띠링!

연우 앞으로 스크린이 떠올랐다.

[해당 아티팩트에 대한 정보가 상당수 수정되었
습니다.]

[수정된 정보와 추가 공개된 정보에 따라 아티팩트에 상당한 변화가 더해졌습니다. 자세한 사항은 내용을 확인해 주십시오.]

정보가 바뀌는 경우도 있나?

보통 아티팩트는 따로 강화를 하거나, 추가 제련을 하지 않으면 내용이 바뀌는 경우가 거의 없었다. 정보가 시스템에 단단히 기록되어 수정하기가 아주 까다로웠던 것이다.

하지만 칠흑왕의 형틀에 이렇다 할 변화를 주지 않았던 연우로서는 조금 놀랄 수밖에 없었다.

칠흑왕이 그를 인지하면서 바뀐 것 같은데…… 대체 추가 정보란 게 무엇인지 알 수가 없었다.

'대체 얼마나 바뀌었길래?'

연우는 재빨리 정보창을 확인했다.

[칠흑왕의 형틀]

분류: 세트

등급: 측정 불가

설명: 태초에서 종말에 이르기까지, 세계 의지를 계승하며 온 우주의 문명과 행성을 다스리던 초월적인 존재들인 ???들의 '신'이자, '왕'인 <위대한 아

버지>는 어느 날 자각했다.

'나는 잠에 취해 있구나.'

<위대한 아버지>는 이어서 생각했다.

'나를 잠에 취하게 만든 이들이 있었구나.'

<위대한 아버지>는 ???들에 대한 배신감에 치를 떨었고, 자신에게 이런 비루한 꼴을 선사한 천마에게 원한을 품었다.

절망과 비탄, 격노로 이어지는 감정들은 이제 <위대한 아버지>를 새롭게 움직이는 원동력이 되고 있다. 그는 이제 기지개를 켤 준비를 하고 있다.

후계자들에게 보낸 이 형틀은 모두 그를 상징하는 성물(聖物)일지니. 수갑은 영혼을, 족쇄는 죽음을, 항쇄는 어둠을 뜻하는 것으로서 그의 의지를 대신하고 있다.

＊영혼 지배자

소유자가 직접 죽였거나, 그로 인해 죽음을 맞이한 모든 영혼들에 강제로 낙인을 찍는다. 이때 낙인 찍힌 영혼들은 소유자의 소유물로 인식되며, 강제적인 구속력을 갖는다. 이 낙인은 소멸하기 전까지 절대 벗어날 수 없고, 설사 윤회를 거친다고 해도 소유자의 영향력은 결코 사라지지 않는다.

소유자의 숙련도에 따라 낙인찍힌 영혼의 보유량
이 대폭 늘어나며, 때에 따라서는 생전의 힘을 그대
로 복구하여 자유의사를 쥐여 주는 것도 가능하다.

* 흑화(黑華)

흑괘(黑卦)가 강화된 형태. 귀속된 영혼을 소모해
마력을 칠흑의 속성으로 변환시킬 수 있다. 칠흑은 암
흑보다도 훨씬 더 깊은 근원적인 속성으로서, 태초 이
전에 존재한 우주에서만 관찰할 수 있었던 것이다.

소모된 영혼의 수만큼 속성력도 강화된다. 이때
사용된 마력은 설치된 권역 내에서 시전자를 비롯한
아군에게는 버프 효과를, 적으로 지정된 대상에게는
강한 저주와 공포를 심는다. 이때 랜덤으로 발생하
게 되는 저주는 적에게 큰 '비극(悲劇)'을 접지할 것
이다.

* 공허 가동

세상의 이면, 그곳에서도 또 다른 이면에 속하는
공허를 일부 끌어올 수 있게 된다. 다만, 무질서와 혼
돈으로 가득한 공허는 때때로 시전자까지 잡아먹을
수 있는 대재앙이므로 사용하는 데 있어 주의를 기
울여야 할 것이다.

**이 아티팩트는 '유니크'입니다. 탑에서도 오로지 단 한 개밖에 존재하지 않으며, 주인에게 완전히 귀속됩니다. 타인으로의 거래나 양도가 불가능합니다.

　**기능 중 일부가 봉인되어 있습니다. 일정한 자격이나 조건을 갖춰야만 해제할 수 있습니다.

　**정보를 일부 열람할 수 없습니다. 일정한 자격이나 조건을 갖춰야만 권한을 얻을 수 있습니다.

　***현재 습득한 세트(3/3)
　—절망: 절망에 빠진 영혼을 지배할 수 있다.
　—비탄: 비탄에 잠긴 죽음을 손에 쥘 수 있다.
　—격노: 격노로 흔들린 어둠을 다스릴 수 있다.

　***현재 연결된 아티팩트(2/2)
　—회중시계: 옛 사도, 크로노스의 '시계의 태엽'과 직접 연결되어 '작은 굴레'를 움직이게 한다.
　—비그리드: 옛 사도, 크로노스의 '죽음의 태엽'과 직접 연결되어 죽음의 개념과 지배력을 강화한다.

이전과는 상당히 달라진 내용들.

'모든 설명이 1인칭…… 칠흑왕의 시점으로 서술이 바뀌었다.'

전부 3인칭으로만 되어 있던 이전의 설명이, 이제는 〈위대한 아버지〉라는 주어를 내세우면서 그의 심정을 대변하고 있었다.

'타계의 신들이 칠흑왕을 저런 식으로 불렀었지.'

그렇다면 칠흑왕을 배신했다고 하는 '???' 란 존재들은 타계의 신을 말하는 걸까? 하지만 그런 것 같지는 않았다.

'여전히 죽음의 신과 악마들이, 그들처럼 똑같이 칠흑왕을 추종하는 타계의 신들을 배척하는 이유도 밝혀진 게 없고.'

천마의 탄신(誕辰)과 함께 우주가 질서와 무질서, 균형과 혼돈의 축으로 분리되면서 칠흑왕의 추종 집단 내에서도 분열이 일어난 게 아닌가 짐작하고 있다지만. 그건 여전히 어디까지나 추측에 불과할 뿐, 정확한 내막은 알려진 바가 전혀 없었다.

그러니 연우는 '???' 가 타계의 신이나 죽음의 신과 악마일 거라고는 생각지 않고 있었다.

어쩌면 아직까지 밝혀지지 않은 제3의 세력일 수도 있고, 아직까지 제 모습을 온전히 드러내지 않은 다른 개념신이나 고대신 중 일부가 해당될 수도 있었다.

확실한 것은 칠흑왕이 완전히 깨어나 세상이 한차례 종말을 맞고 난다면, 그들도 거기에 휩쓸릴 수밖에 없다는 것.

여태껏 연우가 보았던 칠흑왕은 절대 원한을 잊을 존재가 아니었다. 개념으로만 이뤄져 있다고 해도, 그 중심에는 거대한 의지가 격노로 꿈틀대고 있을 게 분명했다.

세 개의 형틀이 가진 이름처럼.

'이건 아마도 칠흑왕이 그만큼 깊은 잠에서 깨어나 의식을 조금씩 차리고 있는 증거라고 봐도 무방하겠지.'

형틀의 어떤 정보는 강화되었고, 또 어떤 것들은 생략되거나 다른 것과 통합되어 있기도 했다.

사라진 〈제1천의 영〉과 〈사자 소환〉 옵션이 그랬다. 〈영혼 지배자〉 옵션과 합쳐져서 그런 것일 테지.

그 외에 물음표로 표시되던 등급도 아예 '측정 불가'라고 낙인이 박혔고, 망령이란 말도 전부 영혼이란 단어로 대체되어 있었다. 그만큼 이제 강제로 취할 수 있는 영혼의 질이 달라졌단 뜻이겠지.

이전에는 망령을 영혼의 등급으로 올리기 위해서 그만큼 상당한 양의 망령을 소모해야 했지만, 이제는 더 이상 그럴 필요가 없어진 것이다.

'시의 바다가 무슨 짓을 했는지는 몰라도, 칠흑왕이 조

금씩 눈을 뜨고 있는 건 기정사실이야.'

그리고 올포원을 베고 나면. 탑이 부서지고 나면, 잠에서
도 완전히 깨어날 테지.

연우는 그런 생각을 하면서, 다음 장소에 도착할 수 있었
다.

['원한의 샘'에 도착하였습니다!]

*　　　*　　　*

[플레이어, ###로부터 '아다만트 ×?'가 도착하
였습니다!]

"……진짜 왔나?"

칠흑이 파도처럼 넘실대는 어둑한 세계에서.

아나스타샤는 항상 데리고 다니던 시동도 없이, 홀로 곰
방대를 뻐끔뻐끔 피우다 말고 갑자기 눈을 크게 떴다.

눈앞에 떠오르는 메시지에 눈가가 파르르 떨렸다.

그리고 환한 빛무리와 함께 바닥에 나타나는 아다만트.

얼마나 많은지 사람의 키 높이보다도 훨씬 높게 쌓여 있
을 정도였다.

한때 아다만트를 애지중지하며 다뤘던 그녀로서는 이렇게나 많은 양을 처음 보는 것이라 혀를 찰 수밖에 없었다.

아다만트가 우주적으로 귀한 광물이라는 것을 감안한다면…… 과연 바이 더 테이블이라고 해서 이만한 양을 한 번에 구할 수 있을지도 의문이었다.

그리고 한편으로는 아다만틴 노바를 만들기 위해서 발이 땀띠가 나도록 뛰어다녔던 지난 수백 년간의 고생이 허망해지는 것 같아 헛웃음이 나오기도 했다.

역시 크로노스의 아들답다고 해야 할는지.

한때 올림포스에서 레아의 수족으로 살았던 그녀로서는 크로노스의 수완 아닌 수완(?)을 잘 아는 터라, 어찌 보면 당연하다 싶기도 했다.

크로노스의 핏줄이 어디로 사라지지는 않을 테니까.

이미 그녀도 연우에게 한차례 당한(?) 전적이 있지 않았던가.

'그런데.'

아나스타샤의 미간에 살짝 골이 팼다.

'대체 이 알림 메시지는 언제 끝나는 거지?'

['칠색광(七色鑛) ×?'이 도착하였습니다!]
['엘레르 모스코븀 ×?'이 도착하였습니다!]

['플레티넘 다이트 ×?'가 도착하였습니다!]

……

['발레리아 강(鋼) ×?'이 도착하였습니다!]

……

대체 어디서 얼마나 많은 금속들을 뜯어 온 건지.

더구나 아다만트에 이어 도착하는 금속들도 하나같이 손에 꼽히는 희귀품들이었다. 그것도 질이 아주 좋은 것들. 어디 창고라도 턴 걸까.

'더 이상 생각을 하지 말아야겠어.'

생각을 깊게 해 봤자 어차피 머리만 지끈거릴 뿐, 득이 될 건 하나도 없을 거란 생각에 그냥 궁금증을 묻어 버리기로 마음먹었다.

"이놈은 또 어디서 누굴 공갈 협박했기에 이런 걸 이만큼이나 구해 와?"

한편 아나스타샤의 맞은편에 앉아 있던 헤노바는 기가 찬다는 얼굴만 하고 있을 뿐, 별다른 추가 감상평 없이 망치를 쥐고 벌떡 자리에서 일어났다.

연우는 77층 공략을 시작하기 직전, 아나스타샤와 헤노바에 따로 연락을 넣어 스퀴테 제작에 필요한 준비를 해 줄 것을 요청해 둔 상태였다.

헤노바로서는 2년 동안 말도 없이 깜깜무소식이던 놈이, 갑자기 얼굴도 내비치지 않은 채로 또 명령질만 해 대는 게 영 마땅치 않은 눈치였지만.

그래도 지난 인연이 인연인지라, 어쩔 수 없다고 툴툴거리면서도. 그의 눈가는 한창 열의로 불타오르고 있었다.

연우와 차정우를 돕는 것도 돕는 것이지만, 그보다 퀴네에와 현자의 돌에 이어서 새로운 도전을 한다는 사실이 그를 기쁘게 만들었던 것이다.

"스퀴테라, 스퀴테! 탑이 생성되기도 이전에 신왕이 사용했다던 무구를 직접 이 손으로 제작하게 될 줄은 생각도 못 했는걸!"

그때, 헤노바와 같이 앉아 있던 근육질의 사내가 가볍게 콧숨을 내쉬며 주먹을 꽉 쥐었다.

마프.

탑 내에서 '명장'의 칭호를 달고 있는 4대 명장 중 한 명으로서, 광석을 다루는 솜씨로는 헤노바와 함께 선두를 달리는 존재였다.

평상시 외부로 모습을 비치는 경우가 거의 없었지만, 헤노바와 인연이 있어 소식을 듣고 급히 달려온 상태였다.

그 역시 신물을 제 손으로 만들 수 있다는 사실에 크게 기뻐하는 눈치였다.

이외에도.

"스승님, 무엇부터 하면 될까요?"

빅토리아가 딱딱한 얼굴로 아나스타샤를 바라보며 물었다. 스퀴테를 만들기 위해서 가장 중요한 건, 질 좋은 아다만틴 노바를 얼마나 만들어 낼 수 있느냐에 달린바. 그 때문에 극도로 긴장했던 것이다.

그녀의 옆에 키클롭스 삼 형제도 같이 크게 고개를 주억거리고 있었다.

브라함과 연우를 제외한 명장들이 모두 모인 자리. 그리고 하계와 천계를 통틀어 최고의 대장장이들이 한데 모인 곳에서.

그들의 지휘자 역할을 맡은 아나스타샤가 입을 열었다.

"앞서 말했듯이, 스퀴테는 단순히 제련한다고 해서 만들어지는 물건이 아니라, 각 신물과 성물들이 정해진 설계도에 따라 정교하게 조합되어야만 작동되는 기계 장치에 가까운 것이야. 각자가 맡은 파트를 완성하는 데 있어서 한 치의 실수도 있어서는 안 된다."

아나스타샤는 이 중에서 유일하게 이전 스퀴테가 탄생하는 것을 목격한 사람이었다. 그렇기에 몇 번씩이고 신신당부를 할 수밖에 없었다.

외부에 알려져 있기로, 스퀴테는 신왕 크로노스를 상징

하는 대신물로 알려져 있었다.

하지만 그건 진실의 일부에 불과할 뿐.

사실 스퀴테는 정확하게 말하자면, 그마저도 뛰어넘는 영물(靈物)에 가까운 '존재'였다.

당시 최고의 전성기를 구가하던 올림포스의 신들이 직접 신왕의 위대함을 노래하기 위해, 자신들의 절대적인 충성심을 표현하기 위해, 직접 만들어서 바친 신왕의 상징물이기 때문이었다.

당대 올림포스를 상징하던 모든 신물들을, 아니, 올림포스가 맹활약을 펼치면서 곳곳에서 얻어 낸 여러 사회들의 진귀한 신물과 보구들을 한곳에 모으고.

각각의 성질들이 서로 상충하지 않고 보완할 수 있게, 나아가 증폭할 수 있게 구조를 짠 회로 위에 올려 연결시키며.

이를 무기의 형태로 몇 번씩이나 압축시키고, 수백 개의 심상 결계를 설치해 완성한.

최고 신력(最高神力)을 담은 막강한 신능 기구(神能器具).

스퀴테는 의사만 가지지 않았을 뿐이지, 이미 그 자체로 최고신에 버금가는 뛰어난 격(格)을 지닌 신기(神器)였다.

오죽하면 제우스와 그의 형제들이 크로노스의 자리를 찬탈한 뒤, 새로운 주인을 거부한 스퀴테를 두려워한 나머지 조각조각 내어 전 우주에 뿌려 버렸을까.

　그것을 온전히 복구하는 것이니, 아니, 그보다 훨씬 뛰어난 무구를 제작하려는 것이니 바짝 긴장할 수밖에 없었다. 그러면서도 위대한 업적을 그들의 손으로 탄생시킬 수 있다는 사실이 가슴을 설레게 만들었다.

　"그럼, 시작하지!"

　아나스타샤의 외침에 따라, 그들은 모두 각자의 위치로 움직여 작업에 돌입했다.

　지금부터 각자가 만든 '부품'들은 저절로 연우의 신성(神性)과 신성(神聖)이 깃든 신물이 될 것이고, 그것들이 비그리드를 중심으로 모여 스퀴테를 이루게 될 것이다.

　그러니 만약 '부품'이 단 하나라도 이상이 있거나, 불량이라면 스퀴테 제작은 끝장이었다.

　그런 건 그들의 명예상, 그리고 자존심상 절대 용납할 수 없었다.

　화르르륵!

　명장들이 위치한 연우의 성역은 다른 어느 때보다 뜨거운 열기에 후끈 달아올라 있었다.

＊　　＊　　＊

『이런, 빌어먹을!』

『대체 이놈은 적당히라는 것을 모르나! 어째서 끝나지를 않는 거야!』

『이전 천계 공략 때와 다를 게 하나도 없어!』

77층, 스테이지를 빼곡하게 물들인 새하얀 하늘을 따라.

헤아릴 수도 없을 만큼 많은 신격들이 저마다 권능을 개방하고 있었다.

불벼락이 떨어지고, 얼음 폭풍이 휘몰아치는 등. 세상이 그대로 망가지는 게 아닐까, 그토록 말로만 듣던 종말이 찾아오는 게 아닐까 싶을 정도로, 신력이 맹렬하게 휘몰아쳤다.

천계가 있는 98층에서도 이만한 격전은 잘 벌어지지 않았으리라. 그랬다면 그들이 있는 사회며 스테이지가 모조리 망가졌을 테니까.

하지만 신격들은 차라리 스테이지 채로 붕괴되라는 식으로 전력을 다했다.

물론, 그런다고 해서 쉽게 무너질 77층이었다면 진즉에 공략을 당했을 테지만.

빛의 세계는 아무리 큰 대미지를 입어도 금세 복구를 해냈고, 쉴 새 없이 반격까지 가했다.

빛무리가 잔뜩 뭉쳐진 광선이 수도 없이 빗발쳤다. 본능만 남은 광룡(光龍)이 날아들어 그들의 팔다리를 물어뜯으려 하고, 온갖 마법을 난사해서 권능 개방을 방해했다. 스테이지에 고루 걸쳐진 온갖 디버프와 저주가 툭하면 신격들의 손발을 강제로 속박하고자 했다.

그럼에도 불구하고 신격들을 적극적으로 움직이게 하는 것은.

[신, '찬드라'가 공헌치를 130만큼 획득했습니다!]

[신, '멘투'가 공헌치를 210만큼 획득했습니다!]

[신, '던 카우'가 공헌치를 152만큼 획득했습니다!]

......

[현재 최고 누적된 최고 공헌치는 25,500점으로, 기록자는 '사울레'입니다.]

[조금 더 분발하시길 바랍니다.]

시시각각 그들의 눈가에 생성되는 스코어 현황이었다.

중앙 관리국에서 고의로 실행한 것이 신격들을 자꾸만 자극했던 것이다.

가뜩이나 신분 상승에 대한 욕구와 갈망으로 애가 타는 그들에게, 알아보기 쉽게 기록으로 보여 주니 어찌 흥분되지 않을 수가 있을까.

퀘스트는 사회와 진영, 계급에 상관없이 똑같이 부여되고 있었다.

이곳에서 얻은 '명성'은 저절로 다른 신격들에 주는 인식에 강한 영향을 끼칠 수밖에 없고, 그것은 곧 '신앙'이 된다. 계급을, 격을 상승시킬 수 있는 최고의 기회인 셈이었다.

언제나 대규모 전쟁이 벌어지고 나면, 늘 주목받지 못하던 존재들 중에서 영웅이 한두 명쯤은 나오지 않았던가.

자신들이 과거 신왕 크로노스를 쓰러뜨리고, 올림포스의 왕좌에 앉았던 제우스와 형제들 같은 경우가 되지 말란 법도 없었다.

그렇게 모두가 열의에 불타오르는 가운데.

긍정적인 효과만 있는 건 아니었다.

퍽!

『당…… 신이 어떻게?』

최고 기록을 세운 김에 이 기세를 몰아 누구도 따라올 수 없을 만큼 높은 점수를 쌓으려던 사울레는 갑자기 등 쪽에서 느껴지는 끔찍한 고통에 피를 쏟았다.

바로 뒤. 그녀에게는 동료이자, 연인이었던 다지보그가 한쪽 입술 끝을 비틀면서 있었다. 사울레가 한눈을 판 사이에 등에다 칼을 꽂아 넣은 것이다.

『그러게 뒤는 함부로 맡기는 것이 아니라고, 몇 번이나 말씀드리지 않았소?』

『하지만……!』

『당신의 희생, 절대 잊지 않으리다.』

스걱!

촤아악—

['사울레'가 전사하였습니다!]

['사울레'의 공헌치가 '다지보그'에게로 귀속됩니다!]

잘 보이지 않는 곳곳에서, 배신이 빈번하게 벌어지고 있었다.

올포원을 상대로 공략을 시도하는 것은 아주 어려운 일이지만, 대신에 전투에 몰입한 동료의 뒤를 쳐서 공헌치를 강탈하는 건 아주 손쉬웠다.

때로 평상시 하급 신격이라면서 폄하하던 작자가 갑자기 두각을 드러내기 시작하면, 위태로움을 느낀 상급 신격들

여럿이서 그를 같이 제거하는 경우도 있었다.

연우가 이미 짐작했던 것처럼. 위계질서가 강하고, 자존심이 세며, 질투심이 많은 신격들은 다른 누군가가 자신들의 머리 위에 서는 것을 절대 용납하지 못하고 있었다.

『하핫! 개판이로구만.』

그런 것을 지켜보던 니플헤임이나 동마왕군 같은 악마들은 한껏 비웃음을 던졌지만.

더구나 문제는 거기서 끝나지 않았다.

이등분되고 말았던 사울레의 사체가 힘없이 바닥으로 추락하다가, 스테이지의 바닥을 따라 고요하게 흐르고 있던 그림자에 빠졌다.

풍덩!

마치 물속으로 던져 넣은 듯한 소리.

그림자에, 아니, 그보다 훨씬 짙은 색깔을 자랑하는 칠흑을 따라 잔잔한 파문이 그려지다가, 곧 파도처럼 넘실거렸다.

[권능, '그림자 영역'이 조금씩 스테이지를 침식하고 있습니다!]

[현재 침식률: 17.2%]

[권능, '하데스의 식령검'이 이걸로는 부족하다며 칭얼거립니다!]

['네바드바' 소화율: 72.7%]

['아라시' 소화율: 68.4%]

......

['사울레' 소화율: 26.1%]

['그림자 영역' 내에서 선악과가 제조 중에 있습니다!]

신격들이 공헌치를 쌓고 저들끼리 뒤통수를 치기 바쁜 동안.

츠츠츠—

연우가 펼친 그림자는 이제 칠흑의 속성이 더해지면서, 아주 은밀하면서도 맹렬한 기세로 스테이지 곳곳으로 뻗쳐 나가고 있는 중이었다.

올포원의 성역으로 설정된 층계의 힘을 조금이라도 약화시키는 한편, 사울레처럼 죽은 신들을 곳곳에서 집어삼키기 위해서였다.

『하여간! 저런 것만 보면 참으로 악마가 따로 없단 말이지.』

아가레스는 틈만 보인다 싶으면 절대 기회를 놓치지 않는 연우의 행태를 보면서 키킥, 웃음을 터뜨렸고.

『역시! 우리 ### 님! 당신의 그런 인성질이 너무 좋아요! 귀여워 미칠 거 같아. 하악. 하악.』

『……적당히 해라, 이것아.』

왕왕!

헬과 요르문간드, 펜리르는 저마다 감탄을 터뜨리거나 한숨을 내쉬기 바빴다.

그리고.

['말라흐'의 서기장, 메타트론이 만족에 찬 얼굴로 77층을 굽어봅니다.]

['르 인페르날'의 수좌, 바알이 층계 곳곳에서 빚어지는 온갖 악의가 딸기 케이크처럼 달콤하다고 고개를 끄덕입니다.]

아가레스는 그런 메시지들을 보면서 피식 웃고 말았다.

비웃음에 가까운 미소.

『절대선이니 절대악이니 해도, 결국 너희들도 크게 다르지 않아. 그렇지?』

['말라흐'의 서기장, 메타트론이 현재 천계는 크기와 규모에 비해 너무 많은 존재들로 가득 차 있다고 말합니다.]

['말라흐'의 서기장, 메타트론이 날이 갈수록 어지러워지기만 하는 천계의 질서를 수호하기 위해서는 어쩔 수 없는 선택이라며, '정화'는 필수라고 말합니다.]

하하하.

아가레스는 크게 파안대소를 터뜨렸다.

메타트론이 내뱉는 저 말들이 변명이 아니라, '진심'이라는 사실을 너무 잘 알기 때문이었다.

메타트론은 오로지 선(善)을 추구한다.

그 속에는 개인적인 판단도, 사적인 동기도 전혀 들어 있지 않다. 오로지 지극한 선을 이루기 위해 어떤 희생이 닥쳐도 좋다는 편향적인 이념으로만 가득 차 있었다. 얼마나 많은 신들이 죽어 나가도, 말라흐의 천사들이 날개가 꺾여도, 그는 눈 하나 깜빡하지 않을 테지.

그리고 만약 필요하다면 언젠가 스스로의 존재도 희생시키리란 걸 너무나 잘 알고 있었다.

'목적을 이루기 위해서라면 제 목숨조차도 도구처럼 사

용하는 것…… 어디서 많이 본 것 같은데.'

절대선의 수장이 저 모양이니, 이딴 일들이 벌어질 수 있는 거겠지만.

세상은 분명히 미쳐 돌아가고 있는 게 틀림없었다.

"그것이 오히려 나에게는 좋은 것이려나. 하하하!"

아가레스는 광기에 잔뜩 젖은 모습으로 크게 웃음을 터뜨렸다. 층계를 충만하게 채우고 있는 적의와 악의, 그리고 광기가 그의 피부를 자꾸만 따끔거리게 만들고 있었다.

자신의 신위는 그런 것들을 잡아먹으면서 무럭무럭 자라나는 중이었다. 그를 따라 마기가 천천히 회오리를 쳤다.

[비마질다라가 층계를 감도는 전의에 잔뜩 흥분합니다!]

[케르눈노스가 고요한 눈으로 77층을 바라봅니다. 자신의 사도가 무사하길 기원합니다.]

[비마질다라가 수천 년에 한 번 일어날까 말까 한 대규모 이벤트에 잔뜩 고양됩니다.]

[비마질다라가 가부좌를 풀고 자리에서 일어납니다.]

[비마질다라가 자신도 참전할 의사를 밝힙니다.]

[비마질다라를 주시하고 있던 많은 악마들이 들썩입니다.]

[악마의 사회, '절교'가 한때 자신들의 총령(總領)이기도 했던 존재의 등장 소식에 잔뜩 긴장합니다.]

[악마의 사회, '아르타샤트'가 공포에 찬 눈으로 비마질다라 쪽을 바라봅니다.]

......

[대다수의 악마들이 비마질다라를 경계합니다.]

[소수의 악마들이 비마질다라의 눈에 띌까 싶어 조용히 자취를 감춥니다.]

[비마질다라가 자신을 견제하거나 만류하는 시선들을 코웃음 치면서 모두 무시합니다.]

['비마질다라'가 강림을 시도합니다!]

[77층, 빛의 관에 왜곡장(歪曲場)이 발생하였습니다!]

[모두 충격에 주의하십시오!]

　　　　*　　　*　　　*

　쿠르릉, 쿠르르—

　콰콰콰콰!

　천둥이 치고, 벼락이 빗발치는 소란스러운 전장 속에
서.

　브라함은 그 모든 것들을 무시하고, 〈명왕성의 서〉를 빠
르게 훑고 있는 중이었다.

　파아아—

　'하르모니아…… 당신과는 할 이야기가 많아. 지금이 아
니라면, 앞으로 당신과 대화를 나눌 시간 따윈 없겠지.'

　그가 찾고자 하는 것은 하르모니아의 위치였다.

　수많은 신격들이 공헌치를 얻기 위해 여기저기서 날뛰
고, 주신들이 유일신좌를 얻기 위해 난동을 피우는 걸 알면
서도. 그는 전혀 그런 걸 신경 쓰지 않고 있었다.

　연우가 심연으로 다가가 방금 전 그녀를 만난 건 알고 있
었다. 하지만 그건 어디까지나 의식이 닿아 만난 것일 뿐,
브라함은 '진짜' 그녀의 본체를 만나 눈을 보면서 이야기
를 나누고 싶었다.

　아마도 하르모니아도 자신이 끈질기게 그녀를 쫓고 있다
는 것을 알고 있을 터.

그런데도 여태 만나 주지 않는 것에는 그만한 이유가 있을 것이다.

숨기는 게 있다거나, 자신을 만나기 싫다거나.

아니면.

'우리를 모두 잊었다든가.'

사실 따지고 보면 자신이 하르모니아와 맺은 인연이라는 것도 원래는 전부 '장난'에서 비롯되었었다.

브라함은 세상에 없는 지식을 탐독하는 것을 즐겨 했고, 하르모니아는 연구의 소재를 필요로 했다.

신과 용종의 혈육. 이리도 긴 우주의 역사 속에서 단 한 번도 이뤄지지 않은 실험이었기에 궁금증은 더 커질 수밖에 없었다.

그러한 서로 간의 이해관계가 맞아떨어져 아난타가 태어났다. 따지자면 아난타는 실험의 결과물이었던 셈이었다. 브라함이 아무 미련 없이 떠났던 것도 얻고자 했던 데이터를 전부 얻었기 때문이었다.

하지만 세월이 흐르고, 많은 것들을 뒤늦게 깨달으면서.

브라함은 아난타를 찾았고, 그녀가 남긴 세샤를 돌보았다. 차정우와 연우를 만나 여기에 다다랐다. 그리고 그는 하르모니아에게 딱 한 가지만 묻고 싶었다.

―당신에게 우리는 무엇이었소?

그저 스쳐 지나간 인연이라고 대답한다면 그걸로 만족하고 끝낼 생각이었다.

그녀의 발목을 붙잡거나, 마음을 돌리기 위해 설득할 생각 따윈 없었다.

처음에는 왜 굳이 죽음을 가장하였는지를 묻고 싶기도 했지만, 지금은 그만한 이유가 있겠거니 하고 여기고 있었다. 그저. 그저 허심탄회하게 속내를 듣고 싶은 마음뿐이었다.

[플레이어 '하르모니아'의 정확한 위치를 물색하
는 중입니다.]
[77층의 스캔을 완료하였습니다. 결과, 없음.]
[76층의 스캔을 완료하였습니다. 결과, 없음.]
[75층의 스캔을⋯⋯.]
⋯⋯
[4층의 스캔을 완료하였습니다. 결과, 있음.]

'4층!'
브라함은 하르모니아의 위치를 특정하자마자, 그곳의 좌표를 설정하고 포탈을 열었다.

자칫 호랑이 굴에 들어가는 것일 수도 있지만.

브라함은 이제 연우의 권속들 중에서 자신이 하나 빠진 다고 해서 큰 변화가 없으리라는 걸 잘 알고 있었다.

차정우와 아난타도 깨어난 이상, 세샤도 더 이상 외로움을 타지 않을 테지.

'세샤에게 작별 인사를 하지 못하는 것이 조금 아쉽긴 하지만…… 그래도 ###가 알아서 잘해 주겠지.'

브라함은 내심 언제나 사고를 치고 뒷수습을 권속들에게 맡기기만 했던 연우에게 똑같은 복수를 할 수 있겠단 생각에 엷은 미소를 띠면서, 포탈 안쪽으로 몸을 집어넣었다.

그 순간.

콰르릉!

브라함의 뒤쪽으로 난데없이 황금색 벼락이 떨어지면서 그의 등거죽을 꿰뚫었다.

퍽!

［'천공의 벽뢰(劈雷)'가 '명왕성의 서'를 파훼시
켰습니다!］

"쿨럭……!"

브라함이 피를 토하면서 흔들리는 눈으로 뒤쪽을 바라보

았다.

제우스가 차갑게 웃으면서 서 있었다. 한쪽 눈이 보석안으로 요요하게 빛나고 있는 중이었다.

'실수……!'

명왕성의 서를 펼친 채로, 층계를 일일이 탐색하는 데 모든 정신과 신력을 집중한 탓에 미처 기습을 포착하지 못했던 것이다.

"어딜 가시나? 아직 우리들 간의 이야기는 끝나지 않았는데 말이야. 내가 설마하니 말 잘 듣는 개처럼 너희들의 제안을 호락호락 받아들일 거라고 여기진 않았겠지?"

제우스가 재빠르게 오른손을 브라함의 머리 쪽으로 뻗었다.

흔들리던 브라함의 시야가 어두워졌다.

하지만 의식이 끊어진 건 아니었다.

주선석이 힘을 본격적으로 터뜨리기 직전, 파훼된 명왕성의 서가 마지막 남은 마력을 쥐어짜면서 그대로 폭발을 일으켰기 때문이었다.

[위험자 인식.]

[현 상황에 알맞은 마법을 탐독하여 발현합니다.]

[너울거리는 화신(火神)]

명왕성의 서는 브라함이 타계의 지식까지 탐독한 끝에 기술한 그의 지식적 총아였고, 당연히 그것을 제물 삼아 일으킨 마법도 제우스가 생각하고 있던 것보다 훨씬 큰 것이었다.

'너울거린다'는 표현과 다르게, 브라함이 탄생시킨 이 마법은 끊임없이 화염 폭풍을 재생성하여 상대를 영혼까지 말려 죽이는 위력을 지니고 있기 때문이었다.

행성 몇 개쯤은 아작 낼 수 있을지 모를 거대한 불기둥이 제우스를 잇달아 후려쳤다.

되도록 '끝'을 보려 했던 제우스 역시 상황이 위험하다는 사실을 깨닫고, 황급히 양팔을 끌어모아 실드를 두껍게 쳐야만 했다.

하지만 그 실드마저 금세 부서져서 다시 세우기를 반복했다.

콰콰콰……!

결국 영원히 이어질 것 같았던 화염 폭풍이 어느 정도 가라앉은 뒤, 제우스는 새카맣게 익어 버린 실드를 해제하면서 피 섞인 침을 뱉었다.

"아쉽군. 조금만 더 근접했다면 식령(食靈)에 성공할 수 있었을 텐데."

제우스는 아쉽다는 듯 붉은 혀로 입술을 가볍게 축였다. 이미 브라함이 열었던 포탈은 사라진 뒤였다. 그 상황에서 제 한 몸을 빼내는 데 성공했단 뜻이겠지.

하지만 아쉽긴 해도, 걱정되지는 않았다.

분명히 손끝에 브라함의 신격이 부서지는 감촉이 느껴졌으니까. 설사 어떻게 무사하다고 해도, 상관없었다.

"가이아의 저주를 막을 수는 없겠지. 먹어 치우는 건…… 힘이 다 빠진 뒤에 해도 될 테고."

그의 눈에 박힌 보석안 안쪽에서는 혼탁한 빛깔로 물든 광망이 여러 개씩 반짝이고 있었다. 그동안 몰래 먹어 치운 주신격들이 겨우 의식만 남은 채로 아우성을 치고 있었지만, 그마저도 얼마 가지 않아 가라앉을 게 분명했다.

제우스는 다른 방향으로 몸을 돌렸다.

옥황상제와 함께 유일신이 되는 데 있어 가장 큰 골칫거리였던 브라함을 내쫓았으니, 이제 남은 것들을 먹어 치울 시간이었다.

*　　　*　　　*

['가이아의 저주'에 감염되었습니다!]

[주의! 신화가 빠른 속도로 흐트러지고 있습니다. 절대적인 안정을 필요로 합니다. 안전한 장소에서의 휴식을 권고합니다.]

[주의! 신격이 빠른 속도로 붕괴되고 있습니다. 원인을 찾아 조속히 대처해야 합니다. 안전한 장소에서의 휴식을 권고합니다.]

[주의! 신성이…….]

……

"꼴이 말이 아니군. 이래서는 좀 위험하겠는데. ###가 알게 되면 옆에서 크게 잔소리를 해 대겠어."

브라함은 손으로 뻥 뚫린 왼쪽 가슴을 부여잡으면서 겨우겨우 걸음을 옮기고 있었다. 절뚝거리는 걸음걸이는 느리기만 하고, 왼쪽 가슴에서는 자꾸만 잘게 부서진 조각들이 떨어지고 있었다.

모든 신격들이 그러했고 무왕도 피할 수 없었듯, 가이아의 저주는 브라함에게도 너무 치명적이었다.

특히 그로서는 신격을 복구한 지 얼마 되지 않았던 까닭에 아직까지 신격과 신화가 탄탄하다고 할 수 없어서 위험성이 더 컸다.

대체 시의 바다가 어떻게 이 많은 가이아의 저주를 보유

할 수 있는 건지 의문은 일단 차지하고, 브라함은 현재 중요한 갈림길에 놓여 있었다.

이대로 그림자 영역으로 들어가 휴식을 취할 것인가, 아니면 마지막이 될지 모르니 외뿔부족 마을로 돌아가 세샤와 아난타의 얼굴을 볼 것인가.

그것도 아니면.

'끝까지 하르모니아를 보러 갈 것인가…… 겠지?'

그리고 잠깐의 고민 끝에 내린 결론은.

'가야겠지.'

브라함은 쓰게 웃으면서도 걸음을 멈추지 않았다.

'어떤 대답이 돌아올지 알아도, 나와 다르게 하르모니아는 대수롭지 않게 여기고 있어도, 그래도 직접 두 귀로 듣는 것과는 다르니까. 마지막까지 확인해 보는 게 좋겠지.'

그동안 연우가 너무 막무가내라 이리저리 투덜거리기 바빴는데, 자신도 참 크게 다르지 않은 것 같다는 생각이 들었다.

"한데, 여기는 어디지?"

브라함은 칠흑색으로 뒤덮인 숲을 둘러보면서 인상을 가늘게 좁혔다.

그 자신이 알고 있는 4층은 '포세이돈의 열쇠'를 히든 피스로 두었을 만큼 바다와 밀접한 관련이 있었는데, 여기는 도저히 그렇질 않았기 때문이었다.

'천공의 벽뢰가 포탈을 건드리면서 좌표가 어긋났나?'

분명한 건 이곳이 4층이 맞다는 것인데. 정확한 위치를 파악할 수가 없었다.

좌표를 재설정해서 포탈을 열려고 해도, 이미 명왕성의 서가 부서진 데다가 남은 신력은 가이아의 저주를 겨우 막는 데 쓰고 있어서 그것도 힘들었다.

브라함은 살짝 초조해졌다. 가이아의 저주가 어떻게 발작을 일으킬지 모르는 상황에서, 하르모니아도 제대로 만나 보지 못하고 눈을 감는다면 그만한 개죽음도 없기 때문이었다.

그러던 그때.

"종말에 대한 준비는 잘 되고 있겠지?"

"그럼요. 그쪽 덕분에 예언이 보다 순조롭게 이어질 수 있었던 것, 여태 보시지 않았었나요?"

누군지 알 수 없지만 어딘지 모르게 익숙한 남자의 목소리.

그리고 이어지는 목소리는 그가 그토록 찾고자 하던 하르모니아였다.

하지만 브라함은 곧장 그쪽으로 나서지 못했다. 직감적으로 지금 나서서는 안 된다는 생각이 들었던 것이다.

대신에 대화를 더 확인해 볼 요량으로, 마침 근처에 있던 큰 나무 밑에 몸을 숨겼다. 억새가 허리까지 자라 있고, 어둠이 짙게 깔린 곳이라 조심만 한다면 보일 염려는 없었다. 흘러나오던 신력도 어떻게든 갈무리해서 숨겼다.

"이미 '그분' 께서도 조금씩 기지개를 켤 준비를 하고 계시답니다. 이번 전쟁은 그걸 위한 전초전이라고 할 수 있겠지요."

"그럼 다행이고."

"한데, 종말이 열릴 시기가 온 지금까지도 숨길 생각이신가요?"

"뭘?"

"당신의 목적."

"후후. 글쎄."

중간부터 들어서 그런지, 도저히 대화의 맥을 짚을 수가 없었다. 브라함이 알아들을 수 있는 건 몇 개 없었다.

'종말? 그분? 혹시 칠흑왕에 대해 이야기를 하는 것인가?'

하르모니아와 칠흑왕에 대해 논의를 나누는 것을 보면, 수하라기보다는 뜻을 함께하는 동지에 가까운 것 같은데. 대체 누굴까?

그것도 단둘이서 이야기를 나눌 정도라면.

'둘이서?'

브라함은 순간 가슴 안쪽에서부터 불쑥 치밀어 오른 무언가에 저도 모르게 울컥하고 말았다.

낯선 감정이었다.

뒤늦게 그게 무엇인지 깨달을 수 있었다.

질투였다.

'언제나 이성적인 사고를 중시하고 강조하던 내가 이런 감정에 치우칠 줄이야……. 나도 참 변하긴 정말 많이 변했나 보군.'

사실 이성적으로 판단했을 때, 지금 몸 상태로 봐서는 그림자 영역으로 돌아가 회복할 수 있는 방법을 찾는 게 맞았다. 기회는 다음에 또 어떻게든 만들면 되는 것이지만, 목숨은 한 번 날아가게 되면 되돌리기 힘든 법이니까.

그런데도 이렇게 감성적인 판단에 치우쳐 오게 될 만큼 성격이 달라진 건, 그동안 세샤, 아난타와 함께 보낸 시간 덕분이 아닐까.

['가이아의 저주'가 빠른 속도로 퍼지고 있습니다!]

브라함은 다시 한번 더 흔들리려는 신격을 억지로 부여잡았다.

"천마의 한쪽 팔이라고도 할 수 있을 당신이, '그분'을 도우려 한다는 게 전혀 여전히 이해가 되질 않으니까요."

"늘 말했잖나? 나는 어디까지나 정체기에 빠진 이 탑을 되돌리고 싶은 것뿐이라고. 그게 안 될 것 같으면……."

남자는 말꼬리를 살짝 흐리다가 다시 말을 이었다.

"여하튼 칠흑왕이 눈을 뜨는 건 나로서도 나쁘지 않은 일이야. 너희들이 보았다는 예언 따위 난 믿지도 않지만. 거기서 보는 종말은 내가 보는 것과 많이 다를 테니."

"좋아요. 배신하지 않는다면 더 이상 묻지 않도록 하죠."

"좋은 생각이야. 애당초 그것이 시의 바다가 추구하던 바였잖나? 모시는 신 아래, 모두가 평등한 세상. 과거도, 행적도 따지지 않는 모든 가치가 평등한 곳."

"꿈속에서는 모든 게 덧없이 사라질 일장춘몽에 불과할 테니까요."

"그래서 그를 '알'로 쓸 생각이었나?"

"애당초 저는 될 수 없으니까요."

하르모니아의 목소리에는 어딘지 모르게 씁쓸함이 가득 담겨 있었다.

"뭐, 그렇다면 어쩔 수 없겠지만."

"그가 마음에 드셨던 모양이네요."

"딱 한 번 부딪쳐 본 게 전부긴 하지만…… 그동안 사도를 통해서도, 내 눈으로 관찰했을 때에도 꼭 옛날의 누군가를 떠올리게 해서 말이지."

남자는 용무가 전부 끝났는지, 무언가를 어깨에 짊어지는 소리가 났다.

"하면 난 가 보도록 하지. 계획대로 '알'이 제때 깨어나려면 미리미리 곳곳에다 약을 쳐 놔야지 않겠어?"

남자는 그 말을 하면서 숲 가 쪽으로 움직였다. 억새 밟는 소리가 나고, 나무 사이로 통과한 빛이 그의 얼굴을 살짝 비추었다가 사라졌다.

짧은 순간이었지만, 브라함은 그가 누군지 단박에 알아볼 수 있었다.

'이예!'

과거, 그가 '범천'으로서 수미산을 거머쥐려 할 때. 천마의 옆을 지키던 월신(月神)을 기억하고 있었다.

한때, 천교의 이인자였으며, 현 삼신장의 스승이기도 한 존재.

그리고 오늘날의 '탑'을 연 트리니티 원더의 멤버.

그가 하르모니아와 무언가 이해 못 할 대화들을 나누고 있었던 것이다.

이예가 시의 바다에 가담했다는 사실은 알고 있었지만, 이렇게 갑자기 맞닥뜨리게 될 거라고는 생각도 못 했기에 브라함으로서는 많이 놀랄 수밖에 없었다.

특히 저들이 대화를 나눴던 내용 중 '알'이라는 것은 정황상 분명히 연우를 가리키는 게 분명했다.

올포원을 대체할 유일신좌를 만들려는 것에 이어, 칠흑왕이 깨어나는 데 있어 연우를 어떻게든 이용하려는 것 같은데…….

'……설마?'

그러다 브라함은 언뜻 어떤 생각에 미치고 말았다.

그리고 저도 모르게 허리를 쭈뼛 세웠다.

만약 지금 떠올린 가정이 맞는다면, 그건 그것대로 아주 큰일이기 때문이었다.

'이 사실을 어떻게든 알려야……!'

브라함의 마음이 조급해지던 그때.

[집중이 흐트러진 나머지 신력 제어가 실패하고
말았습니다.]
['가이아의 저주'가 격을 흔듭니다.]

가이아의 저주가 한 차례 더 신격을 흔들고 말았다. 재빨리 다시 갈무리를 시도했지만, 이미 신력 중 일부가 새어나간 뒤였다.

"음?"

이예가 무언가를 감지한 듯 시선을 이쪽으로 돌리고.

브라함은 숨을 죽였다.

터벅.

터벅.

이예가 이쪽으로 다가오는 게 느껴졌다. 억새풀이 이리저리 흔들렸다.

"무슨 일이신가요?"

"여기서…… 아니다. 아무것도."

이예는 아무것도 보이지 않는 수풀을 둘러보다, 하르모니아가 부르는 소리에 고개를 가로저었다. 하지만 자리를 벗어나는 마지막까지 그의 눈빛에 맺힌 의심은 거둬지지 않았다.

그렇게 이예가 홀연히 떠나고.

하르모니아가 빙긋 웃으면서 방금 전까지 이예가 있던 자리를 향해 말했다.

"이만 나오시는 게 어떠실까요, 브라함?"

살짝 수풀이 흔들린다 싶더니, 나무 한쪽에서부터 브라함이 나타났다.

어둠에 가려져서 그런 건지, 아니면 가이아의 저주 때문인지 몰라도.

새카매진 그의 안색은 어느 때보다 단단히 굳어 있었다.

"알고 있었나?"

"처음부터요."

"그런데도 용케 내버려 뒀군."

"당신의 기척을 숨겨 드린 게 저라는 것, 알고 계시나요?"

"왜?"

"제 딸과 손녀의 아버지이자, 할아버지니까요."

"……."

너무나 당연하다는 투의 대답. 브라함은 오히려 아무 말도 나오지 않았다.

그러다 억지로 목소리를 쥐어짰다. 가이아의 저주는 이제 그의 제어를 완전히 벗어나 턱밑까지 차오르고 있었다. 손발이 조금씩 부서지려 하고 있었다.

"……그렇게 생각한다면 왜 자꾸 날 피해 다녔지? 아니, 왜 아난타를 떠난 거지?"

자신을 떠난 것이야 이해를 할 수 있다 치더라도, 아난타를 '실험의 결과물'이 아닌 '딸'로 인정하고 있었다면 그렇게 훌쩍 떠날 수는 없는 것이었다.

하지만.

하르모니아는 여전히 담담했다.

"전 거짓말을 한 적이 없어요."

"무슨……!"

"제가 죽었었던 건 거짓이 아니니까요."

"뭐?"

"대신에 다시 깨어났던 것일 뿐."

브라함은 한순간 하르모니아의 말을 이해할 수 없으면서도, 한편으로는 납득이 가는 모순적인 경험을 하고 있었다.

"전생(轉生) 뒤에 전생(前生)의 인연은 전부 끊어진 것이었고, 저를 받쳐 주는 정체성은 딱 하나뿐이었어요. '그분'의 의지를 집행하는 후계자라는 것."

"……!"

"이번에는 제가 묻겠어요."

"……."

"들으셨나요?"

브라함은 충격이 큰 나머지 한순간 아무 대답도 하지 못했고.

"들으셨군요."

하르모니아는 깊게 한숨을 내쉬고 말았다.

브라함도 인상을 딱딱하게 굳히면서 마지막 남은 신력을 쥐어짜려 했지만.

피잉!

불현듯, 허공에서부터 날아든 빛의 궤적이 그대로 브라함을 꿰뚫고 지나갔다.

"아……!"

그 궤적은 하르모니아도 미처 생각지 못했던 것이라, 그녀는 눈을 부릅뜨고 말았고.

아주 잠깐 동안, 브라함은 씁쓸하면서도 아련한 눈빛으로 하르모니아를 바라보다가.

파스스!

그대로 작은 입자가 되어 흩어지고 말았다.

하르모니아가 황급히 궤적이 날아온 방향으로 고개를 돌렸다.

그곳에서는 이예가 큰 나무줄기에 서서 이쪽으로 시위를 겨누고 있었다.

"역시, 있었군."

"당신……!"

순간, 처음으로.

하르모니아의 얼굴에 짙은 분노가 어렸다.

고오오!

매서운 기세가 폭풍처럼 휘몰아쳤다.

하지만.

"그런 표정도 지을 줄 아는군. 단순히 감정 없는 인형인 줄로만 알았는데 말이지."

이예는 제 할 일을 마쳤을 뿐이라는 듯, 활을 다시 어깨에 걸면서 홀연히 자취를 감추었다.

"......."

홀로 남은 자리에서.

하르모니아의 눈빛은 크게 요동치고 있었다.

*   *   *

[비마질다라가 강림합니다!]

77층의 스테이지에 있는 이들의 눈앞에 떠오른 메시지를 보면서.

[모든 신들이 큰 충격에 빠집니다!]

신들은 일제히 기함을 내질렀고.

[모든 악마들이 극심한 혼란에 잠깁니다!]
[모든 악마들이 혹시 비마질다라의 눈에 띌까 전전긍긍합니다!]

악마들은 경악을 터뜨리고 말았다.

비마질다라.

아주 오래전, '탑'이 세워지기도 이전. 신의 진영에 신왕(神王)이 있다면, 악마의 진영에는 아수라왕(阿修羅王)이 있다는 말이 있을 정도로 뛰어난 명성을 자랑하던 자.

비록 데바의 손꼽히는 대신격, 인드라와 다퉈서 패배했다는 신화가 한때 떠돌기도 했다지만.

거기서도 세력전에서 밀려 칼을 꺾은 것일 뿐, 그의 위신이 꺾인 건 절대 아니었다.

도리어 비마질다라는 수십 차례나 인드라를 멸망 직전까지 몰고 가기도 했었으니, 위업적인 면모만 따진다면 데바의 누구를 가져다 붙인다고 하더라도 그에게 미칠 수는 없었다.

그리고 최근에는 그를 있게 만들었던 절교도 박차고 나와 세상을 홀로 떠돌고 있었으니.

그런 그가 다시 모습을 비친다는 메시지가 떠올랐으니, 많은 이들이 잔뜩 긴장한 나머지 마른침을 삼키는 것도 무리는 아니었다.

그리고.

"……오랜만에 맡는 공기로군."

자신의 키보다도 큰 칼을 등에 멘 장년인이 천천히 눈을 떴다. 이지적인 눈빛이 돋보였다.

"여기가 바로 탑의 하계인가?"

쿠쿠쿠……!

단순히 입을 연 것뿐인데도 불구하고.

분명히 한 줌의 기세도 흘리지 않았는데도 불구하고, 얼마나 많은 양의 내력이 담겨 있던지 스테이지가 크게 떨릴 정도였다.

"공기가 아주 산뜻해서 좋아. 위쪽은 이제 너무 눅눅하기만 해서 재미없는데 말이지."

그의 말과 달리, 현재 77층의 대기는 절대 좋다고 말할 수가 없는 형편이었다.

신들의 공세가 거세지면 거세질수록, 올포원이 스테이지에 뿌리는 마력량도 늘어날 수밖에 없는바. 그 과정에서 공간이 이리저리 휘면서 법칙도 같이 어그러져 대기가 많이 망가졌던 것이다.

뜨겁고, 불쾌하다.

그리고 무거우며, 답답하다.

연우를 쫓아 77층에 입장했던 랭커들은 하나같이 질색하고 있는 중이었다.

대체 자신들이 무슨 일을 겪고 있는 건지, 어떤 곳에 있는 건지, 하나같이 스턴 상태에 잠겼던 것이다.

심지어 신들도 거북하기 그지없는 전장이었지만.

비마질다라는 그것을 두고 너무 '상쾌하다'고 표현하고 있었다.

비록 소수에 불과해 절교에 통합되었다고는 하나, 아수라(阿修羅)라는 종족은 본디 싸움을 위해 태어나고 살아가는 족속들.

그런 이들 중에서 왕으로, 그리고 그런 왕들 중에서도 왕 중 왕으로 추대되었을 정도인 그에게 이런 전장은 도리어 마음의 안식처나 다름없었다.

말라흐와 르 인페르날이 협정을 맺으면서 천계가 평화기를 맞고, 루시퍼가 날개를 꺾이면서 더 이상 천계의 질서를 어지럽히는 자가 없지 않았던가.

그런 세월들이, 비마질다라에게는 너무나 심심하고 무료하기 짝이 없는 세월에 지나지 않았다.

하지만.

최근 들어 연우를 중심으로 계속해서 벌어진 혼란은 비마질다라를 조금씩 들뜨게 만들었고.

몇 번씩이나 얼음장처럼 차갑게 굳어졌던 마음을 뜨겁게 녹이기 시작하더니.

이제는 아예 무거운 엉덩이를 들고 일어나게끔 만들었다.

올포원 레이드.

신과 악마들이 천계에 갇힌 이래, 최대의 전장(戰場)이 만들어진 것이다.

하지만 비마질다라가 관심을 가진 건, 절대 올포원이나 새롭게 만들어질지도 모를 창조신 따위가 아니었다.

연우.

그를 이곳으로 직접 부른 이를 찾아야 하지 않겠는가.

그의 관심사는 온통 새로운 신왕에게만 집중되어 있었다.

하지만.

[대다수의 신들이 비마질다라에게서 풍기는 아득한 격의 규모에 질겁하고 맙니다!]
[소수의 신들이 비마질다라의 등장에 긴장의 끈을 잔뜩 틀어쥡니다!]

"같잖은 것들이 여기저기서 시끄럽게 떠드는 것도 여전하고. 흠!"

비마질다라는 전장을 휘도는 뜨거운 대기를 맛있게 음미하다 말고, 한쪽 입술 끝을 살짝 비틀었다.

비록 말투는 학자처럼 이지적이고 근엄하게 느껴질지 모르지만, 목소리엔 어딘지 모르게 오만함이 잔뜩 섞여 있었다.

무시하려 해도, 그는 강림했을 때부터 느끼고 있었다.

수많은 시선들이 자신에게로 집중되어 있다는 것을.

두려움과 경계심, 공포와 혼란, 경외 등등이 복잡하게 어우러진 시선들.

"그 눈들, 전부 뽑아 버리기 전에 옆으로 치우는 것이 좋을 걸세. 내 관심사는 한낱 명예에 눈이 먼 상태로, 무리가 곧 자신의 힘이라고 여기는 못난 그대들이 아닌 다른 것이니까."

[다수의 신들이 황급히 고개를 옆으로 돌립니다.]
[소수의 신들이 자신들을 모욕한 비마질다라에게 깊은 모멸감을 느낍니다.]
[극소수의 신들이 비마질다라에게 저항의 의사를 밝힙니다. 적의를 보입니다.]

"흠! 적의라."

비마질다라는 손으로 턱을 쓰다듬으면서 가볍게 실소를 흘리더니.

"상대방을 전혀 알아볼 줄 모르고, 자신을 냉정하게 평가할 줄 모르는 그깟 개눈깔 따위는."

등에 매단 검의 손잡이 쪽으로 손을 가져갔다.

"역시 뽑아 버리는 게 좋겠군."

그러고서는 검집에서 뽑아 크게 휘둘렀다.

단순히 허공에다 내그은 것인데도 불구하고.

그 결과는 절대 단순하지 못했다.

콰콰콰쾅!

쿠쿠쿠쿠, 우르르—

콰릉, 콰르르르!

마치 하늘에 총총 박힌 별들이 일제히 폭발을 일으키면서 유성우가 되어 추락하듯이.

비마질다라의 궤적에 노출된 모든 신격들이 그대로 '찢어발겨진' 채로 산산조각이 나 바닥으로 추락하고 만 것이다.

　　['검은 구비타라'가 작렬하였습니다!]

　　[신, '아르테'가 소멸하였습니다!]

　　[신, '라투'가 소멸하였습니다!]

　　[신, '알라르디'가 소멸하였습니다!]

　　……

　　[많은 신들이 추락합니다!]

　　[추락한 신들의 옆에 있던 신들이 저주에 오염되어 괴로워합니다!]

[신들에게로 저주가 역병처럼 퍼져 나갑니다!]

……

[대다수의 신들이 기겁하고 맙니다!]

[소수의 신들이 이전보다 훨씬 강해진 비마질다라의 위용에 경악하고 맙니다!]

……

[신의 진영이 흐트러집니다.]

[신의 진영이 '혼란' 상태에 잠겼습니다!]

[신의 진영이 '공포' 상태에 노출되었습니다!]

……

['말라흐'의 서기장, 메타트론이 비마질다라를 잔뜩 경계하며 올포원 레이드를 방해하지 말 것을 단단히 경고합니다.]

['르 인페르날'의 수좌, 바알이 크게 혀를 차면서 악마들에게 함부로 비마질다라와 엮이지 말 것을 주문합니다.]

[케르눈노스가 여전히 비마질다라를 고요한 눈빛으로 바라봅니다.]

비마질다라는 활짝 웃었다.

자기 수행(自己修行)을 하느라 너무 오랫동안 검에서 손을 뗀 나머지 실력이 줄어들었으면 어쩌나 싶었는데, 아무래도 예전보다 늘었으면 늘었지 줄어들지는 않은 것 같았다.

최근에 깨달은 바가 있어서 그런가.

이유는 알 수 없지만, 어쨌거나 나쁜 일은 아니었다. 그렇다면 이 변한 감각을 빨리 손에 익게 할 필요가 있었다.

그리고 그러기 위해선 피를 보는 것보다 더 좋은 것도 없겠지. 때마침 여전히 주제를 모르고 자신을 노려보는 개눈깔들도 많으니까 말이야.

비마질다라는 다시 한번 더 검을 세게 내리쳤다.

마치 앞길을 가로막는 것들을 모조리 치워 버리려는 것처럼. 연우에게로 향하는 길을 말끔하게 청소하려는 것처럼.

두근.

두근!

새로운 신왕이 되려는 연우는 과연 어떤 자일까. 위에서 보던 것과는 많이 다를까, 아니면 그보다 못할까.

너무나 궁금한 나머지, 심장이 벌써부터 뜨겁게 달아오르는 느낌이었다.

＊　　＊　　＊

'여기가 원한의 샘인가?'

신화에 의하면.

신왕 크로노스는 스퀴테를 만들 때, 세상의 온갖 보물과 광물들을 한데 끌어모아 '원한의 샘'에 담갔다고 한다.

그 외에 자세한 건 알려져 있지 않아, 원한의 샘이 대체 무엇인가 싶었었는데.

크로노스는 별 대수롭지 않다는 듯, 거기에 대해 아주 짤막하게 설명했다.

─이 아비가 이룬 신화, 그 자체다.

연우는 자신을 둘러싼 수많은 '장면'과 '활자'들에 눈을 가늘게 좁혔다.

어떻게 숫자를 헤아릴 수도 없을 만큼 많은 양의 장면들. 그리고 마치 소설처럼 온통 **빽빽하게** 적힌 활자들이 저마다 꼬리에 꼬리를 물면서 공간을 따라 유영하고 있었다.

거기에는 크로노스가 지난 수만 년, 아니, 어쩌면 수십만 년도 훨씬 넘을지 모를 만큼 까마득한 세월 동안 쌓은 신화들이 생생하게 담겨 있었다.

그가 닿은 곳은 무의식 세계에서도 합일을 통해서야만 접근이 가능한, 크로노스의 무의식 세계였다.

마치 물속에 들어온 것처럼 몸이 축 가라앉는 것이, 진짜 '샘' 속에 들어온 느낌이었다.

　—스퀴테를 제작할 수 있는 조건에는 아다만트도 있고, 칠흑옥도 있지만 가장 중요한 건 따로 있다.

　—그게 뭡니까?

연우가 본격적으로 움직이기 직전, 크로노스는 연우에게 따로 스퀴테의 제작 방식에 대해 말한 적이 있었다.

　—복구.

　—복구라고 하시면……?

　—태엽을 전부 원상태로 복구해야만 한다.

연우는 크로노스의 말뜻을 곧장 이해할 수 있었다.

스퀴테는 그 자체만으로도 대신격을 지닌 신물이며, 그 기반은 크로노스의 신화와 신위에 두고 있다.

만약 온전하게 제 기능을 되찾으려면, 크로노스의 근간이 되는 두 개의 태엽을 원래대로 되돌리는 것이 급선무일 테지.

　—죽음의 태엽은 이미 네가 사왕좌에 오르면서 온전히 복구를 하다 못해, 아예 개념을 움직일 정도로 강화가 된 상태지. 죽음이라는 개념, 하나만 두고 본다면 넌 이미 소싯적의 내가 이뤘던 것을 뛰어넘었어.

　—하지만 시간의 태엽은 현재 그러지 못한 상태지. 그건 '시간'이라는 신위 자체가 신격들 사이에서도 찾아보기가 힘들 정도로, 그리고 아주 보물처럼 여겨질 정도로 귀하기 때문에, 너로서도 어떻게 복구할지가 감이 잡히지 않기 때문이야. 그렇지 않니?

　—그렇다고 해서 섣불리 손을 댈 수도 없기도 하지. 이미 시간의 태엽은 정우의 사념체와 완전히 동화를 해 버린 지가 오래고…… 칠흑왕이 너에게 쥐여 준 것과도 거리가 있으니까. 네가 걸었던 길과도 완전히 다르지.

사실 시간의 신위는 그 자체만 따지고 본다면, 칠흑왕과는 상당한 거리가 있었다.

칠흑왕은 최초의 우주가 창조되기도 훨씬 이전부터 존재했던 공허, 그 자체. 시간이란 개념이 존재하지 않아 모든 것이 '정지(靜止)' 된 상태를 의미한다.

시간이 운동(運動)적 개념을 포함한다는 것을 감안한다면, 아예 정반대되는 개념이라고 봐도 무방한 것이다.

그런데도 불구하고.

칠흑왕의 사도였던 크로노스는 시간의 신위를 지니고 있었다.

그것은 시간의 신위가 칠흑왕에게서 비롯된 게 아니었기 때문이었다.

바로.

마성을 얻고 나서 죽을 위기에 놓였던 크로노스를 위해 우라노스가 남긴 신력에 기원을 두고 있었다.

─가능하다면 네 할아버지를 소환하여 배울 수
있다면 가장 좋겠지만…… 그럴 수는 없겠지.

말을 하는 내내, 크로노스의 목소리에서는 극도로 사무친 그리움이 느껴졌다.

만약 사자 소환으로 우라노스를 부를 수 있었다면, 가장 크게 기뻐했을 사람은 그였을 테지.

—하지만 방법이 아예 없는 건 아니다.

—나의 신화 속으로 들어가거라.

—이미 나의 본체를 흡수하기도 했고, 합일을 이룬 상태라면 얼마든지 들어갈 수 있을 테지. 한 번 나와 동화를 겪기도 했었고. 거기서 너의 할아버지를 만나, 시간의 신위에 대해서 배우고 와라.

어쩌면 참신한 발상일지도 몰랐다.

신화를 헤집고 들어가, 이제는 만날 수 없을 존재를 만나서 그 힘을 배우고 오라니.

하지만 크로노스의 말마따나, 그것만이 시간의 태엽을 온전히 복구할 수 있는 유일한 방법인지도 몰랐다.

그리 시간이 많지 않기도 하고.

[나열된 크로노스의 신화 중 재생하고픈 신화를 선택하십시오.]

[1. 가이아와의 시대]

[2. 아귀의 시대]

[3. 천부신 양자의 시대]

[4. 사도의 시대]

......

[경고! 당신은 현재 옛 존재의 신화에 접속한 상태입니다. 타인의 신화에 오랜 시간 동안 무방비로 노출될 경우, 자아가 같이 휘말릴 위험이 큽니다.]

[한계 시간을 표시합니다.]

[접속 한계 시간: 12시간]

[한계 시간 내에 모든 용무를 마치고 돌아오십시오. 만약 한계 시간을 초과할 시, 자아 붕괴의 위험이 있을 수 있습니다.]

[카운트를 시작합니다.]

[12:00:00]

[11:59:59_99]

[11:59:59_98]

......

연우는 지체하지 않고 원하는 시간대의 신화를 선택했다.

　　[목록 중 3번, '천부신 양자의 시대'를 선택하였습니다.]
　　[선택된 신화가 재생됩니다.]
　　[원활한 진행을 위해, 크로노스의 기억이 일부 계승됩니다.]

화아악!

익숙한 빛무리를 맞으면서, 연우는 몸이 천천히 가벼워지는 것을 느꼈다.

그러면서.

한편으로는 궁금하기도 했다.

어째서 크로노스가 이룬 신화들을 두고, '원한의 샘'이라는 이름이 붙은 것인지.

아마도 이 신화를 체험하고 난다면 이유를 알 수 있지 않을까?

그런 생각과 함께.

연우는 천천히 감았던 눈을 떴다.

　　　　　*　　　　*　　　　*

　　[11:58:45_66]

　　[11:58:45_65]

　　……

'여긴 어디지?'

연우는 눈을 뜨자마자 자신이 있는 정확한 위치와 시간대를 파악하고자 했다.

이미 크로노스의 신화를 재생해 본 적이 있으니, 대략적인 시간대만 알 수 있어도 원활한 플레이를 하는 데 큰 도움이 될 테니까.

'막사?'

그런데 어쩐지 연우는 자신이 있는 곳이 크로노스의 기억 중 대부분을 차지하던 올림포스와 많이 다르다는 느낌을 받았다.

올림포스는 원래 예술을 추구하는 신들이 많은 터라, 대리석을 깎아 만든 궁정을 기반으로 온갖 조각상과 명화들이 즐비하게 장식되어 있는 경우가 많았다.

하지만 지금 연우가 있는 곳은 그런 곳과는 달랐다.

막사였다.

마치 옛 전쟁터에서 세워질 법한 고대형 막사.

물론, 이곳도 단순한 막사라 하기엔 천의 재질이 고급스럽고, 거기에 그려진 무늬 따위가 아주 아름다웠지만.

연우는 일단 우라노스를 찾아볼 생각으로 신력을 넓게 퍼뜨렸다.

그 순간, 화악 하고 다가오는 수많은 열기와 투기, 그리고 곳곳에 남아 있는 살기.

[강한 자극을 받았습니다.]
[투쟁의 신위가 격동합니다!]
[현재 크로노스의 신화를 재생 중입니다. 해당 신위는 본 신화와 전혀 관련이 없으므로 활동이 강제 취소됩니다.]

[투쟁의 신위가 놓으라며 발버둥 칩니다.]
[투쟁의 신위가 잘게 떨립니다.]

'이게 무슨……?'

연우로서도 난생처음 겪어 보는 일이었다.

투쟁의 신위는 온전히 자신이 쌓은 신화. 그래서 웬만한 자극으로는 꿈쩍하는 법이 거의 없었다. 통제도 아주 쉬운

편이었다.

그런데 이렇게 거칠게 반응을 한다고?

연우는 자신이 눈을 뜬 시간대가 언젠지 도무지 짐작할 수가 없어 재빨리 막사를 열고 나섰다.

그 순간.

화아악!

'흡!'

아주 지독한 탄내가 코끝을 찔렀다.

수많은 전장을 전전했던 연우조차도 헛바람을 들이켤 만큼 지독한 탄내.

맡는 것만으로도 머리가 아프고 숨이 갑갑해질 지경이었다. 손끝이 살짝 떨리고, 피부가 따끔거렸다. 쿵. 쿵. 심장이 거칠게 방망이질을 쳤다.

[투쟁의 신위가 격하게 요동칩니다!]
[투쟁의 신위가 이곳은 위험하노라고 강하게 경고합니다!]
[본 신화와 관련이 없으므로 활동이 강제 취소됩니다.]

불길한 검붉은 불빛과 매캐한 연기로 물든 하늘 너머……

거대한 크기를 자랑하는 '어둠'이 있었다.

그건 달리 어떻게 설명할 수 있는 게 아니었다.

그냥 어둠이었다.

빛과 존재를 그대로 묻어 버리는 어둠.

마치 암전된 무대처럼 칠흑색으로 빛나는 무언가가 지평선을 가득 채우고, 아주 느릿한 속도로 이쪽으로 천천히 다가오면서 하늘과 땅, 그리고 그 위에 있는 모든 것들을 뒤덮고 있었다.

보는 것만으로도 소름이 끼치고 등골이 오싹해질 정도였으니.

'공허? 심연? 아니, 그런 것보다 더 어두워. 그런 건 차라리 인식이라도 가능하지만 저건…… 대체 저게 뭐지?'

연우는 체험했던 크로노스의 신화를 재빨리 되짚어 보고, 크로노스에게서 들었던 여러 사건들도 복기해 봤지만, 저런 건 전혀 들어 본 적이 없었다.

혹시 크로노스에게 누락된 신화 같은 게 있었나?

아니면 알 수 없는 오류로 전혀 엉뚱한 곳으로 접속한 걸까?

이와 엇비슷한 것이 떠오르긴 했다.

'늪…….'

크로노스가 마성과 처음 만났던 칠흑의 늪.

생김새는 전혀 다를지 몰라도, 겉으로 느껴지는 성질은 그것과 사뭇 비슷한 것 같았다.

하지만 이곳은 처음 늪을 발견했던 늪지대가 아닐 텐데?

"뭐 하러 나왔니? 따로 사람을 보내기 전까지 나오지 말라고 했었잖아."

그렇게 신경을 곤두세우면서 '어둠'을 지켜보고 있던 도중에 갑자기 뒤쪽에서 그를 야단치는 목소리가 들렸다.

제 딴에는 호통이라고 쳤지만, 걱정과 염려하는 기색이 다분히 묻어나는 자상한 목소리.

고개를 돌렸다.

크로노스의 신화에서 숱하게 봤던 얼굴이 있었다.

오케아노스였다.

크로노스의 형제들 중에서 맏이였던 이.

우라노스가 힘을 잃은 이후, 테이아와 대립각을 세우면서 올림포스의 내전을 초래하기도 했지만.

원래는 전쟁을 싫어하고 평화를 사랑하는 따스한 성정의 소유자였다.

크로노스가 사고를 치고 다닐 때마다 가장 먼저 나서서 두둔해 주고, 그의 불행한 처지를 이해해 줬으며, 크로노스가 칠흑왕의 사도가 되며 두각을 드러낸 뒤에는 아무런 미련 없이 자리를 훌훌 털어 버리고 은퇴를 선언하기도 했다.

'아버지도 다른 형제들을 이야기할 때는 심드렁했지만, 오케아노스만큼은 존경할 분이라고 강조하였었지.'

연우가 눈을 가늘게 좁혔다.

'은퇴한 뒤에 행방은 전혀 알 수 없다지만.'

크로노스의 통치 시절은 물론, 제우스의 시대까지도.

모든 우주의 신들이 탑에 갇힌 것을 감안한다면 오케아노스도 분명히 같이 갇혔을 게 분명하건만. 추후에 아테나에게 듣기로 오케아노스는 올림포스에서도 출현한 적이 전혀 없었다고 했었다.

은퇴한 후에 어디서 횡액을 당해 소멸하고 만 건지, 아니면 영락해서 필멸자로서 평범한 삶을 살았던 건지는 알 수 없었다.

많은 게 수수께끼에 싸여 있는 존재인 셈이었다.

하지만 그건 어디까지나 현실의 일이었고.

연우는 지금 자신이 크로노스의 신화에 들어와 있으며, 젊은 시절의 크로노스를 연기하고 있단 사실을 잊지 않았다.

[11:45:23_31]
[11:45:23_30]
......

지금 이 순간에도 한계 시간은 빠르게 소모되고 있었다.

"안에만 있기 갑갑해서."

연우는 크로노스가 할 법한 대답을 적당히 꾸며서 둘러 댔고, 오케아노스는 땅이 꺼져라 한숨을 내쉬었다.

그러다 쓴웃음을 지었다.

"하아! 제발 그러지 말려무나. 여기서도 사고 치고 다니 면 아버지에게 혼나는 건 네가 아니라 주변 사람들이니 말 이다."

오케아노스는 나이 차가 아주 많이 나는 사고뭉치 막냇 동생을 타이르는 자상한 형의 말투를 하고 있었다.

연우는 전혀 신경 쓰지 않았지만.

"아버지?"

"망아지처럼 이리저리 날뛰고 다니는 너라도 아버지는 무서운 모양이구나. 하긴 이번에는 정말 네 다리몽둥이를 분질러 버리겠다고 단단히 벼르시던……!"

"아버지, 어디 계시지? 뵙고 드릴 말씀이 있는데."

"너……."

"나 지금 급해."

연우는 오케아노스의 말허리를 단칼에 잘랐다.

그제야 오케아노스도 표정을 딱딱하게 굳혔다.

"아버지께서 지금 널…… 아니, 우리를 상대할 여유 따원 없으신 건 잘 알지? '밤'이 날뛰고 있는 바람에 아버지는 물론이고 장로님들까지 전부 신경이 많이 날카로우셔."

밤?

아무래도 저 '어둠'을 가리켜서 하는 말인 것 같았다.

신경이 날카롭다는 것은 우라노스가 저것과 싸우고 있단 뜻일까.

"그래도 봬야 해."

"……하아! 알았다."

오케아노스는 더 이상 연우를 설득할 자신이 없다는 듯, 다시 깊은 한숨을 내쉬다가 쓰게 웃고 말았다.

막냇동생이 언제는 자신의 말이라고 해서 들었던가. 늘 무슨 생각을 하고 있는지 그 속을 알 수 없는 아이였으니, 이번에도 그렇겠거니 하고 넘겨 버렸다.

다만, 지금 성격이 잔뜩 날카로울 우라노스를 괜히 자극해서는 자신도 덩달아 얻어터질 것(?) 같아, 도중에 뒤로 슬쩍 빠질 생각이었다.

*   *   *

[11:29:42_91]

[11:29:42_90]

……

　연우가 오케아노스의 도움으로 대군영(大軍營)의 중심지에 다다라서 본 것은.

　"다들 여기서 뒈져도 할 말은 없으렷다?"

　"우라노스! 제발! 제발 우리 말 좀 들어 주십시오!"

　"대체 왜 우리들만 나서서 '밤'을 상대해야 한단 말입니까! 저는 이해할 수 없습니다!"

　"맞습니다! 다른 사회들도, 악마도, 용종도 전부 방관만 하고 있는 것을……!"

　"귀가 울리는군. 그래. 유언은 끝났지?"

　"우라노스!"

　"제발!"

　촤아아악!

　백발을 길게 늘어뜨린 우라노스는 포박된 채로 제발 살려 달라며 애원해 대는 이들의 목을 단칼에 쳤다.

　피가 뿌려지고, 공포로 잔뜩 일그러진 표정을 한 머리통들이 줄줄이 바닥을 굴렀다.

　"쯧! 피가 신발에 묻었군. 갈아 신는다는 것을 깜빡했어. 아끼던 것이었는데, 다시 주문해야 하나?"

　그런 끔찍한 일들을 해내고도, 정작 우라노스는 눈썹 하나 꿈틀대지 않고 자신의 가죽 신발을 더 걱정할 정도였다.

'역시 걸걸하시군.'

저런 분이 내 조부님이라. 연우는 이전에도 다짜고짜 크로노스에게 주먹부터 날리던 우라노스를 떠올리고 절레절레 고개를 흔들었다. 아무래도 아버지의 성격은 할아버지에게서 내려온 게 틀림없었다.

'이 집안에서는 유일하게 나만 정상이니, 원. 내가 똑바로 정신 차려야겠어.'

연우는 샤논이 들었다면 기가 차다는 표정을 지을 말을 스스럼없이 속으로 내뱉으면서 우라노스에게 다가갔다. 오케아노스는 그를 데려다만 주고 바쁘다며 도중에 내뺀 뒤였다.

"무슨 일이더냐? 분명히 일이 끝날 때까지 막사에서 나오지 말라고 일렀을 텐데?"

우라노스는 연우를 발견하자마자 인상을 팍하고 찡그렸다. 쓸데없는 호기심으로 밖에 나온 것이라면, 당장 손에 들고 있는 칼로 회를 쳐 버릴 기세였다.

'여기서는……'

다행히 크로노스가 이럴 때 꼭 우라노스에게 하라던 말이 있었다.

―프네우마의 하늘을…….

"프네우마의 하늘을 배울 수 있게 해 주십시오."
"……뭐?"
우라노스는 전혀 생각지도 못한 말을 들은 듯, 인상을 딱딱하게 굳히며 눈을 크게 뜨고 말았다.

―프네우마의 하늘? 그게 뭡니까?
―나도 몰라.
―무슨……?
―나도 모른다고.
―…….

머릿속으로 크로노스와 나눴던 대화가 빠르게 스쳐 지나갔다.
심드렁한 표정을 한 크로노스의 얼굴이 가장 먼저 떠올랐다.

―네 할아버지가 은퇴를 하시고 난 뒤에, 내가 한창 신력과 신위에 대해서 배울 무렵에 가르쳐 주셨던 말이다. 만약 나나 내 후손에게 일이 있어 당신

의 그림자를 만나게 될 일이 있거든, 그 말이 주문
(呪文)이 될 거라고. 무엇이든지 들어줄 거라고 하셨
었다.

─그때는 그게 무슨 말인지 전혀 이해하질 못했
었는데…… 아무래도 네 할아버지는 아주 먼 미래에
있을 지금과 같은 일을 어느 정도 예견하셨는지도
모르겠다.

"너, 그걸, 어디서 대체……."
우라노스의 눈꺼풀이 파르르 떨렸다.
그러자 주변에 있던 신들─올림포스의 장로들이 다급한
기색이 되었다.
"왜 그러십니까, 왕이시여?"
"또 막내 아드님이 사고라도 쳤습니까?"
"크로노스! 너 또 무슨 일을 저질렀기에 우라노스 님이
또 저러시는 것이더냐?"
"이번에는 좀 조용히 지내나 싶더니……!"
몇몇은 아예 대놓고 연우에게 으르렁대기도 했다.
하지만 연우는 그런 걸 전혀 신경 쓸 겨를이 없었다.

[11:27:56_76]

[11:27:56_75]

......

지금도 시간은 빠르게 흐르고 있었다.

"도와주십시오. 시간이 없습니다."

프네우마의 하늘이 대체 무엇인지는 알 수 없어도, 시간의 태엽을 복구하는 데 필요한 것이니만큼 얼마나 많은 시간이 걸릴지는 아무도 몰랐다.

우라노스도 진지한 연우의 눈을 읽고 그제야 침중한 낯빛을 띠더니, 주변 장로들에게 말했다.

"다들 잠시만 물러나 주게."

"하지만……!"

"부탁일세."

그제야 장로들도 서로 눈치를 보다가 자리를 비웠다.

그리고.

우라노스는 좀 전과는 비교도 할 수 없을 정도로 싸늘하게 가라앉은 눈을 하면서 연우에게 물었다.

"넌 누구냐?"

연우의 눈빛이 깊게 가라앉았다.

그런 그를 보는 우라노스의 눈빛이 차갑게 번들거렸다.

"프네우마의 하늘과 관련된 것들은 아직 막내 아이가 알 수 없는 정보다. 그런데 알고 있다고? 너는 막내 아이의 거죽을 뒤집어쓰고 있을 뿐, 절대 막내 아이가 아니다. 누구냐, 넌?"

'아직?'

연우는 이해할 수 없을 말을 들었지만, 일단 모른 척 잡아떼기로 했다.

"무슨 말씀이신지 모르겠습니다, 아버지. 저는 그저……."

"놈! 프네우마의 하늘은 미래의 내가 막내 아이에게 말해 주는 정보라 하지 않았느냐!"

쿠쿠쿠!

우라노스의 거친 일갈과 함께 세상이 와르르 떨렸다. 이대로 행성이 그대로 주저앉는 게 아닐까 싶을 정도였다.

심지어 조금씩 확장을 거듭하던 '밤'까지 주춤거릴 정도였으니.

[투쟁의 신위가 강한 자극에 반응합니다!]

[본 신화와 관련이 없으므로 활동이 강제 취소됩니다.]

과연 천부신(天父神)이라고 해야 할까.

가이아의 저주로 스러지기 전까지 유일하게 대지모신과 대적했던 존재였다더니.

수많은 사회들을 통합하면서 올림포스를 만든 설립자이자 개척자답게, 단순히 위세를 내뿜는 것만으로도 살갗이 따가울 지경이었다.

그러면서도.

한편으로, 연우는 우라노스의 성난 눈빛 아래 다른 감정이 일렁이는 것을 놓치지 않았다.

막내아들이 혹시나 잘못된 것이 아닐까 하는 걱정인 게 분명했다.

그 때문에 이 순간에도 연우의 머릿속에는 온갖 생각이 스쳐 지나갔다.

'차라리 정체를 밝히고 협조를 구해야 하나?'

여태 크로노스의 신화를 재생해 보면서 느낀 점은 우라노스가 겉보기에는 성정이 거칠어도 속은 자식에 대한 걱정으로 가득 차 있다는 점이었다.

그만큼 가족애가 대단하다는 뜻이겠지. 당신의 손자라는 사실을 밝힌다면 적극적으로 도와주려 할지도 몰랐다. 한시가 촉박하다는 것을 감안한다면, 가장 이상적인 전개였다.

하지만 그런 생각은 금세 접어야만 했다.

'내가 손자라는 증거가 없어. 만약 가짜라고 여겨서 제압이라도 하려 들면 큰일이야.'

이곳이 제아무리 크로노스의 기억과 신화를 토대로 만들어진 허구 세계라고 하지만, 그 안에서 살아가는 존재들은 모두 자신이 '진짜'라고 여기고 있었다.

그런데 갑자기 먼 미래의 손자가 나타났다고 해 봤자, 이 세계가 사실은 거짓이라고 해 봤자, 도리어 미친놈 소리를 듣지 않으면 다행이었다.

하지만 이미 연우에 대해 의심을 하고 있는 이상, 그것을 해소하려면 어떻게든 방법을 마련해야 했다.

그때.

"……그렇군. 그런 것이었군."

금방이라도 연우의 숨통을 옥죌 것 같던 우라노스의 살기가 거짓말처럼 뚝 그쳤다.

연우가 고민하는 짧은 시간 동안, 그도 스스로 어떤 판단을 내린 것 같았다.

"너는…… 내 손자로구나. 크로노스의 아이가 맞느냐?"

"……!"

어떻게 알아낸 거지? 정체를 밝힐까 하는 생각을 접었던 연우로서는 놀랄 수밖에 없었다.

"표정을 보니 내가 정확하게 짚은 모양이로군. 하면 지금 이 세상은 허구 세계인 것이고…… 너는 막내 아이의 신화를 헤집어서 내게 닿은 것이겠지?"

이만하면 점쟁이나 다름없는 수준이었다.

우라노스에게 미래 예지와 연관된 권능이 있었던가?

'아니. 없었어. 아버지는 분명 시간의 태엽이 할아버지에게서 기원한 건 맞아도, 정작 할아버지는 시간을 신위로 두지 못했었다고 했어. 그럼 대체……?'

이를 두고 대체 어떻게 해석해야 하는 건지.

"……어떻게 아셨습니까?"

"말하지 않았느냐. 프네우마의 하늘은 미래의 내가, 다 죽어 갈 때 즈음 되었을 때 막내 아이에게 말해 주는 것이라고. 아직 벌어지지도 않은 일을 네가 말하는데 눈치를 채지 못해서야 될까?"

"……."

여전히 이해 못 할 말들.

하지만 한 가지만큼은 분명했다.

우라노스는 예지는 못 해도, 먼 미래에 어떤 일이 벌어지는지는 '알고' 있는 게 분명했다.

"처음으로 손자 놈을 만났는데, 이런 피비린내가 나는 장소여서 쓰나. 우선 자리부터 옮기자꾸나."

아무래도 이야기가 길어질 것 같았다.

그 순간에도 시간은 째깍째깍 흐르고 있었다.

[11:20:41_06]

[11:20:41_05]

……

*　　*　　*

"그나저나 참 신기하구나. 그토록 천둥벌거숭이처럼 날뛰던 놈이 정말 아이를 보게 될 줄이야. 세상에 그런 멍에 같은 멍에도 없을 텐데. 그런 모진 맘을 먹고 천둥벌거숭이를 구제한 천사 같은 며느리는 대체 누구인고?"

우라노스는 연우를 자신의 대막사로 데려왔다. 수하들에게는 자신이 별도의 명령을 내리지 않는 한 아무도 접근하지 말라고 당부를 하고, 여태 연우를 신기한 눈으로 구석구석 살피는 중이었다.

분명히 외양은 크로노스의 모습을 하고 있을 텐데도 불구하고.

자신을 보는 그의 눈빛은 어쩐지 따뜻했다.

'아버지를 보실 때와 눈빛이 완전히 천지 차이이신데.'

아들 사랑과 손자 사랑은 다른 걸까.

한편으로는 연우도 가슴 한복판에서 알 수 없는 감정이 일렁이는 기분이 들었다.

어쩌면.

실제로 할아버지가 계셨더라면, 아버지와 달리 할아버지와는 같이 잘 지냈을지도 몰랐겠다는 생각이 들었다.

그래서 그와 나누고 싶은 이야기도 많았지만.

[11:14:25_98]

[11:14:25_97]

……

마음은 계속 조급해져 갔다.

벌써 이 허구 세계에 들어온 지도 한 시간 가까이 흘렀으니까.

"조부님, 전……!"

"안다. 남은 시간이 그리 많지는 않겠지. 하지만 짧게나마 이야기를 나눌 시간은 충분할 테니 걱정 말거라."

우라노스는 네 마음을 다 안다는 듯이 푸근하게 웃었다.

"그보다 정말 궁금하구나. 네 어머니의 이름을 물어봐도 되겠느냐?"

우라노스는 여전히 신기한 생물을 보는 듯한 어투로 물었고.

연우는 걱정이 되면서도, 우라노스에게도 생각이 있을 거란 생각에 침착하게 대답했다.

"레아이십니다."

"뭣……?"

우라노스가 뜻밖의 대답에 눈을 동그랗게 뜨고 말았다.

"혹시 내가 생각하는 그 레아가……?"

"맞을 겁니다. 조부님은 제게 외조부님도 되신다고 들었습니다."

"푸하! 푸하하하하!"

우라노스의 웃음소리가 쩌렁쩌렁하게 대막사를 울려 댔다.

우스워 죽겠다는 듯한 웃음.

"허구한 날 하루가 멀다 하고 원수처럼 서로 머리를 쥐어뜯고 살더니, 뭐? 결혼을 해? 미래에는 고운 정이라도 드는가 보지? 푸하하하! 하하하!"

연우는 묘한 생각이 들었다.

아무리 양자와 양녀라고 한다지만, 그래도 친자식처럼 여겼던 두 사람이 결혼했다는 말을 불쾌하게 여길 수도 있을 것 같은데.

아무래도 그럴 걱정은 덜어도 될 것 같았다.

오히려 더 기뻐하는 것처럼 보이기도 했다.

'원래 양자들을 여섯이나 두었던 것도, 그때까지 통일성이 부족했던 올림포스를 강제로 붙들기 위한 정책이기도 했으니. 오히려 조부님 입장에서는 한시름 놓이는 결과려나.'

그래도 단순히 정책의 결과라고 보기엔 너무 진심으로 좋아한다 싶었다.

연우는 저기다 기름을 좀 더 부어 보고 싶다는 생각이 문득 들었다.

"슬하에 자식도 여…… 덟이나 두셨습니다."

"뭐? 그렇게나 말이지? 하하하하! 이거 완전히 깨가 쏟아지는구만! 깨가 쏟아져! 한시도 안 떨어진다는 뜻이 아닌가!"

여덟.

연우는 잠시 머뭇거렸지만, 제우스 6남매에 자신과 차정우까지 더했다.

그들과의 사이는 차지하더라도, 피를 나눈 것만큼은 사실이었으니까.

"그래도 정말 다행이구나. 프네우마 파(派)와 퀴리날레가(家) 간의 오랜 대립이 드디어 그들 대에 끝나게 되는 것이니까. 너는 바로 그들의 결실이라 할 수 있겠구나."

연우의 눈이 빛났다.

드디어 기다리던 단어가 나왔으니까.

프네우마.

"네 아버지와 어머니의 과거는, 들은 바가 있더냐?"

"없습니다."

"그렇단 말이지? 역시 자신 대 이전의 은원은 남겨 두지 않은 모양이구나."

"젊은 시절에 원래 두 분의 사이가 좋지 않았다는 건 얼핏 알고 있습니다."

"그냥 안 좋은 게 아니다. 아주 원수였지. 선대…… 아니, 태초 때부터 내려오던 은원이 있어서다."

우라노스의 설명은 아주 간단했다.

태초의 우주가 열리고, 수많은 신격들이 탄생했다. 그리고 그만큼 많은 사회가 만들어졌다가 이합집산을 거듭하면서 무너지기도 했으니, 그 과정에서 '원수'가 만들어지는 것도 지극히 당연했다.

그중 대표적인 집단이 바로, 프네우마 파와 퀴리날레가.

"깊게 파고들면 머리 아프고, 간단히 요약하자면 프네우마 파는 우주의 '확장'에 의의를 두어 번영과 승리라면 눈에 불을 켜던 미치광이들의 집단이었고."

우라노스는 천천히 말을 이어 나갔다.

"퀴리날레 가는 반대로 위신과 명예를 중시하여 우주의 '법칙'을 숭상하던 귀족 집단이라 할 수 있었다. 당연히 성향이 반대이니만큼 툭하면 서로 으르렁거렸지. 두 곳 모두 역사와 전통을 태초에 두고 있을 만큼 아주 깊어서 그 정도는 더 컸고. 뭐, 둘 다 결국 내 앞에서는 한주먹거리에 불과했다만."

"……."

연우는 어쩐지 우라노스가 잘난 체하는 것을 느낄 수 있었지만, 모른 척했다.

"하지만 프네우마 파는 이미 그 전부터 쇠락하고 있던 중이었다. 하나같이 인성이 얼마나 개차반이던지 여기저기에 하도 시비를 털고 다녀서…… 하여간 그 때문에 남은 놈들은 언제부턴가 위기감을 느끼고, 결국 해서는 안 될 짓을 저질러 버렸지."

우라노스의 한쪽 입술 끝이 비틀렸다.

"자신들의 정수(精髓)를 끌어모은 씨를…… 대지모신에게 넘겨주어 한 아이를 잉태하게 만들고 만 것이다."

"……!"

연우는 그게 무엇인지 단번에 알아차릴 수 있었다.

크로노스.

"다행히 도중에 내가 어찌어찌 구해 주긴 했다만, 그 일로 프네우마 파는 공적으로 낙인찍히면서 완전히 몰락하고 말았지."

우라노스가 눈을 가늘게 좁혔다.

"참고로 막내 아이는 '프네우마' 가 무엇인지 모른다. 도중에 기억이 끊겼고, 내가 사실을 제대로 전해 주지 않았기 때문이지."

연우는 눈을 동그랗게 떴다.

왠지 짐작 가는 바가 있었다.

"그럼 프네우마의 하늘이란 것은……?"

"원래 막내 아이가 선조로부터 받았어야 할, 그들의 비기(祕技)란다."

연우는 이제야 머릿속으로 그려지는 게 있었다.

'아버지가 할아버지로부터 배웠다는 신력의 사용법……그게 바로 프네우마의 하늘이구나.'

그리고 그것이 스퀴테의 중심이 되었을 테지.

연우는 궁금했다.

이제는 기억하는 존재도 극히 드문 '프네우마' 가 대체 어떤 곳인지.

그리고 거기서 전해지는 비기는 또 무엇이기에, 스퀴테의 중심이 될 수 있었을까.

"한데, 막내 아이가 아직 받지 않은 것을 거론하였으니, 다른 존재가 들어왔다고밖에 여길 수 없지."

"그렇다고 하셔도 제가 핏줄이라는 증거는 안 되지 않습니까?"

"전부 프네우마의 하늘 덕분이지."

"......?"

이건 또 무슨 소리일까.

"말하지 않았더냐. 프네우마 파는 우주의 '확장'을 추구했다고."

우라노스는 양손을 활짝 펼쳤다.

그러자 그 위로 수많은 별 무리가 총총 박힌 우주의 전도(全圖)가 나타났다.

그가 다스리는, 올림포스의 영향력이 미치는 우주였다.

"우주는 확장한다. 무한하게 커지지. 거기에는 가속도가 붙어. '생동(生動)'이 계속 커지는 것이다. 그리고 그걸 두고, 우리들은."

우주의 전도에서 밝혀지는 별 무리에 비쳐서일까.

우라노스의 눈은 찬란하게 빛나고 있었다.

"'시간'이라고 부른다."

"......!"

"프네우마 파는 바로 그런 시간을 대변하는 곳이었다.

숭상하고, 경외하지. 그리고 그것을 대변한다. 한때는 그 처음과 끝을 보면서 기다란 역사의 흐름을 책자에 서술하고자 하기도 했었다."

'……계시록!'

"그들은 예언가이자 전사였다. 더 큰 욕심만 부리지 않았더라면, 그들이 추구하는 것을 억지로 가지려 하지 않았더라면, 어쩌면 오늘날 올림포스가 있을 자리에는 그들이 있었을지도 모른다."

우라노스의 입술 끝이 한껏 비틀렸다.

"하지만 시간을 추구한다고 해서 완전무결(完全無缺)한 건 아니다. 결국 내가 이겼고, 그들의 힘을 빼앗았으니까. 그리고 이를 통해 미래를 어느 정도 보았지."

피식!

우라노스는 그런 웃음소리를 냈다.

"그게 오늘일 줄은 몰랐다만."

"……."

연우는 잠시 입을 다물었다.

시간의 태엽을 수리할 방법을 확실하게 찾았으니 기분이 벅차면서도.

한편으로는 이면에 숨겨진 비밀을 엿본 것 같아 가슴이 울렁이기도 했다.

더구나 궁금한 게 있었다.

프네우마 파가 우주의 '시간'을 추구했다면.

그들과 오랫동안 대립했다는 퀴리날레 가는 대체……?

"한 가지만 여쭈어도 되겠습니까?"

"얼마든지."

"그럼 어머니 가문이 추구하던 건 무엇이었습니까?"

우라노스는 당연하지 않느냐는 듯 크게 웃으면서 짤막하게 대답했다.

"공간."

연우는 크게 숨을 들이켰다.

언제부턴가 우라노스의 존재감이 그의 시야를, 심상을, 무의식을 가득 물들이고 있었다.

"나는 한 손에 시간이라는 씨줄을, 다른 손에는 공간이라는 날줄을 쥐며 우주를 창조한다. 그렇기에 천부신, 바로 '하늘'인 것이지."

우라노스가 크게 웃었다.

"그게 바로 나, 우라노스다."

시간과 공간.

그 두 가지를 동시에 다룰 수 있기에 천부신이라.

우라노스는 어째서 자신이 하늘의 신위를 지니고 있는지. 어떻게 태초에서 발현하여 자아를 지니게 되고, 그리고 올림포스라는 거대 집단까지 만들어 낼 수 있었는지를 말해 주는 것 같았다.

"물론, 그렇다고 해서 전지(全知)와 전능(全能)을 얻은 건 아니지만 말이다."

우라노스의 목소리에는 스스로에 대한 자부심이 넘쳐흐르면서도, 쓸쓸함이 담겨 있었다.

"시간을 만진다지만 사실상 따지고 보면 남들의 단면을 엿보는 것에 지나지 않고, 공간을 만든다지만 결국 내 손길이 닿는 범위에 국한될 뿐이다. 시공간(時空間)을 함께 다룬다고 해도 그건 '작은 굴레'에 불과할 뿐이니. 그 속에 내포된 인과율(因果律)은 내 손끝에서 벗어나 있기 때문이다."

제아무리 '초월'을 이루었다고 해도.

신과 악마와 용종과 거인족들은 입을 모아 말한다.

자신들이 이룬 건 진정한 초월이 아니라고.

전 우주와 차원에 걸쳐 고루고루 뻗쳐진 인과율을 완전히 벗어나지 못하였는데, 어찌 그걸 두고 초월이라 부를 수 있을까.

그리고 그건 우라노스도 마찬가지였다.

인과율을 완전히 벗어나 '자유'를 쟁취한 존재는 다르게 불린다.

황(皇).

만물(萬物)의 주재자(主宰者)라고.

"그래서 이 할아비는 반쪽짜리에 불과할 뿐이다. 어쩌면…… 원래는 내 것이 아닌 것을 강제로 취해서 생기게 된 페널티일지도 모르지. 내가 엿보았던 것도 '내'가 언젠가 시야를 '잃어 가면서' 막내 아이에게 원래 돌려주어야 할 것을 돌려주는 것에서 거의 끝이 난다."

크로노스가 일만 개도 넘는 미래 예지 끝에 겨우겨우 연우와 눈이 마주쳤듯이.

우라노스도 그와 비슷한 것을 엿본 것 같았다.

머나먼 미래에서. 그 자신은 살아 있지도 않을 장소에서 핏줄이 날아와 도움을 청하게 되는 때를.

'어쩌면 할아버지가 더……'

너무 오랜 시간이 흘러 다들 놓치고 있는지도 모르지만, 실상 '황'에 가장 근접했던 건 크로노스보다도 우라노스였는지도 몰랐다.

다만, 크로노스는 칠흑왕의 사도로서 죽음을 다룰 수 있었기에 신격들에게 더 큰 공포와 위협으로 다가왔을 뿐.

전지와 전능, 그리고 인과율에서의 자유를 평가의 기준으로 둔다면. 비록 스스로가 '반쪽짜리'라고 낮춰 말하지만, 실상 우라노스가 더 윗줄에 있을지도 몰랐다.

그리고 실제로 우라노스는 스스로에 대한 자부심이 넘치고 있었다.

세상 어느 누가, 온 우주를 뒤져 봐도 자신에 대항할 존재가 과연 있겠느냐는 듯.

'하긴 그런 카리스마가 있으니, 그렇게 올림포스가 혼란스러웠어도 충분히 휘어잡으셨겠지만.'

본격적으로 내전이 발발했던 것도 우라노스가 가이아의 저주로 힘을 잃고 난 뒤부터가 아니었던가.

[11:08:06_77]
[11:08:06_76]
……

"그런데 강제로 취해서 억지로 시공간을 움켜쥐고 있는 나와 다르게, 너는 프네우마와 퀴리날레의 씨를 전부 타고났단 말이지."

연우를 보는 우라노스의 눈빛이 순간 격렬한 감정으로 일렁였다. 그와 눈을 마주치고 있던 연우가 순간 등골이 쭈뼛 설 만큼 강렬한 시선이었다.

그 눈빛은 축복받은 피를 타고난 연우에 대한 시기일까, 아니면 반쪽짜리에 불과했던 자신의 업이 후대에서는 완성

될지도 모른다는 기대감이었을까. 그도 아니면……. 연우는 도통 우라노스의 감정을 읽을 수가 없었다.

하지만 한 가지만큼은 확실했다.

크라노스와 레아의 자식이라고 했을 때부터, 우라노스의 시선에는 따스함만 있진 않았다는 것.

야망.

세상의 모든 것을 움켜쥐고자 하는 정복자의 힘이 실려 있었다.

"여하튼 지금 네가 익히고자 하는 건 프네우마 녀석들의 비기라 하였지?"

"예. 그렇습니다."

"네 아비는 그걸 익히는 데 상당한 시간이 걸렸다고 하지 않던?"

연우는 무겁게 고개를 끄덕였다. 확실히 우라노스가 남긴 신력을 다루는 것이 쉽지는 않았다는 말씀을 하시긴 했었다.

"하지만 너에게 허락된 시간은 그리 길지 않을 테고?"

그러면서 크로노스는 한마디를 덧붙였다. 우라노스라면 어떻게든 방법을 찾아낼 것이라고.

─그런 양반이거든. 그분은.

"프네우마의 하늘을 가르쳐 주는 건 그리 어렵지 않다. 어차피 네가 언젠가 받았어야 할 것을 지금 가르쳐 줄 뿐이니. 크로노스가 그러지 못한 건, 아마도 다른 이유가 있기 때문이겠지?"

연우는 무겁게 고개를 끄덕였다. 시간의 태엽은 크로노스가 직접 손을 댈 수 없다. 그는 현재 비그리드라는 물체를 바탕으로 살아가는 반신(半神) 형태를 하고 있기 때문이었다.

"주어진 시간이 짧다면 벼락치기로 해야겠지."

"방법이 있겠습니까?"

"있다마다."

우라노스는 걱정 말라는 듯 씩 하고 입꼬리를 말아 올렸다.

그 순간.

쭈뼛!

연우는 저도 모르게 든 불안감에 허리를 빳빳하게 세우고 말았다.

우라노스의 웃음이 어쩐지 불길해 보였다.

*   *   *

'제기랄! 이딴 예감은 좀처럼 빗나가질 않지.'

연우는 손발이 수갑과 족쇄로 단단히 묶여 있는 상태였다. 옴짝달싹하지 못하게 몸을 감은 쇠사슬의 끝에는 도망치지 말라고 특별히 묵직한 추까지 대롱대롱 매달려 있었다.

웬만한 물건쯤이야 크로노스의 육체로도 충분히 떨쳐 낼 수 있겠지만.

문제는 이것들의 재질이 신진철이라는 점이었다.

"크로노스 님…… 이번에는 대체 또 무슨 사고를 치신 건지."

"저번에 도련님 중 한 분의 입 냄새가 심하다고 죽빵을 한 대 휘갈겼다고 들었었는데. 그 때문일까?"

"하루도 조용할 날이 없군그래."

"그래도 그렇지 '밤'에다 던져 넣을 생각을 하실 줄이야. 저러다 잘못되면 어쩌려고?"

"그만큼 이번에야말로 크로노스 님의 성질머리를 단단히 고쳐 놓겠다는 생각이실 테지."

올림포스의 신들은 어느새 한데 모여서 우라노스가 직접 사람들을 시켜 연우를 속박하는 것을 보며 저들끼리 떠들어 댔다.

"꼭 이렇게까지 하셔야 합니까?"

연우는 기가 차다는 얼굴로 한창 작업을 지시하고 있는 우라노스를 바라보았다.

대체 그놈의 속성 교육이 뭔지는 몰라도 그가 무슨 죄인도 아니고, 다짜고짜 신진철에다 묶어 버리는 건 좀 너무하지 않은가. 덕분에 신력을 끌어 올리는 족족 신진철이 몽땅 빨아들여 이제는 몸에 힘도 없었다.

"지금부터 네가 진입하게 될 장소는 '밤' 이라는 곳이다. 이곳에 왔을 때부터 봤었겠지?"

대체 저 수상쩍은 '밤' 과 프네우마의 하늘 간에는 무슨 연관이 있는 걸까.

"달리 닉스(Νύξ)라고도 부른다. 태초, 그 이전부터 존재했던 어둠에서 삐져나와 어떻게든 이 세상의 존재들을 먹어 치우고자 하는 괴물이지. 공허도, 혼돈도, 심지어 심연도…… 저 안에서는 전부 성질을 잃고 무용지물이 되고 만다."

닉스.

올림포스 신화에서는 땅과 잉태를 상징하는 대지모신 가이아와 함께 동시대에 태어난 밤의 상징이었다.

정확하게는 밤을 의미하는 개념신이라고 봐도 무방할 테지.

'애당초 개념신이라는 존재들이 원래 저런 형태라고 했으니.'

의지를 갖고 움직였던 대지모신이 특이한 케이스였을 뿐. 원래 개념신들은 개념에서 비롯되어 일정한 형체가 없고, 존재에 따라서는 신들을 전부 먹어 치울 만큼 강했다. 그저 자아가 없을 뿐이었다.

"칠흑의 늪과는 무슨 관련이 있습니까?"

"음? 그것도 아느냐? 칠흑의 늪이 알려지는 건 원래 '밤'을 물리치고 난 뒤에나…… 아, 또 깜빡하고 있었군."

우라노스는 차라리 이야기하기가 더 편해졌다는 얼굴이 되었다.

"저건 칠흑의 늪에서 삐져나온 부산물, 뭐 그런 거라고 보면 될 거다. 이를테면, 창조의 빛에 찢긴 칠흑의 파편이라고 해야 할까? 저기에 휘말려 죽거나 무너진 세계도 워낙에 많은 까닭에 우리는 오랫동안 저것과 싸우고 있다. 우리의 영역까지 잠식되어서는 안 되니까."

연우는 그제야 이해가 되었다. 올림포스는 오랫동안 '밤'과 싸우고 있었고, 끝내는 그것을 해치우는 데 성공하면서 근원인 칠흑의 늪에 다다랐던 것이다.

'그리고 그곳을 조사하던 중에 아버지가 마성과 만나게 되었던 거고. 질서의 진영과 혼돈의 진영…… 꽤 오래전부터 서로 싸우고 있었던 거야.'

이런 것도 현재는 알려지지 않은 옛 우주의 역사이고 비밀이니, 알려 주는 건 좋다.

하지만.

'대체 프네우마와 저게 무슨 상관이냐고……!'

우라노스는 연우의 의문을 알고 있다는 듯, 재미있어 죽겠다는 얼굴로 설명했다.

"들어가 보면 안단다."

연우는 순간 욱하고 치밀어 오른 욕지거리를 억누르면서 말했다. 쇠사슬은 어느새 그의 발끝까지 칭칭 감고 있었다.

"……조부님."

"딱딱하게 조부님이 무엇이냐. 할아버지라고 부르려무나."

딱딱한 조손 관계가 싫다는 게, 과연 저런 괴상망측한 것에다 손자를 던져 넣는 할아버지의 입에서 나올 수 있는 말인 걸까.

"제가 필요한 건 시간의 신위가 아닙니다. 어디까지나 그걸 다룰 수 있는……."

"허허! 재미난 말을 하는구나. 사내가 칼을 뽑았으면 응당 무라도 베어야지. 고작 그런 정도로 되겠느냐? 느림의 미학을 한번 깨달아 보고 오너라."

배우려면 제대로 배우라는 의미였다.

연우는 확신했다.

자신의 할아버지는 절대 대화가 통하는 상대가 아니라고.

"절! 대! 네 아비에게 쌓인 울화를 조금이라도 풀기 위해 이러는 건 아니란다. 그럼."

"잠······!"

"가자꾸나."

'깐' 이라는 말까지 꺼내기도 전에.

우라노스의 지시에 따라, 큰 덩치를 자랑하는 신이 연우를 그대로 들더니, 투포환을 던지는 것처럼 냅다 '밤' 이 있는 곳으로 집어 던졌다.

아아악!

연우는 별반 저항도 하지 못한 채 그렇게 괴성을 질러 대면서 '밤' 의 안쪽으로 빨려 들어가고 말았다.

풍덩!

마치 물속에 잠긴 것 같은 그런 기분이 들었다.

우라노스가 경고했던 대로 '밤' 은 연우라는 존재와 관련된 모든 것을 지우려는 것 같았다. 인식, 지각, 감각······ 심지어 표상(表象)까지도 전부 삼키고 있었다. 심연에 처음 빠졌을 때와 비슷했다.

[의념 통천]

연우는 곧장 의념을 곧추세워 존재가 흐트러지지 않게끔

똑바로 세웠다.

'심연에서는 윤회의 고리로 향하는 영혼의 잔재들이나, 다른 생명들과의 연결 고리를 볼 수 있었는데…… 여기는 전혀 다르구나. 여전히 아무것도 없어.'

혹시 다른 무언가라도 감지되는 게 있을까 싶어 의념을 확장해 보았지만, 여전히 인식되는 것은 아무것도 없었다.

전부 소멸하고 만 것일까.

분명히 그만한 크기라면 그동안 삼킨 것들이 어떤 형태로라도 남아 있을 텐데. 삼킨 모든 것들을 그냥 지워 버린다는 말이 그제야 실감이 났다. 그냥 없던 것으로 치부해 버린다든가.

'시간이라는 개념조차도 여기서는 무의미해. 대체 뭘 깨우치라는 거지?'

연우는 한순간 가슴 한편이 갑갑해지는 것을 느꼈다.

　　[10:42:23_32]
　　[10:42:23_31]
　　……

보이는 것이라고는 카운트뿐.

아니, 그마저도.

　[원인을 알 수 없는 방해로 신화의 재생이 원활하
게 이뤄지지 못하고 있습니다.]
　[제한 시간 집계의 기능이 정지됩니다.]

완전히 사라지고 말았다.
모든 것이 무(無)인 세상.

　　—느림의 미학을 한번 깨달아 보고 오너라.

우라노스가 그에게 준 힌트는 고작 저게 전부였다.
　'느림의 미학?'
여전히 이해할 수가 없는 말이었다.
단순히 느리다는 개념을 가르쳐 주려는 것이라면, 분명
히 '밤'만큼 어울리는 곳도 없겠지.
하지만 시간의 태엽을 수리하고자 하는 연우에게 도움이
될 만한 요소는 아니었다.
　'할아버지가 주신 힌트가 이것만은 아닐 거야. 다른 것,
다른 것…… 다른 힌트가 뭐가 있었지?'
머리를 굴렸다. 하지만 도저히 짚이는 게 없었다.

그나마 있는 것이라면 딱 하나.

이름.

'프네우마.'

아버지의 뿌리가 닿아 있다는 곳.

한때, 우주의 시간을 추종했다던 무리.

프네우마(πνεύμα)는 사실 따지고 보면 여러 철학적인 의미를 담은 개념적 단어이긴 했다.

생령, 숨결, 신으로부터의 선택…… 이러한 형이상학적인 정의부터, 이를 포착하려는 욕구, 표상, 이성 등 사고 활동에 대한 전반적인 의미를 총괄한다.

여전히 이 단어와 시간과의 연관성은 알기 힘들지만.

어렴풋하게나마 짚이는 바는 있었다.

'시간을 관측자에 의한 상대적인 개념으로 본다면…….'

사실 시간이라는 개념은 아주 추상적이다. 같은 우주 내에서도 위치에 따라 흐르는 속도가 달라진다. 블랙홀처럼 공간이 붕괴되는 지점에서는 지독하게 빨라지는 반면, 어떤 변동도 없는 곳에서는 그렇지 못하다. 관측자, 혹은 주체(主體)의 입장에 따라 상대적으로 달라질 수 있는 것이다.

그리고 이건 의식과 외부 세계를 단절했을 때도 비슷하다. 사고 속도를 빠르게 돌리면 외부 세계와 괴리되어 실감할 수 있는 시간의 속도가 완전히 차이 나게 되는 것이다.

실제로 연우는 그와 비슷한 스킬도 지니고 있었다.

시차 괴리.

그것을 통해 몇 번이나 위기의 순간에서 빠져나가지 않았던가.

결국 시간은 관측자의 생각과 입장에 따라 얼마든지 빨라질 수도, 느려질 수도 있는 상대적인 개념이었다.

'여기 있는 '나'를 중심으로 세계를 관측하고, 그것을 바탕으로 시간을 주재하는 것이…… 프네우마의 정의인 걸까?'

아주 희미하지만.

어렴풋하게나마 무언가가 잡히는 것 같았다.

그 순간.

띠링.

띠링.

['시간'이라는 개념에 대한 중요한 단서를 찾는 데 성공하였습니다.]

['시차 괴리'에 대한 새로운 변화가 가해집니다.]

[잠시만 기다려 주십시오.]

[잠시만 기다려 주십시오.]

……

[태엽을 수리할 수 있는 질료(質料)를 찾을 수 있게 되었습니다.]

[새로운 감각이 열렸습니다.]
[육신통 중 두 번째, 천이통(天耳通)을 획득하였습니다.]
......
[천안통과 천이통의 복합 작용으로 인해 기존에 인지할 수 없었던 새로운 세계를 관측할 수 있게 되었습니다.]
[허수 세계(虛數世界)를 인지하는 게 가능해졌습니다.]

[베일에 가려져 있던 '밤(녹스)'이 새로운 모습을 드러냅니다!]

수많은 메시지가 떠오르면서.
'밤' 아래에 가려져 있던 다른 무언가가, 일그러진 형태를 한 거대한 무언가가 혼잡한 의념을 방출하면서 모습을 드러냈다.

이. 건.

무. 엇. 이. 지.

그건.

연우에게도 익숙한 것이었다.

'기어 다니는 혼돈⋯⋯? 이놈이 왜?'

문제는 이놈만 있는 게 아니란 점이었다.

연우 앞에 놓인 것은 웬만한 행성쯤은 가볍게 찜 쪄 먹을 정도로 거대한 크기를 자랑하고 있었다.

지금의 연우를 한 개의 작은 점으로만 보이게 만들 정도로 압도적인 크기. 이전에 마성과 합일을 이루면서 탑의 바깥에서 겨룬 적이 있던 녀석보다 훨씬 큰 크기를 자랑하고 있었다.

'거기다⋯⋯ 기어 다니는 혼돈, 이놈만 있는 게 아니야.'

기어 다니는 혼돈이 워낙에 압도적인 크기와 존재감을 자랑하기 때문에 잘 보이지 않는 것일 뿐.

그 너머에도 그에 못지않은 것들이 수두룩했다.

심지어 기어 다니는 혼돈도 한 수를 접어줘야 할 만한 신력을 품고 있는 것도 더러 있었다.

'‘밤’⋯⋯ 허수 세계라는 게 설마 타계(他界)를 말하는 거였나?'

연우가 알기로 타계를, 즉, 무질서와 혼돈의 세계를 관측하기 시작한 것은 탑이 세워진 이후인데.

그게 아니었던 걸까?

분명 올림포스는 이것들과 전쟁을 치르고 있었다.

올림포스가 이들에 대해서 얼마나 파악하고 있고, 그 규모가 얼마나 되는지는 직접 보지 않았으니 알 수 없지만. 절대 작지 않다는 것쯤은 알 수 있었다.

'분명 여기서 처음 우라노스를 만났을 때, 이놈들을 두려워해서 탈영하던 신들이 있었으니까.'

'밤'이 우라노스가 이끄는 올림포스에게도 두려운 상대인 건 틀림없었다.

'확실히 기어 다니는 혼돈, 그 녀석 하나만 모습을 비쳤을 때에도 천계가 상당히 긴장했었지.'

연우도 기어 다니는 혼돈과 겨룰 적에 녀석이 의식 세계를 강제로 침입했기에 겨우 봉인할 수 있었던 것일 뿐. 실제로 맞붙는다면 승부를 쉽게 점칠 수 없었을 것이다.

그런데 여기서는 그런 우주적인 존재가 있고, 그와 비슷하거나 더 높은 격을 지닌 것들이 느껴지고 있다.

그만한 존재들이 어째서 '한자리'에 모여 있는 건지는 알 수 없지만.

분명한 건, 절대 만만하게 볼 수가 없다는 점이었다.

외신(Outer Gods).

타계의 신들 중에서도 가장 상위에 손꼽혀 신 중 신(神中神)으로 불린다는 존재들이니만큼, 바짝 긴장할 필요가 있었다.

'하위 개체들은 대략은 부와 견줄 만한 정도인 건가? 몸이 이래서 수준을 가늠하기가 너무 어려워.'

이는 어린 시절의 크로노스 육체에 들어온 만큼, 지금 연우에게 걸린 제약이 너무 컸기 때문이기도 했다.

그래도 다행인 점은 이들이 '밤'을 유지하고는 있을지언정, 그 바깥으로 영향력을 뻗치는 건 불가능한 듯 보인다는 것이었다.

아니, 그보다 무관심하다는 표현이 옳으리라. '밤'의 바깥으로 나갈 생각을 전혀 하지 않고 있으니까.

심지어 연우를 감지했을 텐데도, 그에게 관심을 두는 건 기어 다니는 혼돈이 전부였다.

'이들이 '밤' 바깥으로 힘을 투사할 수 있었다면…… 제아무리 올림포스라고 해도 무사하진 못했겠지.'

그렇기에 의문이 든다.

어째서 이들은 '밤'의 바깥으로 나가지 못하는 걸까?

분명히 '밤'이 계속 확장하면서 올림포스의 영역을 잠식하고 있는 것을 감안한다면, 법칙이 달라 불가능한 건 아닌

데도 불구하고.

말. 해. 라.

그렇게 연우가 고민에 잠긴 사이.

기어 다니는 혼돈은 여전히 모든 의념을 연우에게로 집중한 채, 말을 걸고 있었다.

타계의 신 중에서도 호기심이 많아, '탑'에도 가장 많은 관심을 보였던 녀석답게.

자신과는 전혀 다른 법칙으로 움직이고 있는 연우에게도 호기심을 내비치고 있었다.

말. 해. 라.

'어떻게 하지?'

연우는 아주 잠깐 동안 고민했다.

여기서 대항해야 할지, 아니면 끝까지 모른 척할지.

자신은 아직 크로노스의 몸을 하고 있으니 제 실력을 드러낼 수가 없다. 있다고 해도, 싸워서는 승부가 쉽게 나지 않을 게 분명했다.

그래서는 시간을 엄청나게 잡아먹고 말 테니까. 메시지

가 경고했듯이, 제한 시간을 넘어가게 되면 페널티를 받게 된다. 크로노스의 신화에 잡아먹히게 되거나, 아니면 그냥 표류를 해 버리거나.

'신진철에 묶여 있는 것도 좋지 않고. 무엇보다 싸워서 다치거나 죽기라도 하면…… 아버지의 신화가 어떤 방식으로 꼬일지도 알 수 없다.'

크로노스의 신화는 이미 탑처럼 굳건하게 세워져 있는 상태. 거기서 조금이라도 이질적인 부분을 만든다면, 모든 게 와르르 무너져 내릴 수 있었다. 그렇기에 연우는 신화가 어긋나지 않는 선에서, 프네우마의 하늘만 익히고 사라질 생각이었다.

이렇게 돼서는 쉽지 않을 것 같지만.

'아버지가 욕을 엄청 하시겠는데.'

다른 것보다 그게 가장 걱정이었다.

아버지에게 약점이 잡혀서야 두고두고 갈굼만 받을 테니까.

알. 아. 듣. 지. 못. 하. 나.

그 순간에도.

기어 다니는 혼돈은 연우에 대한 탐색을 멈추지 않고 있었다.

아니, 오히려 더 크게 흥미를 보이고 있었다.

그냥 내버려 두면 곧 관심을 잃고 사라질 줄로만 알았는데. 그게 아닌 모양이었다.

우. 둔. 할. 지. 도.
그. 럴. 지. 도.

'할아버지는 대체 언제까지 날 여기다 묶어 두실 생각이신 거지?'

연우는 이제 자신의 안쪽까지 탐색하려는 기어 다니는 혼돈의 의념이 짜증 났다.

[투쟁의 신위가 외부의 의념에 강하게 반응합니다!]
[본 신화와 관련이 없으므로 활동이 강제 취소됩니다.]

거기다 투쟁의 신위까지 말을 듣지 않고 있었다. 크로노스의 신화를 재생한 뒤로 계속 이 모양이었다.

그래도 억지로 꾹 눌렀고.

'그냥 가라.'

연우는 기어 다니는 혼돈이 빨리 자신에 대한 흥미를 거두고 사라지기를 기다렸다. 녀석의 의념은 이미 자신의 내부까지 낱낱이 관찰하고 난 뒤였다.

이때의 크로노스는 아직 어리디어렸으니, 기어 다니는 혼돈의 기준으로는 격이 한참 낮은 하급 신으로만 비칠 것이다.

없. 나.
날.
느. 끼. 지. 못. 하. 나.

이. 상. 하. 군.
감. 응. 이. 있. 었. 던. 것. 같.

결국 기어 다니는 혼돈은 한참 동안 연우를 바라보기만 하다가, 천천히 의념을 거두려고 했다. 그 순간에도 연우는 긴장의 끈을 놓치지 않으면서 우라노스가 빨리 자신을 바깥으로 끄집어내기를 기다렸다.

그 순간.

['하데스의 식령검'이 삼킨 기운의 잔재 중 '기어 다니는 혼돈'을 구성하고 있던 신화의 일부가 외부

의 의념에 조금씩 반응합니다!]

[외부에서 침투된 의념이 이를 강하게 감지합니다!]

[본 신화와 관련이 없으므로 활동이 강제 취소됩니다.]

'……제길!'

연우의 눈이 커졌다. 설마 여기서 오래전에 하데스의 식령검으로 흡수했던 기어 다니는 혼돈의 신화가 반응을 보일 줄이야!

비록 크로노스와는 관련이 없어서 활동이 곧장 취소되긴 했지만.

기어 다니는 혼돈이 그것을 놓칠 리가 없었다.

이. 건.

쿠쿠쿠!

기어 다니는 혼돈의 의념이 한순간 신력으로 변질되면서 연우를 뒤덮어 왔다.

연우의 얼굴이 딱딱하게 굳으려는데.

먹. 을. 거.

태. 울. 거. 다.

얼. 릴. 거. 다.

별안간 연우의 발아래에서 기어 다니는 혼돈과는 전혀 다른 형태를 한 타계의 신이 와락 하고 달려들었다.

놈은 마치 세상을 금방이라도 태워 버릴 것처럼 잿빛으로 빛나는 거대한 불덩이의 외형을 지니고 있었다.

하지만.

그것은 낯선 신력을 지닌 다른 타계의 신들과 다르게, 기어 다니는 혼돈과 함께 연우에게 아주 익숙한 기질을 품고 있었다.

'마해!'

막무가내로 탑으로 돌진하다가 결국 시스템에 의해 고사(枯死)되어 히든 스테이지로 전락하고 말았던 타계의 신, 극권의 군주.

그것이 멀쩡한 모습으로 나타난 것이다!

콰아아앙!

극권의 군주는 기어 다니는 혼돈이 있는 것도 아랑곳하지 않고, 곧장 연우를 집어삼키기 위해 불덩이의 외형에서 '입' 부분을 길게 쭉 찢었다.

왜 갑자기 이 녀석이 저런 반응을 보이는지는 모른다. 하지만 이대로 있다간 자신은 물론, 신화 속의 크로노스까지 같이 잡아먹힐 판국이라 곧장 움직여야만 했다. 녀석의 위장 구경은 마해를 탐사했던 것으로도 족했다.

[알 수 없는 힘이 발동하였습니다!]

[어설프게 속박되어 있던 구속 중 일부가 절단되었습니다.]
[어설프게 속박되어 있던 구속 중 일부가 파손되었습니다.]

'알 수 없는 힘', 음검이었다.

음검은 스킬이나 권능이 아닌 깨달음의 영역. 또는, 해킹과 어뷰징 같은 이단(異端)의 영역이었다.

그렇기에 시스템도 음검에 대해서는 특징을 특정하지 못해 따로 '알 수 없는 힘'으로 명명한 게 아니겠는가.

애당초 연우는 크로노스의 어린 육체로 빙의했으면서도 크게 걱정하지는 않았다. 만약 위기에 잠겨도 음검을 발휘한다면 그만이었으니까. 그가 우라노스의 말에 순순히 신진철에 구속되어 있던 이유이기도 했다.

'물론, 할아버지가 그만큼 어설프게 구속하셨던 것도 있었지만.'

만약 우라노스가 독하게 마음을 먹었다면 '구속'이 아니라 '봉신'이 되었겠지만.

여하튼.

연우는 손과 몸뚱이를 묶고 있던 쇠사슬을 모조리 끊어 내는 것과 동시에, 감히 자신을 삼키려 했던 극권의 군주를 양단해 버릴 속셈으로 주둥이를 크게 찢어 놓았다.

크오오!

으. 아. 아.

아. 파.

아. 파.

하나 극권의 군주는 지고한 격을 그냥 따낸 게 아니라는 것을 증명하듯, 단숨에 외형을 분리해 음검의 범위에서 벗어나 연우의 뒤쪽으로 돌아가는 데 성공했다.

하지만 상처를 완전히 피할 수는 없었던지, '밤'이 떠나갈 정도로 거친 울음소리를 내뱉었다. 그리고 적의로 가득 찬 의념을 마구 풍겨 대면서 곧장 다시 연우에게로 달려들었다.

잿빛 불꽃이 소용돌이를 치면서 연우의 주변을 뱅글뱅글 맴돌았다. 하나같이 태양보다도 더 강렬한 빛을 자랑하여 연우를 금방이라도 녹여 버릴 것 같았다.

하지만 그런 빛무리와 다르게, 녀석은 영혼까지 단박에 얼어붙게 만들 엄청난 냉기를 뿜어 대고 있었다.

감. 히.

극권의 군주는 연우를 죽일 요량으로 잿빛 불꽃을 잇달아 토해 냈다. 냉기가 잔뜩 쏟아지면서 연우의 신체를 얼어붙이려 하고, 사방에서는 결빙된 고드름이 소낙비처럼 쏟아졌다. 거대한 신력이 회오리를 치면서 연우의 움직임을 봉쇄하고자 했다.

'될 수 있으면 최대한 조용히 넘어가고 싶었지만…… 어쩔 수 없지!'

크로노스의 신화가 어그러질 위험이 있었지만. 그리고 추후에 크로노스에게 어떤 꾸지람을 들을지는 알 수 없었지만, 우선은 '밤'을 탈출하는 게 급선무일 것 같았다.

'우선 무기부터!'

연우는 잘게 부서진 채 흩어진 쇠사슬의 조각 쪽으로 손을 뻗었다. 이렇게 강렬한 신력의 폭풍 속에서도 더 부서지지 않고 멀쩡하게 남아 있다는 건, 그만큼 단단한 내구도를 자랑한다는 뜻이었다.

그리고 그는 신진철을 다루는 것만큼은 탑 내에서도 손에 꼽힌다고 자부하고 있었다.

비록 육체는 현실에 미치지 못해 아주 약했지만, 신진철로 된 무기가 있다면 충분히 놈들에게도 큰 타격을 줄 수 있을 것 같았다. 신진철은 타계의 신이라고 해서 효과가 약해지거나 하지 않으니까.

물론, 이것까지 우라노스가 예상하고 배치한 안배인지는 알 수 없었지만.

휘휘휘!

쇠사슬의 조각들이 연우의 손아귀 쪽으로 몰려들고, 그가 방출한 신력에 따라 강한 압축을 받아 형태가 우그러지면서 하나로 연결되었다. 그리고 그의 손에 빨려 들어왔을 때에는 어느덧 비그리드와 똑같은 외형으로 변해 있었다.

그리고.

화아악!

연우는 전력을 다해 신력을 외부로 방출하면서 모든 의념을 칼끝에 담고, 음검의 묘리에 따라 극권의 군주에게로 휘둘렀다.

[알 수 없는 힘이 '밤(녹스)'을 가득 물들이고자
합니다!]

좌좌좌좌!

금방이라도 연우를 불태울 것 같았던, 아니, 얼려 버릴
것 같았던 신력의 소용돌이가 모조리 가닥가닥 끊어져 나
갔다.

무. 슨.

극권의 군주는 설마 이렇게 조그마한 존재가 자신의 권
능을 쳐 낼지 몰랐던 듯, 심히 당황하는 모습을 보였고.

파앗!

그사이 연우는 공간을 가르면서 단번에 극권의 군주의
'머리'로 짐작되는 부분으로 파고들어 가 다시 칼을 내리
쳤다. 칼날을 따라 잔뜩 응축된 검뢰가 폭발하면서 수없이
잘게 쪼개진 검고 붉은 벼락이 거대한 녀석의 몸뚱이에 고
루 내리꽂혔다.

[알 수 없는 힘이 '검뢰팔극'을 구현합니다!]

그오오오!

극권의 군주가 내뱉는 비명 소리가 더 커지는 가운데.

[투쟁의 신위가 강하게 반응합니다!]

[본 신화와 관련이 없으므로 활동이 강제 취소됩
니다.]

[투쟁의 신위가 억압을 강제로 뿌리치고자 합니
다!]

[본 신화와 관련이 없으므로 활동이 강제 취소됩
니다.]

[투쟁의 신위가……]

……

[알 수 없는 힘이 원활한 활동을 위해 음령(陰靈)
의 상태를 구성하고자 합니다.]

[알 수 없는 힘이 신화에 강제로 개입합니다.]

[외부의 신화가 강제로 기술됩니다.]

[외부의 신화가 강제로 기술됩니다.]

……

[투쟁의 신위가 각성되었습니다!]

[천안통과 천이통의 복합 작용으로 감각이 더욱

더 예민해집니다!]

[질료를 감지하였습니다.]

[질료를 감지하였습니다.]

[프네우마(πνεύμα)가 조금씩 깨어납니다.]

[많은 존재들이 당신을 주시합니다.]

그동안 기어 다니는 혼돈은 몸을 크게 뒤로 물린 채, 연우와 극권의 군주가 다투는 꼴을 아주 흥미롭게 바라보고 있었다.

[본 신화는 권능, '검뢰팔극'을 온전히 구현하는 데 적합하지 않습니다!]

[해당 권능은 아직 이 시대에 출현하지 않은 권능입니다. 출몰 시기가 적합하지 않습니다.]

[해당 권능을 구현하기 위해서는 복잡한 조건이 필요합니다. 본 신화는 그 조건을 만족하지 못합니다.]

......

[투쟁의 신화가 부족분 중 일정 분량을 채웁니다.]

[투쟁의 신화가 부족분 중 일정 분량을 채웁니다.]

……

[보정 효과로 인해 '검뢰팔극'의 일부가 구현됩니다!]

콰르릉—

애당초 연우는 검뢰팔극을 전개했을 때부터 온전히 제 위력을 드러낼 수 있을 거라고 생각하지 않았다.

크로노스가 쌓은 신화가 다르고, 자신이 이룬 신화가 다르다. 그러니 온전히 구현한다는 건 절대 있을 수가 없었다.

무엇보다 지금 그가 빙의해 있는 몸은 젊은 시절의 크로노스. 당연히 신체적인 능력도 떨어질 수밖에 없었다.

전성기 시절 신왕의 육체라면 모를까, 지금으로는 검뢰를 구현하는 것만으로도 상당한 무리가 갔다.

실제로 지금 육체는 금방이라도 어긋나 무너질 것처럼 폐부가 꽉 조여 왔다. 잘못 건드렸다간 모래성처럼 우수수 쓰러질 것 같은 느낌.

'무슨 개복치도 아니고, 대체 신왕 이전에는 뭘 하신 거야……!'

하지만 연우는 그런 부담 중 상당수를 억지로 각성한 투쟁의 신위에 할당했다.

물론, 이는 투쟁의 신위에도 좋지 않은 영향을 끼칠 수가 있었다. 자칫 신위에 균열이 가거나 흐트러질 수도 있는 위험을 안고 있는 것이다.

하지만 '투쟁'이 작동하는 근본 원리가 무엇인가. 바로 '맞서는 것'이다. 그리고 연우가 이룬 '투쟁'은 이보다 한 발 더 나아간 고차원적인 특징을 담고 있었다.

불가능에 맞서는 것.

남들은 전혀 불가능하다고 생각했던 8대 클랜을 무너뜨리며 동생의 복수를 완료했고, 용종과 거인족을 거느리며, 이제는 어느 누구도 맞서지 못했던 올포원과 겨루고자 한다.

죽음의 신위가 그에게 막강한 힘을 주었다고 하지만, 실상 그를 움직이게 만든 원동력은 보다 높은 곳으로 오르고자 했던 향상심이 아니던가.

그렇기에 그런 주인의 성격을 쏙 빼닮은 투쟁의 신위는 오히려 억누르면 억누를수록 반발해서 크게 튀어 오르는 청개구리 심보를 지니고 있었다.

지금도 마찬가지.

과부하가 걸리면서 육체에 상당한 부담을 주자, 투쟁의

신위가 고작 이걸로는 자신을 어쩌지 못할 거라는 듯 더 크게 튀어 올랐다.

　　[투쟁의 신위가 포효합니다!]

　비록 그로 인해 평화롭던 크로노스의 신화에 상당한 흔적을 남기고 말았지만.

　　[외부의 신화가 강제로 기술됩니다.]
　　[신화의 균형이 어그러집니다!]

　그렇게 해서 구현된 검뢰는 잇달아 극권의 군주를 때렸다.
　그아아아!
　녀석이 내뱉는 구슬픈 울음소리가 우주를 뒤흔들었다. 분명 음파를 전달할 매질이 없는데도 불구하고, 연우는 그런 소리를 들은 것만 같았다.
　그만큼 극권의 군주는 고통스러워하고 있었다. 녀석이 까마득한 세월을 살면서 이런 아픔을 느껴 볼 일이 어디 있었겠는가.
　그동안 피조물들은 벌레 따위로 여겼을 것이고, 타계 내

에서도 고위 서열을 차지하고 있으니 다른 타계의 신들을
부려 먹는 입장이었겠지.

하물며 한낱 유희 거리라고 생각했던 연우에게 이런 치
욕을 겪었으니, 분노가 더 커질 수밖에 없었다.

아. 프. 다.

아. 프. 다.

너.

죽. 인. 다. 죽. 일. 거. 다.

극권의 군주는 살의를 잔뜩 풍겨 대면서 어떻게든 연우
를 잡고자 했다.

잿빛 불꽃이 더 화려하게 타올랐다. 마치 초신성이 폭발
이라도 한 게 아닐까 싶을 정도로, 무시무시한 크기를 자랑
하는 불길이 사방으로 번져 나가며 연우를 몇 번씩이나 휘
갈겼다.

웬만한 행성쯤은 쉽게 박살 낼 수 있을 것 같은 엄청난
크기의 운석이 수도 없이 쏟아졌다. 바닥에서는 회오리를
그리던 잿빛 불길이 몇 번씩이나 점화되면서 연우를 불살
랐다.

그럴 때마다 연우는 검뢰를 번뜩이며 운석을 터뜨리고,

불길을 강제로 꺼 버렸다. 그리고 일정한 형체 없이 움직이는 녀석의 중심핵을 찾기 위해 바쁘게 움직였다.

'밤'의 한쪽 구석이 둘의 충돌로 한껏 소란스러워졌다.

그 때문에 연우는 극권의 군주에 맞서면서도, 주변의 눈치를 살피지 않을 수가 없었다.

가만히 이쪽을 관찰하고 있는 기어 다니는 혼돈이 대체 무슨 생각을 하고 있는지 알 수 없어 가장 신경 쓰였고.

하나둘씩 이쪽에 관심을 두고 타계의 신들이 다가오는 것도 부담감으로 작용했다.

물론, 일반적인 타계의 신이라면 사실 신경 쓰지 않아도 된다. 그런 놈들이야 검뢰를 몇 번씩 때려 넣어 주면 알아서 갈려 나갈 놈들일 테니까.

하지만.

'외신들이, 너무 많아.'

특히 그중에서도 저만치 뒤에서 아무렇지 않은 척 굴면서 이쪽에 조금씩 관심을 보이는 놈들이 문제였다.

기어 다니는 혼돈에 버금가거나, 그 이상이라 불린다는 족속들.

검은 풍요의 요신(妖神).

이름 없는 안개.

불결의 근원.

춤추는 녹색 불길.

멸망을 노래하는 자.

언젠가 계시록에서 이름만 보았을 뿐, 그 존재는 한 번도 본 적이 없던 이들이었다.

아니, 정확하게는 그뿐만 아니라, 천계의 존재들도 관측을 시도하고만 있을 뿐, 직접적으로 대면한 적은 없다시피 한 존재들.

편재성(遍在性), 현실 왜곡, 인과 조작, 무형성의 특징을 지니고 있어, 불완전한 신격들이 봤을 때에는 전지와 전능을 품었다고도 생각할 수 있을 만큼 강대하다던가.

흔히 질서 진영으로 분류할 수 있는 천계의 존재들은 우주가 창시되면서 탄생되었다.

그렇기에 천계에서도 저들만큼은 타계의 신, 그리고 외신들 중에서도 따로 분류를 할 필요가 있다고 여겨 몽땅 뭉뚱그려 이렇게 지칭했다.

혼세팔신(混世八神).

이쪽 세상에서는 전혀 가늠할 수 없는 우주를 지배하는 여덟 개의 신격들이라고.

저들은 이미 그전부터 칠흑왕과 함께 존재하였으니, 일

반적인 존재들이 관측할 수 없는 현상을 가리키기도 했다.

때문에 천계에서도 저들에 대해서는 크게 알려진 바가 없었다.

그래서 오히려 경계심과 두려움을 주는 편이었다. 초월자들에게 있어 그들이 알 수 없는 미지(未知)란, 공포의 영역이 될 수밖에 없으니.

그나마 연우는 일부이긴 해도 계시록을 본 적이 있고, 칠흑왕의 후예가 되면서 저들에 대한 지식이 좀 더 있을 뿐이었다.

하지만 그런 것들도 전부 '이 시대'에서는 아직 성립되기 전이었다.

애당초 '타계'라는 개념 자체가 성립되기 전이었으니까.

탑은 세워지지도 않았고, 신과 악마들은 본격적으로 활동하기 시작한 천마를 상대하느라 정신이 없었다. 초월자들은 오로지 자신들이 거느리고 있는 우주와 차원만이 세상의 모든 것이라는 오만한 자세를 취하고 있었던 것이다.

그렇기에 연우는 '밤'이라는 존재를 상대하느라 정신이 없는 우라노스에 대한 의문이 더 커질 수밖에 없었다.

물론, 당장은 그런 걸 생각할 겨를 따윈 없지만.

어쨌거나 당장 직면한 가장 큰 문제는 극권의 군주와 기어 다니는 혼돈을 상대하는 것만으로도 머리가 아플 판국에 혼세팔신의 관심이 자신에게로 집중되었다는 것이었다.

그리고 그들 중에서도 가장 연우의 심기를 복잡하게 만드는 존재는 따로 있었다.

'경계의 거주자.'

'밤'에서도 가장 끝. 이쪽을 주시하고 있는 거대한 눈이 있었다. 기어 다니는 혼돈이나 다른 거대 외신들도 한 줌으로 여기게 만들 정도로 강대한 신격을 지니고 있는 것.

얼핏 보면 문이라고도 생각할 수 있을 만큼 커다란 시선은 연우를 가만히 보고 있는 것만으로도 신화를 크게 떨리게 할 정도였다.

['밤(녹스)'의 모든 이목이 당신에게로 집중됩니다.]

['경계의 거주자'가 당신을 관찰합니다.]
['경계의 거주자'가 '밤(녹스)'의 바깥에 어떤 존재가 살고 있단 사실에 강한 흥미를 품습니다.]
['경계의 거주자'가 '밤(녹스)'의 바깥 존재인 당신에게서 어째서 익숙한 향이 느껴지는 건지 의구심을 가집니다.]

계시록의 일부만 보았기에 경계의 거주자에 대한 지식도 아주 짧았지만.

그래도 얼핏 알고 있기로, 녀석은 질서 진영에 대해 큰 관심을 보이고 있으면서도 자신이 가진 태생적 한계 때문에 탑에 영향력을 끼치지 못하고 있다고 했다.

그 사실을 알았을 때는 차라리 다행이라고 생각했다.

경계의 거주자에 대해서 알려진 바가 거의 없다. 그런 녀석과 부딪쳐서 좋을 건 없을 테니까.

그런데 녀석이 자신에게 흥미를 보이고 있었다. 분명 좋지 않은 신호였다.

무엇보다.

['혼세팔신' 이 당신을 관찰합니다.]

['혼세팔신' 이 당신을 관측하고자 합니다.]

['혼세팔신' 이 당신을 분석하고자 합니다.]

['혼세팔신' 이…….]

……

['혼세팔신' 의 관측이 당신의 존재에 악영향을 끼칩니다.]

[본 신화에 이물질(혼돈의 질료)이 섞여 들었습니다.]

[본 신화에 이물질(무질서의 원료)이 섞여 들었습니다.]

......

[경고! 너무 많은 이물질이 신화에 섞일 시, 신화의 정체성이 흔들릴 수 있습니다. 정체성 붕괴는 균열을 가져올 수 있으니 주의하십시오.]

[경고! 본 신화는 현재 허락되지 않은 장소인 '밤(녹스)'에 너무 장시간 동안 노출되었습니다. 신화의 균열을 초래할 수 있으니, 최대한 빨리 탈출하십시오.]

혼세팔신은 '밤', 그 자체라고도 할 수 있는 존재들. 특히 경계의 거주자는 그들의 부왕(副王)이라고 불러도 전혀 이상하지 않다.

그런 이들이 연우를 관찰한다는 것은 '밤'이라는 세계가 통째로 연우를 구속하려 한다는 뜻으로 봐도 무방한바.

경고 메시지대로 절대 좋을 리가 없었다.

그리고 녀석들의 관심이 계속 커질수록, 활동이 계속될수록, 세계의 구속력은 자꾸만 강해지겠지.

연우에게는 절대 좋은 의미가 아니었다.

자칫하다가 이 세계에 구속되거나, 그걸 어찌 피한다고

해도 저들에게 포획될 위험도 컸다.

'할아버지가 그냥 재밌자고 이런 짐승 소굴에다 날 던져 넣으셨을 리는 없어. 그럼 대체 뭘 유도하시려는 거지?'

시간이라는 관념을 깨우치라는 의미인 건 알 것 같다. 모든 게 정지한 세계에서, 시간이 그저 절대적인 법칙이 아닌 그저 관측자의 주관적인 개념에 불과할 뿐이라는 걸 알라는 것도 알겠다.

하지만.

'질료를 감지했다고, 프네우마를 조금씩 깨우치고 있다고, 그런 메시지가 떴었어. 그럼 이 뒤는? 어떻게 해야 하는 거지?'

질료를 감지했다면 그걸 추출하는 법은? 사용하는 법은? 프네우마에 적용시키고, 능동적으로 사용할 수 있는 방식은?

사실 질료는 조금 전부터 감지되고 있었다. 천안통과 천이통이 연결되면서 '밤'을 따라 이질적인 뭔가가 손끝에서 느껴졌기 때문이었다.

당장은 꿈쩍도 않고 있지만, 신력을 사용한다면 강제로 움직이게 할 수 있을 것 같았다.

하지만 이걸 효율적으로 다루는 법을 모르고서야 방해만 될 뿐이다.

사용법이 있을 것이다. '질료'라는 이름이 붙은 이것들을 이용해서 시간이라는 관념을 움직일 수 있는 방법. 거기에 타계의 신들의 관심을 돌릴 수 있지 않을까?

그리고 그 대답도 금세 나왔다. 아니, 이미 이전부터 떠올리고 있었다.

시차 괴리. 거기에 어떤 방법이 있을 것 같았다.

'시차 괴리는 원래 내 사고 속도를 빠르게 해서 외부 세계를 인위적으로 느리게 보이게끔 만들었다. 하지만 그걸 그렇게 '보이는' 수준이 아니라 '진짜' 그렇게 만든다면?'

머릿속이 빠르게 굴러갔다.

'나를 둘러싸고 있는 세상, 전부를 다 그렇게 만들 필요는 없어. 그저 내가 인지하고 있는 곳만…… 이 좁은 공간의 '굴레'만 최대한 느리게 굴릴 수 있다면……?'

그제야 조각조각 났던 퍼즐들이 연결되어 큰 그림이 보이기 시작했다.

'질료는 바로 그런 '작은 굴레'를 이루는 수레바퀴의 굴대(軸)다. 프네우마는 이 굴대를 움직이게 만드는 손잡이…… 시차 괴리는 그걸 굴리는 방식인가?'

거기까지 생각이 미치게 되자, 한순간 머릿속이 환해졌다.

[축하합니다! 프네우마에 대한 개념을 깨달았습니다!]

[프네우마(πνεύμα)는 '본디 태초를 깨운 거대한 무언가가 남긴 숨결'입니다. 이 숨결을 느끼고 받아들일 수 있다는 것은 보다 영혼이 풍요로워지고, 자유에 근접한다는 뜻이기도 합니다.]

[보지 못했던 계시록의 뒷장을 획득하였습니다.]

[우주의 비밀에 한 걸음 더 가까이 다가가는 데 성공하였습니다.]

[태초와 종말에 대한 단서를 획득하였습니다.]

......

[칠흑왕이 당신을 보면서 가볍게 미소를 짓습니다.]

[칠흑왕이 차근차근히 성장하는 후예를 흥미롭게 살핍니다.]

......

['프네우마의 하늘'의 기초 편을 깨달았습니다!]

칠흑왕이 관심을 보였다는 메시지가 망막 한쪽에 떠올랐지만.

연우는 당장 그걸 신경 쓸 겨를이 없었다.

'시차 괴리의 특성을 외연으로 확장하기 위해서는 그만한 원료가 필요해. 원료는…… 내 의념이 될 테지.'

생각은 꼬리에 꼬리를 물고 이어졌다.

'그렇다면 의념 통천을 보다 더 강하게 단단히 세울 필요가 있어. 지금보다 훨씬 더 크게. 내 생각이 곧 세상의 '굴레'를 굴릴 수 있을 만큼.'

['프네우마의 하늘'의 응용 편을 깨달았습니다!]

[의념의 개념이 프네우마 카테고리 안에 통합되었습니다. 지금부터 프네우마를 자유롭게 사용할 수 있습니다.]

[권능, '프네우마의 하늘'이 생성되었습니다!]

'시간의 굴레를 어떻게든 느리게 감는다.'

연우는 다시 잿빛으로 된 불덩이를 토해 내는 극권의 군주를 옆으로 쳐 내면서, 두 눈을 깊게 가라앉혔다.

[권능, '프네우마의 하늘'이 작동하여 '작은 굴레'에 간섭합니다!]

['작은 굴레'가 굴러가는 속도가 현저히 감소합니다.]

[인과율이 작동합니다.]

[일정 범위에 걸쳐 시간이 현저히 느려집니다!]

[획득한 권능, '프네우마의 하늘'에 대한 정확한 정보를 출력하기 위해 내용을 검토 중입니다.]
[잠시만 기다려 주십시오.]
[잠시만 기다려 주십시오.]
……

[해당 권능과 비슷한 속성과 성질을 지닌 스킬을 다수 소지하고 있는 것이 확인되었습니다. 스킬 통합이 이뤄질 시, 효과 및 위력이 증가할 수 있습니다. 통합을 진행하시겠습니까?]

[통합 진행을 선택하셨습니다.]

[스킬 조합이 시작됩니다.]
……
[스킬, '시차 괴리'가 통합됩니다.]
[스킬, '시간 예지'가 통합됩니다.]
……

[권능, '프네우마의 하늘'의 등급이 한 단계 상승하였습니다. 자세한 내용은 정보창을 확인하십시오.]

[정보창을 출력합니다.]

[프네우마의 하늘]

등급: 권능

설명: "프네우마는 태초에 빛과 함께 잉태된 존재들이 내뱉은 숨결이며, 세상의 섭리와 법칙이 묻어 있는 열쇠일지니……."

"……이것을 획득하는 자, 이것을 소지하고 있는 자. 그리고 이것을 물려받는 자. 세상의 근원으로 다가갈 유일한 방법을 얻게 될 것이다."

위 설명은 태초로 명명되는 고대 때부터 내려오는 예언 중 일부다. 올림포스나 아스가르드 같은 사회가 탄생하기도 훨씬 이전에 존재했던 집단, 신과 악마와 용종과 거인족의 구분도 제대로 되지 않던 태곳적부터 내려온 세력, '프네우마 파(派)'가 추구하는 근본 기조이기도 했다.

그들은 '시간'만이 여러 우주와 차원을 관통하는 중심 뼈대이며, 이것을 다룰 줄 알아야만 태곳적의 비밀에 닿을 수 있노라고 몇 번씩이나 외쳐 왔다.

하지만 그들은 여러 집단과 갈등을 빚으면서 점차 몰락하고 말았고, 아득한 우주의 세월에 그 바람마저 같이 묻혀 사라지고 말았으니.

지금 여기.

그들의 피를 잇고, 의지를 계승하려는 자가 있다.

예언은 과연 사실이 될 수 있을 것인가?

* 질료 검출

질료(質料)란 원래 물질세계를 구성하는 최소 단위이자 근본 원리로서, 그 자체로는 별다른 의미를 지니지 못하나, 뭉쳐서 형식(形式)과 형상(形狀)을 갖춰야만 비로소 기능을 할 수 있게 된다.

이러한 질료를 찾아 작동할 수 있도록 한다. 이때, 사용할 수 있는 질료의 양은 의념(프네우마)의 성취도에 따라 비례해서 달라지게 된다.

* 시차 변동

스킬 '시차 괴리'가 통합된 상태. 시전자를 둘러싼 세계와 시전자가 인지하고 있는 세계의 두 시간 사이에 인위적으로 괴리(乖離)를 둔다. 이때 발생하게 된 시차는 인과율이 어긋나지 않는 한계선에서 빨라질 수도, 느려질 수도 있다.

단, 시차가 너무 클 시엔 인과율에 저촉되어 작동
이 강제로 정지되거나, 자칫 어긋나 버린 시간 선에
영영 갇힐 수 있으니 주의해야 한다.

＊시간 검토

스킬 '시간 예지'가 통합된 상태. 찰나의 시간 동
안, 시전자가 인식하고 있는 세계의 정보들을 바탕
으로 과거, 현재, 미래에 발생할 수 있는 모든 가능성
을 검토하게 된다.

이때, 검토된 가능성은 시일이 가까울수록 정확도
가 높아지며, 멀어질수록 떨어지게 된다.

연우가 가장 즐겨 사용하던 스킬을 두 개나 통합한 프네
우마의 하늘은 이미 효과가 놀라울 정도로 뛰어났다.

특히 여러 옵션 중 가장 크게 연우의 눈에 띈 것이 있었
다.

시간 검토.

기존에 가까운 미래의 가능성만을 제시하던 시간 예지와
다르게, 시간 검토는 그런 구애를 받지 않았다.

과거부터 미래까지, 전방위에 걸쳐서 여러 가능성을 검
토하고 제시해 주었으니.

비록 시간대가 멀어질수록 정확도도 그만큼 떨어진다는

단점이 있었지만, 사실 이것만으로도 아주 큰 무기를 지닌 것이나 마찬가지였다.

이것이야말로 과거 크로노스로 하여금 전지(全知)를 얻은 게 아니냐는 의혹을 불러일으키게 만든 가장 큰 비밀이었으니까.

아니, 다른 것을 다 떠나서라도.

연우는 이미 이 시간 검토가 가진 잠재 능력이 얼마나 대단한지를 아주 잘 알고 있었다.

처음 크로노스의 사체에 들어갔을 당시. 크로노스의 신화 속에서, 과거 크로노스가 올포원을 물리치면서 보았던 미래에 자신과 동생의 모습도 있지 않았던가.

그리고 그것을 토대로 여러 안배까지 마련할 수도 있었으니.

사실상 오늘날 연우를 탄생시킨 가장 큰 무기를 드디어 손에 넣은 것이나 마찬가지였다.

물론, 여기서 당장 쓸 수 있는 무기는 아니었지만.

이것만으로도 위험을 감수하고 우라노스를 만난 보람은 있는 거였다.

화아악!

연우는 모든 것이 아주 느릿하게 굴러가는 세계 속에서, 신진철로 만든 검을 강하게 움켜쥐었다.

극권의 군주도, 기어 다니는 혼돈도, 그리고 다른 혼세팔신도 모두 굼벵이처럼 움직이고 있는 지금이야말로.

'탈출할 때지.'

물론, 혼세팔신쯤 되는 존재들이라면, 그만한 격을 지닌 존재들이라면, 이러한 '작은 굴레'의 움직임을 무시할 수도 있을 것이다.

하지만 연우는 자신의 계획이 성공하리라 자신했다.

'애당초 저놈들에게는 시간이라는 개념이 없으니까.'

그런 녀석들이 처음 보는 낯선 개념을 만나게 된다면?

당연히 속수무책으로 당할 수밖에 없었다.

연우는 바로 그 점을 노리기로 한 것이다.

물론, '작은 굴레'를 이용해 저들에 맞서겠다는 생각을 가진 건 아니었다.

그건 만용에 불과했다.

분명히 시간의 개념은 저들의 허를 찌르는 무기일지 모르지만, 저들쯤 되는 존재들이라면 시간이라는 낯선 개념을 금방 '이해'하고 반격을 꾀할 게 분명했다.

그래서야 겨우 마련한 무기도 쓸모가 없어지는 게 아니겠는가.

'할아버님이 유도하고자 했던 것도 이런 것이었을 테고.'

우라노스라면 타계의 신들이 시간에 대해 무지하다는 것을 알고 있었을 게 분명했다. 그러니 이처럼 손자를 아무렇게나 던져 놓고서 알아서 빠져나오라고 할 수 있었던 거겠지.

그만큼 자신을 믿는다는 것인지, 아니면 무책임한 것인지, 영 의심스럽기도 했지만.

여하튼.

연우는 그렇게 놈들의 인지에서 벗어나 조용히 내빼려 했다.

'좌표를 알 수 없지만, 우선 '밤'의 바깥으로 가야 해.'

연우는 우라노스의 도움 따윈 바라지 않았다. 분명히 위기 시에 도와줄 거란 믿음은 있었지만, 그래도 거기에 의지하기보다는 자신의 힘으로 헤쳐 나가는 게 훨씬 속 편했다.

문제는 '밤'이 과연 원래 세계의 좌표와 쉽게 닿을 수 있느냐는 것이었다.

공허를 만질 수 있다면 빠져나오기 손쉬울 테지만, 지금은 그러질 못했다.

'확실히 칠흑왕의 형틀이 사기템이긴 했었지.'

물론, 그렇다고 해서 방법이 아예 없는 건 아니었다.

화르륵!

연우의 등을 따라 검고 붉은 불길이 피어오르는가 싶더니, 서서히 날개의 형상을 갖췄다.

[투쟁의 신위가 온전히 제 모습을 갖추고자 합니다!]

[주의! 투쟁의 신위는 본 신화에 어울리는 신위가 아닙니다. 계속된 외부 신화의 유입은 본 신화에 막대한 악영향을 끼칠 수 있습니다.]

[주의! 투쟁의 신위가 너무 미쳐 날뛰고 있습니다. 본 신화를 재생하는 데 있어 강한 영향을 끼칩니다. 신위 작동을 멈출 것을 권고합니다.]

……

[외부의 신화가 동시 재생되었습니다.]

[투쟁의 신위가 구현됩니다!]

[권능, '하늘 날개(오른쪽)'가 생성되었습니다.]

한껏 느려진 세계에서.

검붉은 불길이 꽈배기처럼 꼬이면서 활대를 형성하고,

사방으로 뿌려진 불꽃들은 한순간 깃털이 되었으니.

아버지에게는 죄송할 따름이지만.

연우로서도 어떻게든 이곳을 빠져나갈 방법을 찾아야 했다.

그리고 내린 결론은 하늘 날개를 통해 외부로 향하는 좌표를 강제로 열어젖히는 것이었다.

하늘 날개를 만드는 건 아주 손쉬웠다.

애당초 하늘 날개를 직접 만들었기에 그 구성 요소를 가장 잘 알고 있는 게 연우였으며.

키워드가 되는 투쟁의 신위는 온전히 연우만의 것. 칠흑왕으로부터 받았던 죽음과는 달랐으니, 덕분에 이렇게 '느려진' 세계에서 빠르게 재생성할 수 있었다.

화르륵!

비록 반쪽짜리에 불과했지만, 연우는 힘이 부쩍 늘어나는 것을 느낄 수 있었다.

더불어서 충만해진 신력으로 더욱더 예민해진 감각이 빠르게 움직이면서 외부로 향하는 길목을 찾고자 했고.

'여기다!'

연우는 '밤'의 바깥에서부터 이곳으로 통과했던 쇠사슬의 길목을 읽어 내고, 그 틈을 벌리고자 검을 거칠게 휘둘렀다. 검뢰가 터지면서 틈에 틀어박히고, 강제로 찢어졌다.

'밤'과는 전혀 다른 색을 가진 검은 입구가 아가리를 벌렸다. 그곳으로 재빨리 몸을 밀어 넣으려는데.

['경계의 거주자'가 당신을 가만히 관찰합니다!]

'뭐?'

연우는 틈으로 들어가기 직전에 떠오른 메시지에 순간 등골이 오싹해지는 기분을 맛보고 말았다.

그리고 황급히 고개를 뒤로 돌린 곳에.

'밤'의 천구(天球)를 전부 뒤덮고 있다시피 하고 있는 '문'이자 '눈'이 이곳을 보고 있었다.

기광을 잔뜩 번뜩이면서.

탐. 구. 할.

가. 치. 가. 있. 군.

"……!"

그. 것. 이.

문. 인. 가.

문제는 거기서 끝나지 않았다.

　['기어 다니는 혼돈'의 잔재 신화가 원주인과의
만남에 강한 반응을 보입니다!]

'이런!'
엎친 데 덮친 격이라더니.
이번에는 기어 다니는 혼돈 쪽이 반응하려 하고 있었
다.

　['기어 다니는 혼돈'이 꿈틀거립니다.]
　['기어 다니는 혼돈'이 낯선 개념 앞에서 강한 호
기심을 보입니다! 당신에 대한 흥미와 관심이 한층
더 강해집니다!]

흥. 미. 로.
인. 간. 재. 밌.

　[외부에서부터 강한 신력이 침입을 시도합니다.]
　['작은 굴레'에 닿아 있던 프네우마가 흩어집니
다. 권능, '프네우마의 하늘'이 강제 정지됩니다.]

[인과율이 작동하였습니다.]

[세계의 시간이 원상태로 복구되었습니다.]

와장창창!

마치 유리창이 크게 깨지는 것 같은 그런 소리가 났다.

'이걸로는 부족하다고?'

연우의 얼굴이 딱딱해지는 동안.

크아아!

시간의 속박에서부터 해소된 극권의 군주가 와락 달려

들었다. 잿빛 불길이 사방에서 쏟아지는 통에 정신이 없었

다.

단순히 태우는 게 아니라 닿는 것만으로도 영혼까지 얼

리는 기괴한 불길.

연우는 결국 틈으로 들어가는 것을 포기하고 검의 방향

을 뒤쪽으로 돌려야만 했다. 반쪽짜리 하늘 날개가 마치 봉

화처럼 허공으로 크게 타오르더니, 다른 어느 때보다 강렬

한 검뢰를 쏟아 냈다.

콰르릉, 콰릉, 콰르르!

콰콰콰콰—

하늘 날개의 힘이 더해진 검뢰는 아주 강했다. 검뢰는 잿

빛 불꽃을 강제로 가르는 것으로도 모자라, 사방팔방으로

마구 뻗쳐 나가면서 남은 잿빛 불꽃마저도 송두리째 찢어 버렸던 것이다.

아. 아. 아아.

꾸우우우!

극권의 군주가 내지르는 구슬픈 절규가 '밤'의 세계를 쩌렁쩌렁하게 울렸다.

'밤'을 타고 흐르던 기류의 순환이 헝클어질 정도였고, 조각조각 난 놈의 파편들이 후두둑 아래로 쏟아졌다. 거기서부터 녀석을 구성하던 신력이 마치 피처럼 튀어 오르면서 커다란 은하수를 형성했다.

그사이. 여태껏 연우를 관찰하기만 하던 기어 다니는 혼돈이 움직였다. 녀석에게서부터 신력이 똘똘 뭉친 촉수가 다발로 날아들었다.

궁. 금. 해.

너.

궁. 금. 하. 다.

탐. 구. 실. 험. 체.

[권능, '프네우마의 하늘'이 '작은 굴레'에 간섭
하고자 합니다!]

[인과율이 작동합니다.]

퍼퍼퍼펑!

연우는 프네우마의 하늘을 계속 이래저래 움직이면서 촉
수를 쳐 내고, 틈으로 빠져나갈 방법을 모색했다.

하지만 기어 다니는 혼돈이 따로 지시라도 내린 것인지,
여태껏 관망만 하고 있던 타계의 신들이 일제히 움직이기
시작했다.

신력이 여기저기서 쏟아지는 판국에 연우는 감각과 인지
가 흐트러지고, 신력이 금세 동나는 것을 느껴야만 했다.

[신살(神殺)의 업적을 이뤘습니다! 해당 대상은
기록되지 않은 존재입니다. 대상의 신화 중 일부를
갈취할 수 있습니다.]

[신살의 업적을 이뤘습니다!]

[신살의 업적을 이뤘습니다!]

……

하지만 가장 큰 문제는 경계의 거주자였다.

놈의 눈알이 아주 천천히 위쪽으로 구른다 싶더니—하지만 워낙에 크기 때문에 그렇게 보일 뿐, 절대 느린 것이 아니었다—, 연우가 방금 전에 열어젖혔던 틈에 시선을 고정한 것이다.

그. 너. 머.
어. 쩌. 면. 아. 버지. 가.

콰직, 콰직, 콰지직!
단순히 눈길이 집중된 것만으로도, '밤'의 모든 법칙이 그곳으로 쏠렸다. 도로 닫히려던 틈이 강제로 벌어졌다.

마치 조그마한 구멍에다 쇠기둥을 박아 넣고 강제로 열어젖히듯, 틈이 찢기면서 공간을 따라 균열이 잔뜩 퍼졌다. 바깥으로 향하는 웜홀(Wormhole)이 구성되었다.

그리고 몇몇 타계의 신들이 웜홀로 향했다. 바깥으로 향하려는 것이다. '밤'이 영역을 그쪽으로 자연스레 확장하면서 물질세계와 허수 세계가 뒤섞이려 했다.

저것을 이대로 두면 모든 게 망가진다.
연우는 그런 위기감에 재빨리 웜홀의 입구 쪽으로 움직였다. 그리고 검뢰팔극을 잇달아 뿌려 댔다. 투쟁의 신위가 더해진 만큼 위력은 대단했지만, 그래도 연우가 현실에서 사용하는 정도를 따라잡을 수는 없는 까닭에 그 많은 놈들을 전부 막기란 요원했다.

[신살의 업적을 이뤘습니다!]
......

그사이에도 타계의 신이 죽었다는 메시지가 연달아 떠오르다가.

비. 켜. 라.

지이잉!
이명이 느껴질 만큼 강렬한 의념과 함께 갑자기 '밤'의 천구를 덮고 있던 눈이 사라졌다.

그리고 어느덧 연우 앞으로 무언가가 등장했다. 연우를, 아니, 정확하게는 크로노스와 똑같은 얼굴을 한 존재. 연우는 본능적으로 그것이 경계의 거주자가 편히 활동하기 위해 변한 모습이란 것을 금세 깨달을 수 있었다.

연우는 마침 자신을 집어삼키려던 불새 모양의 타계 신을 빠르게 갈라 버린 다음, 검의 방향을 꺾어 경계의 거주자에게로 쏟아부었다.

육극(六極). 이미 연우로서는 한계에 다다랐음에도 불구하고 극한까지 힘을 쥐어짜 전개한 공세였다.

콰아앙!

"……감히."

경계 거주자의 왼팔이 찢긴 채로 허공에 튀었다. 녀석이 짜증 섞인 얼굴로 욕지거리를 짓씹으면서 남은 오른팔을 거칠게 휘둘렀다.

그 손바닥이 연우의 가슴팍에 작렬한 순간, 여태껏 신체 내부를 돌아다니고 있던 신력의 흐름이 가닥가닥 끊어지고 말았다. 일부는 반대 방향으로 돌면서 장기를 망가뜨렸다. 역혈(逆血). 외뿔부족에서는 주화입마라고 부르는 현상의 초기 증세였다.

퍼어엉!

경계의 거주자는 다시 한번 더 연우의 가슴팍을 후려쳤다. 결국 연우는 더 이상 버티지 못하고 웜홀에 처박히고 말았고, 마치 하수구로 빨려 들어가듯이 바깥세상으로 팅겨나야만 했다.

"이곳인가, 그분께서…… 아버지께서 계신다는 세상이?"

연우와 함께 '밤'의 바깥으로 빠져나온 경계의 거주자는 완전히 이질적인 감촉에 묘한 표정을 지었다. 그는 여전히 크로노스의 얼굴을 하고 있었다.

푸른 하늘. 검은 땅. 모든 게 헝클어진 세상에서 살아온 그에게는 너무나 낯설기만 한 세계였다.

하지만 별다른 감흥 따윈 들진 않았다. 가슴팍에서 느껴지는 통증에 얼굴을 와락 일그러뜨려야만 했으니까.

어느새 신진철로 된 검이, 그의 우측 가슴을 관통하고 있었던 것이다.

"아버지의 얼굴을 한 놈에게 칼빵을 놓으니…… 기분이 뭐 같지만. 어쩔 수 없지."

멀리 떨어진 곳.

연우가 피를 바닥에다 '퉤!' 하고 내뱉으면서 손으로 입가를 문지르고 있었다. 눈가에 분노가 불길처럼 잔뜩 일렁였다.

비어 있던 왼쪽 등에서는 새로운 날개가 피어오르려 하고 있었다.

[죽음의 개념을 강제로 깨우치고자 합니다!]
[신위를 강제로 재생성합니다.]

['하늘 날개(왼쪽)'이 구현되기 시작합니다!]

사실 연우로서는 하늘 날개를 온전히 만들 생각이 전혀

없었다. 가뜩이나 지금도 크로노스의 신화에 막대한 악영향을 끼쳤을 텐데, 신위를 온전히 다 되찾아 버린다면 정말 위험할 테니까.

하지만 이대로 놈들이 제멋대로 날뛰도록 놔뒀다간 신화가 완전히 망가질 것 같았다. 실제로 웜홀에서부터는 '밤'이 줄줄 흘러나오면서 타계의 신이 하나둘씩 빠져나오려하고 있었다. 더 이상 참을 수가 없었다.

휘휘휘!

온전히 재각성한 힘이 폭풍처럼 퍼져 나가며 경계의 거주자가 흩뿌렸던 신력을 지우려 할 때.

"……아버지? 넌, 대체 누구냐!"

경계의 거주자가 충격에 빠진 얼굴로 연우를 노려보았다. 그로서는 전혀 생각지 못한 곳에서 칠흑왕의 흔적을 발견한 셈일 테니.

하지만 둘의 그런 대치는 충돌로 이어지지 못했다.

[우라노스가 강림합니다!]

하늘에서부터 한 줄기 벼락이 떨어지면서, 우라노스가 나타나 남아 있던 경계 거주자의 신력을 찢는 것은 물론, '밤'의 영향력까지 지워 버린 것이다.

"이런! 나는 그냥 프네우마의 본질을 깨달으라고 했던 건데, 이렇게까지 난리를 피울 줄이야……. 이제 보니 손자라는 놈이 제 아비보다 더한 놈이었구나. 허!"

우라노스는 연우를 보면서 못 말리겠다는 듯 머리를 절레절레 흔들었다. 그러면서도 이렇게까지 단숨에 성장한 손자가 기특한 듯 입가에 미소를 물고 있었다.

그러다 우라노스가 천천히 경계의 거주자 쪽으로 시선을 돌렸을 때.

놈의 얼굴은 딱딱하게 굳었다. 아랫것으로 여겼던 연우에게 당했을 때처럼 분노가 아닌, 뜻밖의 장소에서 생사 대적을 만난 충격에 젖은 표정이었다.

"야드―타타그? 네가 왜 여기 있는 거지?"

'뭐?'

연우는 자기도 모르게 우라노스를 돌아보았다.

경계의 거주자와 우라노스가 면식이 있는 것이야 '밤'의 확장을 막다 보니 어떻게든 가능한 일이라 하더라도.

그 호칭은 난생처음 듣는 것이었다.

하지만 모르지는 않았다.

모를 수가 없었다.

우주 창생의 비밀을 품고 있다는 고대신(Elder Gods) 중하나였으니까.

아니, 그저 단순히 '하나'라고 치부하긴 힘들었다.

야드—타타그는 엄연히 그들을 대표하는 수장 중 한 명이었으니까.

지금은 까마득한 세월이 흐르면서 점차 신앙에서 멀어져 인식하고 있는 이들조차 아주 드물고, 그들 스스로도 이렇다 할 의지나 자아를 가지지 못해 존재감마저 희미해지고만 존재들. 우주의 기원과 함께 하는 태초신(太初神)이자 개념신(槪念神)들 중에서도 야드—타타그가 차지하는 비중은 아주 높은 편이었다.

타계의 신과 혼세팔신 중 경계의 거주자가 있다면, 고대 신들 사이에는 야드—타타그가 있다고 봐도 무방할 정도였으니.

그런데 우라노스가 그런 야드—타타그라고?

'하지만 야드—타타그는 분명히 내가 알기로……!'

연우는 계시록에서 봤던 것과 다른 내용에 황급히 우라노스를 돌아봤고.

"야드—타타그라."

우라노스는 가만히 옛 이름을 읊조리더니 피식 웃고 있었다.

마치 그리운 무언가를 그리듯.

"확실히 그렇게 불리던 때도 있었지."

그때, 경계의 거주자가 미간을 가늘게 좁히면서 우라노스를 위아래로 훑더니 기이한 눈빛을 보냈다.

"아니군. 너는 야드—타타그가 아니야. 그렇다고 하기엔 갖고 있는 것이 너무 볼품이 없다. 영속을 초월하는 전지(全知)도, 삼라를 제어할 전능(全能)도 없나? 너, 찌꺼기로군."

우라노스를 품평하는 내내, 경계 거주자의 말투에는 마치 쓰레기라도 본 것 같은 경멸이 가득 섞여 있었다.

그 정도라면 조소라도 느껴질 법하건만, 그런 것도 없었다. 마치 우라노스라는 존재를 부정이라도 하는 것처럼 보일 정도였다. 보아서는 안 되는 쓰레기를 보았고, 절대 있어서는 안 될 시궁창을 본 것 같은 혐오 가득한 시선.

연우는 그런 경계의 거주자가 보이는 태도에 짜증이 났다. 특히 아버지의 얼굴을 하고서 그런 태도를 비치니 역정까지 날 정도였다.

비록 자신을 극한의 환경까지 내몰긴 했다지만.

그래도 연우에게 우라노스는 소중한 조부였다.

따스한 눈빛을 주는 할아버지.

그러나.

우라노스는 그런 시선에도 전혀 아랑곳하지 않고 있었다.

"찌꺼기라…… 뭐, 그렇게 봐도 무방하겠지. 하지만 보다시피 당시의 나와 지금의 나는 전혀 다른 자아와 정체성을 지니고 있어서 말이지. 그깟 전지와 전능이 있으면 뭣하나."

아니, 오히려 그의 입가에는 조소마저 맺혀 있었다.

"아무런 변화도 재미도 없는 혼탁한 우물에 머문 채, 그런 강맹한 권능과 힘을 지니고도 자유롭게 사용하지도 못하고서 남의 똥꼬나 빨아 대는 노예들이 뭘 알까?"

"네놈이 감히, '아버지'를 능멸하……!"

"아버지? 웃기는군. 제 권속들에게 뒤통수나 맞는 놈이? 그러다 천마한테 얻어터지고 공허 속에 처박혔었지, 아마? 그러니 아둔하단 소리나 듣지."

"……!"

"그리고 아버지, 아버지, 그렇게 앵무새처럼 떠들어 대는 거, 지겹지도 않나? 어차피 그는 너희들 따윈 자식으로 취급하지도 않을 것 같은데 말이지."

부들부들!

경계 거주자의 얼굴이 시뻘겋게 달아올랐다. 금방이라도 폭발할 것 같은 태도.

그도 그럴 것이, 그와 타계의 신들은 헤아릴 수도 없을 만큼 아득한 세월 동안 '그분' —그들이 '아버지'라 부르는 존재를 찾고자 노력해 왔다.

우주 창생 전부터 존재했으나, 그를 두려워한 권속들의 배신으로 꺾이고 말았고.

마지막에는 천마에 의해 공허에 강제로 틀어박혀 깊은 잠에 들어야만 했던 이.

혼세팔신을 비롯한 타계의 신들에게 있어 그분은 추앙이나 숭배라는 단어로 정의하기엔 까마득한 존재였다.

그들의 모든 것.

그들을 이 세상에 나타나게 해 준 근원.

뿌리였다.

그렇기에 그들은 그분을 일컬어 '아버지'라고 부른다지만, 실은 그런 호칭으로도 부족하다고, 불경하다고 생각하고 있었다.

그런데.

우라노스는 단 몇 마디로 그런 그들의 신앙을 보잘것없는 것으로 치부해 버리고 말았다.

그러고는 멍청한 짓이라며 비아냥대고 있었다.

경계의 거주자로서는 절대 있을 수 없는 치욕이었으니. 이렇게 분노라는 감정을 느낀 것도 오랜만이었다.

『우주 창생에 대해서는 좀 알고 있느냐?』

그리고 그런 두 사람의 대치를 가만히 살펴보던 연우의 귓가로, 보조 설명을 해 주려는 듯 우라노스의 메시지가 파고들었다.

『대강은 알고 있습니다.』

『대강이라고 할 정도는 아닌 것 같던데 말이다. 생각보다 '밤'에 있는 것들을 잘 알고 있는 것 같고. 네가 있던 시간대에는 저놈들에 대해 어느 정도 알려졌나 보지?』

『불가지(不可知)의 영역입니다. 관측되고 있는 정도가 전부라고 알고 있습니다.』

『그래? 허허! 그래도 다행히 우리들의 노고가 그렇게 영 쓸모없어진 건 아닌가 보군. 다행이야.』

우리들.

연우는 그 말에서 강한 무게감을 느꼈다.

아마도 그건 단순히 이 자리에 있는 올림포스만을 의미하는 것 같지는 않았다.

그보다 고차원적인 존재들. 우라노스를 비롯한 동료들을 의미하는 것 같았다.

『오로지 혼돈과 무질서만이 가득한 세계에 처음으로 빛이 태어나고, 태초의 우주가 점점 확장되면서 수많은 존재들이 여러 법칙과 함께 태어났다가 스러지길 반복했다. 그러다 간혹 살아남으면서 영속성(永續性)을 얻고, 신성(神聖)을 터득하여 눈을 뜬 존재들이 있지.』

첫 우주에서 처음으로 태어난 빛. 그것이 바로 천마일지니. 그가 처음으로 '빛이 있으라'라고 말한 순간, 우주 창생이 시작되었다.

혼탁한 세계에서 처음으로 법칙과 개념이 구현되며 질서가 서서히 잡혔다. 그런 것들은 자아는 없을지언정, 현상이 자 신으로서의 성질을 띠고 있었다. 그게 바로 흔히 말하는 개념신이다. 대표적으로 대지모신이 있었다.

『하지만 개중에는 우주 창생이 시작되기 전부터 존재했던 이들도 있다. 한때는 '아버지'를 따라 혼탁한 세상을 거닐었으나, 점차 거기에 깊은 공포와 위기감을 느끼고 천마와 함께 뒤통수를 거세게 때렸지.』

순간, 연우의 머릿속으로 한 가지 생각이 스쳐 지나갔다.

칠흑왕의 형틀을 소개하던 정보창. 그 속에 '???'로 표시되던 배반자들이 있지 않던가.

　—<위대한 아버지>는 ???들에 대한 배신감에 치를 떨었고, 자신에게 이런 비루한 꼴을 선사한 천마에게 원한을 품었다.

　—절망과 비탄, 격노로 이어지는 감정들은 이제 <위대한 아버지>를 새롭게 움직이는 원동력이 되고 있다. 그는 이제 기지개를 켤 준비를 하고 있다.

깊은 공허에 빠져 잠만 자던 칠흑왕에게 절망과 비탄, 격노의 감정을 겪게 했던 존재들!

그럼 그 존재가……?

『그 말씀은?』

연우의 목소리는 작게 떨렸다.

전혀 생각지도 못한 곳에서 판도라의 상자를 연 듯한 느낌.

『그들은 그 대가로 천마로부터 '세례'를 받고, 완전히 이쪽으로 전향하게 되었지. 그리고 바라던 대로 새로운 우주를 개척할 수 있었단다. 더 이상 '아버지'에 대한 공포를 겪지 않을 수 있으니 이 얼마나 행복하단 말이냐! 해서 그들은 대부분 평화와 안식을 얻어, 그 속에 섭리니 법칙이니 하는 것으로 점차 동화되었지. 어차피 남은 힘도 얼마 없었지만.』

하지만 우라노스의 말에는 웃음기가 다분히 섞여 있었다.

『그리하여 너희들의 시간대는 물론, 지금 이 할아비가 머무는 시간대에서도, 심지어 신들 사이에서도 기억하고 있는 이들이 극히 드물게 되어 버렸다.』

『……!』

『하지만 그네들 중에는 '아버지'를 시궁창에 처박고도, 다시 그가 돌아와서 자신들을 괴롭히지 않을까 하는 편집증 환자들이 있었어. 참으로 사서 걱정을 하는, 멍청한 이들이 아니냐.』

연우는 여태 가려졌던 장막이 걷히면서 아른거리기만 했던 무언가를 본 듯한 느낌이 들었다.

야드—타타그를 비롯한 고대신들은 칠흑왕과의 싸움으로, 우주 창생이 시작되었을 무렵에는 대부분 너덜너덜해졌을 것이다. 해서 그들은 새로운 우주의 인과율과 삼라만상 따위에 동화되었고.

그래도 여전히 칠흑왕의 등장을 우려한 몇몇은 겨우 영속을 이어 갔을 것이다. 태곳적과는 비교도 할 수 없을 만큼 영락한 채로. '찌꺼기'라는 비아냥을 들으면서도 버티고 또 버텼다.

'그것이 우라노스를 비롯한 프네우마나 퀴리날레인 걸까……? 하지만 그들마저도 대개 사라지거나 했을 테고, 그 마지막 결과물 중 하나로 올림포스를 남긴 거고?'

어쩌면.

크로노스가 칠흑왕의 사도로 점지되었던 것부터, 연우가 후예로 낙인찍혔던 것까지.

단순한 우연이라고 생각했던 모든 것들이, 시스템이 랜덤으로 배정했다 생각했던 것들이, 아주 오래전부터 실타래처럼 이리저리 얽히고설키면서 자신에게로 다다른 게 아닐까 하는 그런 생각이 들었다.

그렇다면.

이 모든 사실들을 알고 있을 칠흑왕은 대체 무슨 생각을 하고 있는 걸까?

'칠흑왕의 입장에서는 그럼 내가 자신을 배신한 무리들의 후손인 셈일 텐데? 그런데 어째서 날 선택한 거지?'

연우의 머릿속이 복잡해졌다.

'뭔가가 있어. 뭔가가.'

분명히 놓치고 있는 게 있었다.

그리고.

『한데, 너에게서는 그런 우리의 옛 주인의 향이 강하게 느껴지는구나.』

우라노스는 연우에게서 그런 칠흑왕의 흔적을 금세 찾아냈다.

왼쪽 날개를 마저 복구하면서 그 속에서 묻어난 '죽음'을 읽은 것이다.

『너에게 우리의 업을 이으란 말은 하지 않을 것이다. 그 아둔한 미치광이가 또 무슨 꿍꿍이를 가지고 있는지 알고 싶지도 않다. 어차피 그 '잠'이 영원하지 않으리란 건 짐작하고 있었으니까.』

그 시대의 일은 너희들의 것이니. 늙은 내가 왈가왈부할 것은 되지 못한다. 우라노스는 그렇게 말하고 있었다.

『하지만 지금 이 일은 내가…… 아니, 우리가 해야 할 일이지. 죽기 전까지 해내야만 하는 사명(使命)인 것이니라.」

순간, 우라노스의 눈동자가 시퍼런 광망을 토해 냈다.

그리고.

츠츠츠!

그를 중심으로, 여기저기서 공간이 굴절되면서 다른 신격들이 하나둘씩 나타났다.

"으어, 이게 뭐야? 저놈이 왜 여기 있어?"

"젠장! 어떻게든 '밤'이 열리지 않게 겨우겨우 막고 있었는데. 대장! 대체 또 무슨 사고를 친 겁니까, 네?"

"내가 이러니까 크로노스, 저 천둥벌거숭이를 '밤'에 던져 놓으면 안 된다고 말했던 거잖수! 결국 사고만 치고……! 으아악! 내가 못 살아!"

"이거 잘못하면 저놈들이 아둔한 새끼 흔적 찾으려고 난리 치는 거 아냐? 위험한데, 이거."

"안 그래도 하루가 다르게 삭신이 쑤시는구만. 아구구. 내가 제 명에 못 살지."

"시끄러, 이것들아! 하여간 나이들 처먹고 늘어난 건 주둥이밖에 없지! 후딱 안 움직여?"

대놓고 불만 섞인 투로 툴툴거리는 이들에게 우라노스가 버럭 소리를 질렀다. 신격들은 '녜이, 녜이' 이기죽거리면서도 눈빛만큼은 살벌하게 빛내며 경계의 거주자를 경계했다.

당대 우라노스를 따라서 수많은 전장을 전전하며 올림포스를 탄생시킨 공신들.

그 정체는 태곳적부터 우라노스와 함께 칠흑왕의 발호를 막고자 노력했던 동지들이었다.

비록 영락을 거듭하여 옛 영광은 찾아볼 수 없지만.

그렇기에 세상 그 어느 별보다 찬란하게 빛날 수 있는 존재들.

『'밤' 이란, 옛 영광을 잊지 못해 여전히 아둔한 미치광이를 찾아 헤매는 저들의 활동 영역을 가리킨다. 아주 어리석고, 불쌍하지. 그렇기에 더더욱 찢어 죽여야만 하고.』

우주 창생에서 비껴 나가 그저 떠도는 것만이 전부인 것들.

『그리고 저들에 대항해 어떻게든 이 창생된 우주를 지키는 우리를 가리켜 스스로.』

우라노스는 호흡을 고르며 한 박자 쉬었다가, 힘을 주어 말했다.

『'낮' 이라 부른다.』

메시지는 거기서 끝났다.

경계의 거주자가 그사이 분노를 겨우 삭이면서 살의를 드러냈기 때문이었다.

"벌레 같은 것들. 전부 짓밟아 주마."

경계의 거주자가 신력을 잔뜩 뿌려 댔다. 그러자 그의 등 뒤로 자리 잡고 있던 웜홀이 한순간 확 커졌다. '밤'이 단숨에 웜홀 바깥으로 쏟아지면서 거대한 어둠이 세상을 잠식했던 것이다. 그리고 조금씩 드러나는 혼세팔신과 타계의 신들이 불길하게 다가왔다.

"못 본 사이에 참으로 많이도 만들어 두었군. 그래도 외로움이라는 건 느끼나 보지?"

우라노스는 그들을 보면서 한껏 웃음을 터뜨렸다.

그 순간.

['낮(에로스)'이 모습을 드러냅니다!]

우라노스와 공신들 사이로 빛무리가 번져 나가면서 '밤'의 확장을 처음으로 멈춰 세웠다.

그리고.

[메타트론이 강림합니다!]
[바알이 강림합니다!]

"……!"

연우로서는 전혀 생각지 못한 메시지와 함께.

'낮'의 한쪽 하늘에서는 대천사의 무리가.

반대쪽에서는 마왕의 무리가 나타나 '밤'에 공세를 퍼붓기 시작했다.

'메타트론? 바알? 저들이 왜?'

연우의 눈이 커졌다.

수많은 대천사들을 진두지휘하고 있는 메타트론과 마왕들로 하여금 폭격(爆擊)을 가하게 하는 바알.

둘은 그가 지난번에 다과회에서 보았던 것과 분명히 닮은 외형을 하고 있으면서도, 분위기가 전혀 달랐다. 만약 알림창이 아니었다면 전혀 다른 인물이라고 여겼을지도 몰랐다.

한데, 저들이 '낮'의 소속이라고?

"그런 거군."

연우가 작게 중얼거렸다.

"저들도 그럼 배반자들…… 그 '찌꺼기'였던 거구나."

이름은 알 수 없지만.

저들도 계시록에 기록될 정도로 높은 위치에 있었던 존재들인 건 분명했다.

'그럼 절대선이니 절대악이니 하는 건……?'

연우는 메타트론과 바알이 주최하던 다과회를 떠올렸다.

말라흐와 르 인페르날은 분명히 세간에는 주적으로 알려져 있었다. 각각 절대선과 절대악을 표방하며, 신의 진영과 악마의 진영을 대표하여 대립하기 때문이었다.

하지만 그들은 천계의 질서를 유지하기 위해, 진영 간의 피해를 최소화하기 위해, 오월동주의 심정으로 협상을 하고 '있다고' 알려져 있었다.

물론, 다과회를 접하면서 그것이 그들이 벌이는 기만이며, 두 세력의 이익을 극대화하기 위한 방편이라는 건 잘 알고 있었지만.

그것마저도 알려진 것과 전혀 다른 것이라면?

'모두가 속고 있는 거로군.'

어쩌면 애초에 천계의 질서라는 것이 그들의 철저한 각본이었을지도 모른다는 생각이 들었다.

물론, 아닐 수도 있었다.

우라노스의 시대부터 탑의 시대까지는 상당한 시간이 있었고, 그 시간 동안 메타트론과 바알의 관계가 완전히 틀어졌을 가능성도 있었다.

하지만.

억겁의 세월 동안, 오로지 칠흑왕의 '기지개'를 막기 위해 고군분투해 왔던 그들이, 숭고한 이상을 위해 살아왔던 그들이, 과연 무슨 일이 있다고 해서 흔들릴까?

연우는 힘들다고 봤다.

'어쩌면 다과회에 나를 초대했던 것도, 할아버지와 관련이 있을지도 모르는 거고.'

크로노스 대(代)의 올림포스는 말라흐, 르 인페르날과 이렇다 할 교류를 가진 적이 없는 것으로 알고 있었다. 그건 제우스 대에도 마찬가지.

그런데도 그들에게 연우에게 접근한 건 어떤 이유가 있었기 때문일지도 모르겠단 생각이 들었다.

'상식이 죄다 틀어지는군.'

연우는 헛웃음을 흘렸다. 자신은 단순히 시간의 태엽을 복원할 수 있을 기술을 얻으러 온 것일 뿐인데, 어째 판은 자신이 생각하던 것과는 전혀 다르게 돌아가고 있는 것 같다는 생각이 들었다.

쿠릉, 쿠르릉!

콰콰콰—

하늘을 따라 거센 빛무리가 번져 나갔다.

이곳은 이 드넓은 우주에서도 변방이라 취급받는 외곽. 인지하고 있는 이들조차 그리 많지 않을 여기에서 종말이라도 찾아온 것 같은 전쟁이 벌어지고 있었다.

'밤'에서부터 기어 나오려는 혼세팔신을 어떻게든 틀어막으려는 대천사와 마왕들의 모습은 한 폭의 성화(聖畫)를 보는 것처럼 장엄하면서도 아름다웠다.

그만큼 끔찍하기도 했지만.

우라노스와 올림포스의 공신들도 어느새 그 무리에 합류하고 있었다. 우라노스가 손을 흔들 때마다 벼락이 내리꽂히고, 그러는 족족 타계의 신들이 불타올랐다.

'나도 나서야겠지.'

연우도 그들을 보면서 검을 세게 움켜쥐었다.

이미 난장판은 시작되고 말았다.

이런 판국에 프네우마의 하늘을 얻었다고 해서 이곳을 나가는 건 안 된다. 자칫 크로노스의 신화가 망가질 우려가 있기 때문이었다. 타계의 신들을 물리칠 수는 없을지언정, 도로 '밤' 안쪽으로 밀어 넣을 필요가 있었다.

그래서 의념, 아니, 프네우마를 집중했다. 하늘 날개에 신력을 불어 넣으면서 '작은 굴레'에 간섭해 보려는데.

'뭐지?'

연우는 한창 타계의 신들과 싸우는 데 집중하고 있는 마왕들 중에서 유독 자신을 뚫어지게 바라보는 시선을 느낄 수가 있었다.

고개를 돌린 곳. 아가레스가 빤히 자신을 쳐다보고 있었다. 언제나 광기에 젖은 눈을 하고 있던 녀석이었지만, 여기서는 마치 얼음을 조각한 것처럼 무표정한 얼굴이었다.

녀석이 왜 저러나 싶었지만. 아가레스는 눈이 마주치자 아무 일도 없었다는 듯 도로 싸움터로 돌아갔다.

아직 아가레스와는 이렇다 할 접점이 없었기 때문에 무언가 조금 찝찝했지만.

[프네우마로 인해 흔들렸던 시간의 축을 다시 올바르게 잡는 데 성공하였습니다.]

[제한 시간이 다시 집계됩니다.]

[7:35:66_49]

[7:35:66_48]

......

"해 보자."

연우는 '밤'에서 깨달았던 바를 토대로, 프네우마에 집중하면서 자신을 둘러싼 세계를 비튼다는 생각으로 '작은 굴레'를 굴리고자 했다. 원활한 작동을 위해 머릿속으로 이미지를 그렸다.

그 속에서 자신은 시계를 돌리는 태엽이었고, 프네우마는 태엽과 연결된 무수히 많은 부품들을 같이 작동시키는 자잘한 톱니바퀴였다. 그리고 그것들이 맞물리면서 다 같이 돌아가기 시작했을 때.

시곗바늘이 움직였다.

[권능, '프네우마의 하늘'이 작동하여 '작은 굴레'에 간섭합니다!]

['작은 굴레'가 굴러가는 속도가 현저히 감소합니다.]

[인과율이 작동합니다.]

[일정 범위에 걸쳐 시간이 현저히 느려집니다!]

그리고.

[7:35:51_30]
[7:35:51_30]
[7:35:51_30]
[7:35:51_29]
......

카운터가 떨어지는 속도도 현저히 느려지기 시작했다.

＊　　＊　　＊

연우가 가장 먼저 맞닥뜨린 것은 기어 다니는 혼돈이었다.

어느새 경계의 거주자를 따라서 '밤'의 바깥으로 나오는 데 성공한 것이다.

느려진 시간 속에서도, 놈은 꾸역꾸역 몸을 움직이면서 연우를 인지하고 다가오려 하고 있었다.

물론, 전체가 아닌 일부에 불과했지만.

['기어 다니는 혼돈'이 당신을 관찰합니다.]

['기어 다니는 혼돈'이 당신에게 강한 흥미를 갖습니다.]

['기어 다니는 혼돈'이 당신을 중심으로 빚어지는 여러 현상에 대해 호기심을 드러냅니다.]

쿠우우―

녀석을 이루는 거대한 몸체가 천천히 움직였다.

마치 커다란 구름이 떠다니듯.

[당신이 삼킨 '기어 다니는 혼돈'의 잔재 신화가 원주인과의 만남에 여전히 격한 반응을 보입니다!]

[당신이 삼킨 '기어 다니는 혼돈'의 잔재 신화가
원주인에게 구원을 요청합니다!]
['기어 다니는 혼돈'이 당신의 정체에 대해 강한
의구심을 내비칩니다!]

너. 는.

낯. 의. 존. 재. 아. 니.

누. 구. 냐.

기어 다니는 혼돈은 아예 대놓고 연우의 정체를 의심하
고 있는 중이었다.

그도 그럴 것이, 연우에게서 자신의 신화를 엿보았으니
까. 그런 의구심이 들 수밖에 없겠지.

신화라는 것은 신격이 걸어온 길이며 정체성이다. 당연
히 똑같은 신화라는 건 절대 있을 수가 없는 일이었다.

오히려 그런 것을 본다면 거세게 분노할 일이었지만.

기어 다니는 혼돈은 별다른 동요 없이 침착하게 연우를
분석하려 하고 있었다. 한낱 미물이 자신을 모방하려 들었
다면 불쾌하게 여겼겠지만, 연우에게서는 그분의 냄새도
같이 풍기지 않는가. 당연히 이상할 수밖에.

그것이 '바깥'에 그분의 흔적이 남아 있다는 증거가 될

테지만. 한편으로는 그것이 '벌써' 나타날 수 있는 건 아니라는 생각밖에 들지 않았다.

그가 예측하기로, 그분의 흔적이 발견되기 위해서는 상당한 시일이 필요했다. 흔적이 발견되었다는 것은 그분께서 조금씩 기지개를 펼 준비를 한다는 뜻일 텐데, 지금 이 시점에서는 절대 있을 수가 없기 때문이었다.

그런데도 그분의 흔적을 지니고 있고, 이상하게 자신의 신화마저 가지고 있다.

그게 대체 무엇을 의미할까?

기어 다니는 혼돈은 주로 본능이 앞서는 다른 타계의 신과 달리 지적인 호기심을 타고난 성격이었고, 현상에 대한 관찰과 분석을 취미로 즐기곤 했다.

그런 여러 궁구 끝에. 기어 다니는 혼돈은 한 가지 결론을 내렸다.

지금 눈앞에 있는 연우는 절대 이 시간대의 사람이 아니라고!

먼 미래. 언제가 될지 모르는 시간대에서 우연히 칠흑왕의 흔적을 얻게 된 존재가 자신을 처치하였고, 그 와중에 모종의 일을 겪어 이 시간대에 잠시 출현하게 되었다는 게 그의 판단이었다.

물론, 그는 시간이라는 개념에 대해서 이번에 처음으로

접하게 되었다. 하지만 분석을 하는 데 있어 재료로 활용하는 것에는 큰 무리가 없었다. 괜히 '밤'에서도 책사라고 불리는 게 아닌 것이다.

여하튼.

기어 다니는 혼돈은 여기서 연우를 어떻게든 붙들어 놓을 생각이었다.

그를 생포할 수만 있다면 아주 많은 걸 캐낼 수 있으리라. 그분을 찾는 속도에도 박차를 가할 수 있을 테고, '낮'과 관련된 정보도 상당수 얻을 수 있을 터였다. 어쩌면 그분을 잠들게 했다는 천마에 대한 것도 알아낼 수 있을지 모른다.

그리고.

자신의 최후가 어떤지도.

꾸우우우—

그러한 기어 다니는 혼돈의 여러 복잡한 생각들은 정제되지 않고 날것 그대로 연우에게로 전해졌다.

그리고 인상을 팍 찡그리고 말았다.

'자신이 죽는다는 걸, 즐긴다고?'

기어 다니는 혼돈은 즐거워하고 있었다.

죽음이란 신과 악마들에게도 미지의 영역. 죽음을 신위로 두는 이들조차도 그 개념에선 완전히 벗어나지 못한다.

그런데도 녀석들이 스스로를 불멸이라고 외치는 것은 웬만한 일이 아니고서야 죽음을 당할 일이 거의 없기 때문이었다. 하물며 혼세팔신이라면 더 그러하겠지.

그런데도 기어 다니는 혼돈은 자신이 언젠가 죽는다는 사실을 알게 되었다.

그런 낯선 개념이 흥미를 돋운 것이다. 자신은 어떻게 죽는 걸까. 그리고 죽은 뒤에는 또 어떤 일이 벌어지는 걸까. 단순히 소멸하고 마는 걸까, 아니면 어딘가에 남아 기생하고 있는 걸까. 자신의 흔적은 이 세상에 어떤 형태로 남은 걸까 하는 등의.

'원래 제정신이 아니란 건 알고 있었지만…… 이때는 더막 나갔었군.'

탑에서 마주친 기어 다니는 혼돈은 연우와 맞닥뜨렸을 때에도 이랬었다. 그와 칠흑왕의 연결이 어떻게 이뤄지고 있는지 알고 싶다는 이유만으로, 싸우다 말고 갑자기 강제로 의식 세계를 비집고 들어왔었다. 호기심과 흥미란 녀석을 움직이게 하는 원동력인 걸까. 그렇다면 미쳐 있어도 단단히 미쳐 있는 게 틀림없었다.

"한 번 더 삼켜 주지."

이미 한 번 처치했던 상대다. 두 번이라고 못할까. 오히려 똑같은 신화를 두 번 삼키게 되면 어떤 일이 벌어지게 되는 걸까, 그런 생각도 들었다.

[알 수 없는 힘이 발동하여 '검뢰팔극'의 위력을
증폭시킵니다!]
[프네우마가 집중됩니다.]

연우는 처음부터 음검을 전개했다. 기어 다니는 혼돈을
완전히 찢어 버릴 생각으로. 검뢰를 동반한 무수히 많은 빛
살이 기어 다니는 혼돈을 난도질했다.

그렇게 조각난 파편들이 허공으로 튀어 올랐다. 파편이
라고 해도 웬만한 섬보다 더 큰 크기를 자랑하는 것들이었
고, 그중 큰 파편 하나가 사람의 형상을 갖추면서 연우에게
로 달려들었다.

콰아앙!

그것은 크로노스가 아닌 연우에 가까운 얼굴을 갖고 있
었다. 기어 다니는 혼돈이 계속해서 연우를 분석하면서 빚
어낸 화신체. 그렇기 때문에 생김새도 연우와 많이 닮아 있
을 수밖에 없었다.

"……짜증 나는군."

다만, 연우는 그런 녀석의 모습이 자신보다는 동생에 가
깝다는 생각이 들어 못내 불쾌했다. 그들은 쌍둥이면서도

어딘지 모르게 다른 구석들이 있었으니까.

콰르르르—

쿠쿵, 쿠쿠쿵!

그렇게 연우와 기어 다니는 혼돈의 격돌도 번져 나가면서.

'낮'과 '밤'의 충돌은 걷잡을 수 없이 커지고 말았다.

"엿 같군. 대체 갑자기 이게 무슨 소란인가? 간만에 집에서 데바산 쿠키나 먹으면서 힐링하려고 했었는데…… 죄다 망쳐 놓지 않았나!"

바알은 간만에 주어진 휴식 시간이 방해받은 게 짜증 났던지 미간을 찌푸리고 있었다. 부랴부랴 급하게 나왔음을 말해 주듯 입가에는 쿠키 부스러기가 잔뜩 묻어 있었다.

"미안하군. 우리 손자 놈이 사고를 쳐서 말일세."

"손자? 자네에게 그런 게 어딨……!"

바알은 무슨 말을 하려다 말고, 저 멀리 기어 다니는 혼돈과 열심히 치고받고 있는 연우를 보고 미간에 골을 더 깊게 팼다.

"자네가 매번 망할 놈이라고 구시렁대던 그놈이 아니로군."

"그 망할 놈의 아들이라네."

"호오. 그 성격을 받아 주는 여아가 있었나 보지?"

"레아."

"……음? 내가 뭘 잘못 들었나?"

바알은 순간 자신의 귀가 잘못되었나 싶어 귀를 가볍게 후벼 팠다.

우라노스의 양자들 사이에서도 그가 기억하는 아이들은 몇 되지 않았다. 크로노스는 하도 사고를 치고 다녀서, 레아는 지겹도록 우라노스가 칭찬을 하고 다녀서 그랬다. 특히 레아는 자식이 있다면 며느리로 삼아도 괜찮겠다 싶기도 할 정도였었는데. 뭐? 그 두 사람이 만난다고? 미래에?

이게 대체 무슨 옆집 개 짖는 소리냐는 얼굴로 바라봤지만, 우라노스는 피식 웃으면서 어깨를 으쓱거릴 뿐이었다.

"자기네들이 좋다는데 뭐 어쩌겠나."

"허! 프네우마와 퀴리날레가 하나로 합쳐진다고? 면상만 봐도 서로 찢어 죽이겠다고 길길이 날뛰던 앙숙의 후손들이? 정말이지 세상이 미쳐 돌아가는군."

바알은 어처구니없다는 듯 손으로 얼굴을 덮다가, 천천히 쓸어내렸다. 그 순간, 그의 얼굴은 싸늘하게 식어 있었다.

"그럼 그 아둔한 미치광이가 충분히 탐낼 만하겠군. 허!

그래서 죽음의 개념이 저렇게 강렬하게 느껴졌던 건가? 차라리……!"

"쓸데없는 짓 할 거면 아무리 너라고 해도 가만히 있지 않을 것이다, 바알."

"……그것참 농담 한 번 한 거 가지고 너무 야박하게 구는 것 아닌가? 그보다."

바알은 우라노스가 금방이라도 죽일 듯이 노려보자 슬쩍 한 발 뒤로 물러섰다. 그러면서 입맛을 다셨다.

칠흑왕이 관심을 기울이는 '그릇'이 있다면 진즉에 처리하는 게 속 편하겠지만…… 그렇다고 해서 무리하지는 않았다. 우라노스와의 관계도 있는 데다가, 당장 연우를 처치하면 크로노스의 육체만 죽는 꼴이 될 수도 있었다. 그 속에 빙의된 연우까지 잡을 수 있다는 보장이 없었으니까.

"'그'가 이 사실을 알게 되면 지랄 염병을 떨 텐데, 될 수 있는 한 좀 빨리 치워 버리세나."

그래서 슬그머니 화제를 바꿨다.

그 순간.

"……젠장. 그랬었지."

"시끄러운 건 딱 질색으로 여기니. 하지만 경계의 거주자가 있어 잘 잘될지는…… 안 되겠군. 이렇게 떠들 시간에 조금이라도 더 열심히 싸우는 게 낫지. 나 먼저 가겠네."

우라노스와 메타트론의 안색이 살짝 하얗게 질렸다. 뭔가 떠올리고 싶지 않은 것을 떠올린 모습.

특히 메타트론은 이지적인 얼굴에 어울리지 않게 신경질적으로 뒷머리를 벅벅 긁어 대다가, 안 되겠다는 듯 아공간에서 쌍검을 뽑아서 단숨에 경계의 거주자에게로 달려들었다.

경계의 거주자도 쉽게 상대할 수 있는 적은 아니었지만. 그래도 '그'의 신경질적인 성격을 대하는 것보다는 훨씬 나았다. 예전에 짜증 난다는 이유만으로 뒤통수를 맞았을 때는 몇 년이 지나도록 혹이 가라앉지 않을 정도였으니까.

쐐애애액—

그의 하얀 날개가 거칠게 홰를 칠 때마다 신력이 소용돌이치면서 경계의 거주자를 갈기갈기 찢고자 했다. 빛살이 몇 번씩이나 지상으로 내리꽂히고, 무지개를 닮은 칠색 물결이 전장으로 한가득 퍼졌다.

우라노스와 바알이 바로 그 뒤를 받쳤다. 공간을 몇 번씩이나 찢어 낼 정도로 막대한 권능이 번쩍였다.

3대 1. 분명 수적으로는 그들이 우위였다. 그것도 '낮'을 대표하며, 전 우주와 차원을 통틀어 손꼽힌다는 강자들이 합공을 하는 만큼 위력도 거셀 수밖에 없었지만.

경계의 거주자는 그들과 맞닥뜨리고도, 오히려 가볍게

코웃음을 치며 공세를 전부 쳐 내면서 다른 손을 거칠게 앞으로 뿌렸다.

공간이 떠밀리는 듯한 착각과 함께 그에게로 쏟아지던 권능들이 모조리 파훼되고 말았다. 대신에 일어난 '밤'의 해일이 세 사람의 머리 위를 덮쳤다. 우라노스 등은 재빨리 공간을 열며 대피를 시도해야만 했다.

경계의 거주자는 그런 그들의 뒤를 쫓아 바쁘게 움직였다.

쿠쿠쿠쿠—

그 뒤를 따라 '밤'이 확장을 시도하려 바쁘게 일렁였다. '낮'은 그것을 밀어내기 위해서 안간힘을 다해 거대한 방벽을 쌓아 올렸다.

한 치의 물러섬도 없는 팽팽한 접전.

하지만 따지자면 '밤' 쪽의 기세가 더 거칠었다. 어둠이 점차 빛의 영역을 잠식해 들어갔다. 그리고 그런 양상은 혼세팔신이 속속 모습을 비출수록 더 '밤' 쪽으로 균형추가 기울어지는 듯했다. 우라노스 등도 그만큼 바빠질 수밖에 없었다.

바로 그때, 저 너머에서부터 갑자기 공허가 열리면서 황금색 물결로 가득 찬 기둥이 내려앉았다. '낮'과 '밤'이 맞물리는 경계선을 정확하게 반으로 자른 채로.

그것을 보면서.

"……씨발."

우라노스는 욕지거리를 내뱉었고.

"좆됐군."

바알은 절대 봐서는 안 될 것을 본 듯 안색이 시퍼렇게 질리고 말았으며.

"……."

그리고 메타트론은 아무 말 없이 아주 조용히 손으로 얼굴을 덮었다.

세상이 전부 끝난, 시한부 판정이라도 받은 사람처럼.

그리고.

황금색 물결이 스쳐 지나간 자리에서.

"시끄러, 이 새끼들아! 우리 애 이제 겨우 잠드나 싶었는데, 너네들 때문에 다 깼잖아! 갓난아기 다시 재우려면 얼마나 힘든지 알기나 해?"

천마가 으르렁거리면서 모습을 드러냈다.

한 손에 여의봉을 든 채로.

[천마가 강림합니다!]

[경고! 본 신화로 해석을 감당하기 힘든 거대 존재가 출현하였습니다! 신화의 기반이 흔들릴 수 있

습니다!]

　[경고! 본 신화로 연출할 수 없는 거대 존재가 '의지'를 갖고 활동합니다! 신화가 붕괴될 위험이 있습니다! 당장 재생을 멈추십시오!]

　[경고! 본 신화로 표현하기 힘든 거대 존재가 신화를 망가뜨리고 있습니다! 당장 현장에서 벗어나십시오!]

　[경고! 본 신화로…….]

　……

　천마는 이글거리는 눈으로 주변을 쓱 훑어보더니, 어처구니없다는 듯이 딱 한 마디를 내뱉었다.

　"개판이구만."

　"……."

　"……."

　"……."

　"응? 아주 개판이야."

　그 말에 우라노스와 메타트론, 바알은 허리를 쭈뼛 세웠다. 그리고 혹여 천마와 눈이라도 마주칠까 싶어 고개를 옆으로 슬쩍 돌리기까지 했다. 미간부터 뺨을 따라 식은땀이 흐르는 것이 보였다.

연우는 어쩐지 그 모습에서 위화감을 느꼈다. 인성질로는 아버지에 못지않던 할아버지가 저렇게 바짝 긴장하는 모습이 영 어색했던 것이다.

메타트론과 바알도 마찬가지. 그들은 무수히 많은 신과 악마들에게 경외와 두려움을 안기던 최고위(最高位)가 아니던가. 신과 악마를 대표하는 수장이라고도 할 수 있었다. 심지어 다과회의 과자처럼 천계의 운명을 제 입맛대로 좌지우지하던 흑막들이기도 했었는데, 그런 그들이 두려워하는 상대라니.

'천마가 그만큼 대단하다는 건 알고 있었지만, 이건……'

칠흑왕에게서는 공포를 느껴서 뒤통수를 때렸다고 말하더니. 천마에게도 저래서야 '낮'으로 전향해도 별다를 게 없잖은가.

'아닌가. 비슷하면서도 조금 달라.'

사실 따지자면 조금 달랐다.

뭐랄까. 칠흑왕에게서 느끼는 공포는 죽음조차 아무렇지 않을 만큼 깊디깊은 미지의 것이라면, 천마에게서는.

'마치 동네 뒷골목에서 잔뜩 심통이 난 골목대장이라도 만난 것 같은……?'

왜 있잖은가. 삥 뜯길 때 분명히 주머니 뒤져서 10원당한 대라고 들었는데도 불구하고, 없다고 버티다가 신발 밑창에 꿍쳐 뒀던 5만 원짜리 지폐를 들켰을 때의 섬뜩함.

유일하게 '황'의 자리에 앉았다는 천마에게 사실 그런 표현이 적당할까 싶기도 했지만.

어쩌겠나. 지금 우라노스 등의 표정이 저런 것을.

연우는 일순 멍해져서 '낮'을 이끈다는 저들 세 사람이 저런 표정을 지을 수도 있구나 하고 생각하고 있었다. 한편으로는 그들에게 대적할 여지도 주지 않는 천마와의 격 차이를 다시 절실하게 실감할 수 있었고.

심지어 방금 전까지 요란하게 싸우고 있던 경계의 거주자도 움직이지 않고 있었다.

싸움을 멈춘 채, 그저 고요한 눈으로 천마를 바라보기만 할 뿐. 물론, 그래도 '밤'의 확장은 조금씩 이뤄지고 있는 중이었지만, 속도는 이전보다 훨씬 줄어 있었다.

그들로서도 섣불리 움직이기 힘든 것이리라. 칠흑왕을 공허에 처박은 존재가 눈앞에 있었다. 자칫 잘못 다뤘다간 모든 게 끝장이었다.

하지만 그런 공포와 경계에 찬 분위기를 아는지 모르는지.

아니, 알면서도 그냥 무시하고 있는 건지, 천마는 '밤'을 가만히 보면서 나지막한 어투로 누군가를 불렀다.

"야, 바알."

"예, 예입!"

바알이 절도 있게 허리를 빳빳이 세웠다. 안색이 조금 전보다 더 시퍼렇게 질려 있었다.

"똑바로 안 하냐?"

"시정하겠습니다아앗!"

"내가 저것들 잘 감시하라고 했었지?"

"그, 그렇습니다!"

"근데 한눈을 팔아? 내가 요즘 신경 잘 안 쓰니까 살판 났지?"

"아, 아닙니다!"

"아니긴 뭐가 아니야?"

"한눈판 적, 없습니다!"

"그럼 주둥이에 묻은 쿠키 부스러기는 뭐냐?"

"……!"

바알은 화들짝 놀라 재빨리 손등으로 입가 주변을 털었다.

천마의 미간에 골이 더 깊게 팼다.

"하여간 이것들이 빠져 가지고. 뭐 하나 제대로 하는 게 없어? 가뜩이나 마누라 등쌀 때문에 힘 빠져 죽겠는데."

천마는 한순간 땅이 꺼져라 한숨을 내쉬더니.

"일단."

슬쩍 천천히 고개를 들었다.

"저것들부터 제자리로 돌려놓고 시작하자."

그 순간, 천마의 눈동자 위로 기광(奇光)이 번뜩였다.

동시에.

위기를 짐작한 경계의 거주자가 재빨리 제자리를 이탈했다.

파앗!

방금 전까지 경계의 거주자가 있던 자리로 천마가 나타났다. 그는 짜증 가득한 얼굴 그대로, 여의봉을 거칠게 휘둘렀다. 공간이 떠밀렸다. 어마어마한 충격파가 일어났다.

하지만 연우의 눈에는 여의봉이 공간의 이면에 숨겨져 있던 법칙의 흐름을 깨는 것으로 비쳤다.

아니, 세상을 이루는 삼라만상의 모든 이치들이 그를 중심으로 돌아가고 있는 듯했다.

세상의 흐름이, 차원의 흐름이 변하고 있었다. 모든 우주의 한가운데에 천마가 있었다. 그가 있는 좌표를 중심으로 세계 질서가 빠르게 재편되고 있는 것이다. 그가 있는 곳이 바로 전 우주의 중추(中樞)였으며, 모든 법칙이 질서를 잡는 시발점(始發點)인 것이다.

세계가 한 사람을 중심으로 빠르게 변화하는 광경은, 단순히 보고 있는 것만으로도 숨이 턱 하고 막힐 정도로 엄청 났다.

퍼어어엉!

경계의 거주자는 그 충격파를 전부 소화해 내지 못하고 그대로 튕겨 났다. 마치 가을바람에 떨어지는 잎처럼. 우라 노스와 메타트론, 바알을 동시에 상대할 정도였던 녀석은 단순한 일격도 버티지 못하고 나가떨어져야만 했다.

그래도 녀석은 '밤'의 부왕 자리를 차지한 것이 절대 요 행이 아니라는 걸 증명하듯, 신격이 흔들릴 정도로 큰 충격 을 안았음에도 불구하고 별다른 표정 변화 없이, 도중에 허 공에서 몸을 비틀었다.

그러고는 자세를 바로잡으면서 발로 지면을 거세게 내리 찍었다. 그러자 지면이 쩌거걱 갈라지면서 좌우로 높다란 토벽이 세워지고, 그 사이로 '밤'이 채워지면서 무수히 많 은 '눈'들이 나타났다.

경계 거주자의 본체와 닮은 것들.

그것들 하나하나가 차원과 우주라는 공간을 구분 짓지 않고, 과거부터 미래까지 이어지는 시간의 나열도 무시해 버리며 모든 현상들을 관찰하고 기록한다는 '문'의 연장선 이었다.

〈전지적 관찰자〉
〈전능적 주시자〉
〈전체적 숙람자〉

그 시선에 노출된 존재들은 절대 거기서 벗어날 수 없으며, 일거수일투족을 전부 읽히게 된다. 생각, 사고, 행동, 예측…… 그런 것들을 전부. 심지어 시공의 제약도 받지 않고서.

그리고 읽힌 모든 것들은 경계의 거주자가 가지는 의지대로 강제로 비틀리게끔 되어 있었다.

노출된 대상에게 부여된 인과율을 강제로 조정하는 힘. 원한다면 대상의 생각까지 강제로 비틀어 스스로 자살하게 만들 수도 있는 힘이었다.

그렇기에 타계의 신을 비롯한 '밤'의 존재들은 그를 두고 이렇게 말했다.

전지(全知)와 전능(全能)을 가지고 있노라고.

그분을 제외한다면.

세상의 모든 섭리를 쥐고 있는 최고 존재가 바로 경계의 거주자였다.

그리고.

『잠겨라.』

『떨려라.』

『가려라.』

『꿈꿔라.』

『아파라.』

『미쳐라.』

『죽어라.』

천마에게 고정된 모든 시선들이, 그를 중심으로 재편되는 인과율과 삼라만상에 강제로 개입하고자 했다.

언령(言靈)이 부과되었다. 특정한 알고리즘으로만 구성되어 있어 정해진 효과만 발휘할 수 있는 권능과는 전혀 다른 체계를 지닌 신의 언어가 발동된 것이다.

휘휘휘―

촤촤촤촤!

순간, 천마를 중심으로 모든 법칙이 비틀렸다. 공간을 뚫고 튀어나온 '밤'의 검은 아지랑이가 그의 사지를 속박하고, 살갗을 뚫어 체내로 스며들었다. 천마를 감싼 황금색 광채가 순간 잠잠해지는 듯한 착각이 일었다.

찰칵.

찰칵.

어디선가 그런 소리도 들리는 것 같았다.

"오, 제법인데."

하지만.

"근데 어쩌니? 글렀는데."

쿠쿠쿵—

와장창!

언령이 천마와 인과율을 강제 조작하기도 전에 전부 취소가 되고 말았다. 아니, 그보다 더 고차원적이었다. 모든 것들이 '없던' 일이 되고 말았다. 애당초 시작도 하지 않았던 것으로.

연우에게는 낯설지 않은 현상이기도 했다. 방금 전 들었던 소리. 분명히 '굴레'가 돌아가는 소리였다.

분명히 경계의 거주자에게 노출되고 있는 이상, 시간을 조작한다고 해서 언령까지 회피할 수 있는 건 아니었지만.

천마는 '작은 굴레'가 아니라, 온 우주를 상징하는 '큰 굴레'를 아무렇지 않게 되돌리면서 인과율도 똑같이 리셋(Reset)을 시키는 말도 안 되는 짓을 저지르고 만 것이다.

파앗!

그리고 천마는 여유로워진 그대로 내달리면서 경계의 거주자 앞에 섰다.

오른손에 쥐고 있던 여의봉이 뱅그르르 돌았다. 끄트머리가 황금색 광채를 토해 내면서 단숨에 앞으로 쏘아졌다. 경계의 거주자가 자신을 보호하기 위해 무수히 많은 공간을 왜곡시키면서 쌓아 둔 굴곡장(屈曲場)이 모조리 관통되면서 녀석의 가슴팍에 다다랐다.

퍼어엉!

그런 소리가 났다.

동시에 경계의 거주자를 에워싸던 '밤'의 모든 것들이 거기에 갈가리 찢겨 나갔다. 가뜩이나 연우로 인해 다쳤던 오른쪽 가슴이 터지면서 검은 신력이 핏물처럼 허공으로 튀었다.

모든 공격과 방어가 아무렇지 않게 무위로 돌아가고 있었지만.

경계의 거주자는 일절 당황하는 기색이 없었다. 애당초 천마가 자신의 잣대로 판별할 수 없는 규격 외의 존재라는 것쯤은 자각하고 있었으니까. 오히려 이런 것이 당연하다는 듯한 태도였다.

그가 여기서 할 수 있는 건 하나. 그저 침착하게 천마의 공격에 대응할 뿐.

『허물어라.』

『스러져라.』

『없어져라.』

'밤'에 맺힌 '눈'들은 여전히 천마를 응시하고 있었고, 다시 발동된 언령은 한 번 더 그를 제어하고자 했다. 물론,

이번에도 별다른 효과도 보지 못한 채, 접근하지도 못하고 산산이 부서졌다.

하지만.

경계의 거주자가 원하는 대로 시간을 끌기에는 충분했다.

['검은 풍요의 요신'이 강림합니다!]

['이름 없는 안개'가 강림합니다!]

['불결의 근원'이 강림합니다!]

……

여태껏 '낮'의 계속된 방해로 출현할 수 없었던 남은 혼세팔신이 모두 한꺼번에 강림하는 데 성공한 것이다.

물론, 엄청난 몸집을 자랑하는 그들의 본체가 전부 등장할 수는 없었다. 그러기에는 웜홀이 너무 작은 데다가 시간도 부족했으니까.

하지만 신력을 잔뜩 뭉쳐 만든 화신체는 그것만으로도 어마어마한 영압(靈壓)을 품고 있어 그들을 둘러싼 공간 전체가 마구잡이로 휠 지경이었다. 공간 도면상 위의 좌표가 붕괴되고 있는 것이 보였다.

그들은 하나같이 특이한 모양을 하고 있었다.

어떤 녀석들은 오크나 트롤과 같은 몬스터의 외형을 지니고 있는가 하면, 또 어떤 녀석은 촉수 다발로 이뤄지거나 머리가 여럿 달린 갑각류의 형태를 가지기도 하는 등 기괴한 모습을 자랑하고 있었다.

놈들은 천마의 앞을 가로막았고.

하아.

하아.

경계의 거주자는 혼세팔신의 화신체들을 장벽 삼아 뒤로 멀찍이 떨어진 채로 거칠게 숨을 몰아쉬었다.

뺨 위로 굵은 땀이 흐르고 있었다. 전신을 뒤덮은 상처를 따라, 밑 깨진 장독대처럼 신력이 마구잡이로 새어 나오는 중이었다. 천마와의 충돌을 버텨 내는 게 한계까지 다다랐다는 증거였다.

쿠르르르—

천마도 그제야 몰아붙이는 걸 중단하고, 뒤로 몇 발자국 물러섰다.

안색이 희게 질리기 시작한 경계의 거주자나, 팔다리가 떨어져 나가며 얼굴이 딱딱하게 굳은 혼세팔신과 다르게, 그는 여전히 산보라도 나온 것처럼 여유롭게 웃고 있었지만.

호흡도 별반 차이가 없었다. 신력도 여전히 평온한 상태, 그대로였다.

그것을 멀리서 지켜보고 있던 우라노스 등은 속으로 단단히 질려 있었다.

　영락을 거듭하여 이제는 저들이 버겁기만 한 자신들과 다르게, 천마는 예나 지금이나 압도적인 격의 차이를 보이고 있었으니까. '황'이란, 신들에게도 너무나 까마득하게만 보이는 위치였다.

　당장 질서의 우주에서 저만한 신위를 선보일 수 있을 존재가 몇이나 더 있을까?

　천마의 다른 얼굴들?

　아니면…… 항시 강함을 갈구한다는 비마질다라나, 홀로 마경(魔境)을 일구며 한적하게 지낸다는 동주칠마왕의 맏형인 우마왕(牛魔王) 정도나 되어야 저기에 비벼 볼 수 있지 않을까?

　여하튼 충격적인 건 사실이었다.

　물론, 그건 칠흑왕을 제외하면 세상 무서운 줄 모르고 살던 혼세팔신들도 마찬가지일 테지만.

　"천마, 너는 허공록에 얽매여 크게 움직이지 못한다고…… 들었었는데……?"

　경계의 거주자는 숨을 제대로 고를 겨를도 없이 입을 열었다. 맘 놓고 신격을 추스를 여유 따윈 주지 않을 테니, 경계심이 바짝 선 상태였다.

그러면서도 한편으로는 칠흑왕을 공허에 처박느라 많은 힘을 소진한 탓에 창공 도서관에서 힘을 비축하고 있다던 천마가 어떻게 여기서 등장할 수 있는지 의문이었다.

그동안 '밤'이 칠흑왕의 흔적을 수색하기 위해 나선 것도, 전부 천마가 함부로 나서지 못할 거란 계산 때문이었으니까.

그런데도 불구하고 이렇게 나타났다는 것은…… 무언가 계산에 착오가 있단 뜻이었다.

하지만.

"하! 자뻑도 유분수지. 너네들 너무 스스로를 고평가하는 거 아니냐?"

천마는 그런 경계의 거주자와 혼세팔신들을 보면서 코웃음을 쳤다.

"설마 여기 있는 내가 본체라고 생각하는 거였어?"

"그게 무슨……!"

무언가 잘못되었단 생각에 경계의 거주자는 경악성을 내뱉었고.

"검지만 튕겨도 뒈질 새끼들이."

"……!"

"……!"

"……!"

뒤늦게 그 말뜻을 알아챈 혼세팔신들은 전부 큰 충격에 젖어야만 했다.

"아무튼."

천마는 차갑게 웃으면서 여의봉을 고쳐 쥐었다.

"나도 애 돌보다가 갑자기 나온 거라서 말이지. 금방 안 돌아가면 마누라한테 들들 볶이거든? 그러니까 서로서로 좋게 끝내자?"

천마의 말뜻을 눈치챈 경계의 거주자가 다급하게 소리쳤다.

"다들 흩어져!"

"미안하지만, 이미 늦었거든?"

천마가 여의봉을 거칠게 휘두르는 순간, 황금색으로 물든 빛줄기가 수십 갈래로 쪼개지면서 각각 혼세팔신들에게로 쏟아졌다.

그들은 경계의 거주자의 말에 따라 피할 새도 없이 각자 권능을 끝까지 끌어 올리면서 결계를 두껍게 세웠고.

그것을 노렸던 천마는 단숨에 축지를 발휘, 공간을 열어젖히면서 가장 가까이에 있던 검은 풍요의 요신 앞에 도착했다.

차차착!

마치 얼음을 조각한 것처럼 차가운 인상의 인간 형태를

띠고 있는 검은 풍요의 요신은 손날을 바짝 세우면서 허공에다 내그었다.

쩌걱, 쩌거걱, 쩌걱!

끼아아아—

우우우우!

손날이 스친 자리로, 공간이 수십 갈래로 쪼개지면서 기괴한 모양의 촉수 다발이 잔뜩 쏟아졌다.

개중에는 기괴한 비명을 질러 대는 괴물들도 잔뜩 섞여 있었다. '낮'이 있는 질서의 우주에서는 절대 찾아볼 수 없을 형태를 가진 것들. 할 수 있는 사고도 아주 단편적인지, 똑같은 말만 계속 되풀이하고 있었다.

어. 머. 니.

어. 머. 니.

검은 풍요의 요신은 '풍요'라는 칭호에 걸맞게 다산(多産)을 상징하기도 하니. 타계에 존재하는 무수히 많은 존재들이 그녀의 자궁에서 잉태되었을 만큼, 그녀의 위치는 타계 내에서도 아주 독보적이었다.

경계의 거주자가 부왕이라면, 그녀는 여군주(女君主)라고 할 수 있었다.

혼세팔신 중에서도 가장 많은 권속들을 부렸고, 방금 전 '문'을 강제로 열어젖히면서 뽑아낸 것들도 그녀의 자식들이었다. 어머니를 지켜야 한다는 맹목적인 사고로만 움직이는 것들.

검은 풍요의 요신은 이것들로 하여금 천마의 발을 묶고, 자신은 사각지대를 교묘하게 파고들어 반격할 생각을 하고 있었다.

자식들이 얼마나 죽을지는 염두에 두지도 않았다. 어차피 그녀에게 있어 녀석들은 필요에 따라 얼마든지 희생시킬 수 있는 도구에 불과했으니까. 그만한 자격을 지니려면 뛰어난 격을 갖추고 있어야만 했다.

카카카—

그렇게 사방에서 달려드는 권속들이 천마를 갈가리 찢어 놓을 것처럼 구는데.

별안간 천마가 손에서 여의봉을 그냥 놓아 버렸다.

그러고는 진각을 가볍게 구르면서 몸을 비틀었다. 너무나 가볍게 움직이는 것으로 비쳤지만, 상황을 모두 지켜보고 있던 연우는 그것이 절대 단순한 동작이 아니란 사실을 눈치챌 수 있었다.

'제천류!'

연우도 언젠가 미후왕의 허물로부터 배운 적이 있던 무류(武類)!

콰콰콰!

천마가 내디딘 땅에서부터 황금색 광채가 불줄기처럼 튀어 올라 그의 주먹으로 빨려 들어갔다.

제천류(齊天類)

화염륜(火焰輪) 비기(祕技)

화폭천왕퇴(火輻天王槌)

퍼어엉—

단 일격(一擊)에 불과했다.

검은 풍요의 요신이 소환한 괴물과 권속들은 물론, 녀석까지 한꺼번에 튕겨 나가게 하는 데는.

그저 번쩍인다는 생각밖에 들지 않았는데도 불구하고, 권속들이 형체조차 알아보지 못할 정도로 화염 줄기에 갈가리 찢기면서 탄내가 자욱하게 퍼져 나갔다.

검은 풍요의 요신은 다른 권속들이 죽을힘을 다해 방벽을 쌓으면서 가까스로 화신체를 유지할 수 있었지만, 그녀도 화신체의 절반이 날아갈 정도의 중상을 입었다.

그야말로 압도적인 파괴력. 실제로 천마의 주먹이 작렬

한 자리에는 공간이 으깨져 균열이 크게 나 있을 정도였다.

'저런 게…… 제천류였나?'

연우는 기어 다니는 혼돈과 대치를 하고 있는 상황이면서도, 천안통과 천이통을 대부분 천마에게로 집중하고 있었다.

이미 전장은 천마가 대부분 장악하고 있는 상황. 그렇기에 비교적 마음을 놓은 것이지만, 연우는 그동안 자신이 얼마나 제천류에 대해 이해도가 낮고 안일했었는지를 실감할 수 있었다.

분명 천마가 발휘하는 제천류는 미후왕의 허물이 선보이던 것에 비해 숙련도는 떨어져 보였다.

하지만 완성도는 달랐다. 제천류는 단순한 무공이나 체술이 아닌, 그 모든 것을 포괄하는 영역. 권능을 끌어오고, 법칙에 간섭하며 힘을 증폭시키는 방식은 미후왕의 허물보다도 더 완벽했던 것이다.

덕분에 연우는 눈이 뜨이는 듯한 느낌을 받을 수밖에 없었고.

그동안 음검을 단련하고 검뢰를 갈고닦는 데만 집중했던 자신이 얼마나 큰 것을 놓치고 있었는지를 깨달을 수 있었다.

한편으로는 다른 생각에도 미쳤다.

'음검을 제천류와 연결시킬 수 있다면……!'

음검은 인과율이란 이름을 달고 있는 시스템을 부수기 위해 만든 힘. 거기다 제천류를 더할 수 있다면? 그것만으로도 더 만족할 만한 결과를 끌어낼 수 있지 않을까?

어쩌면 자신이 크로노스의 신화에 와서 가장 크게 얻어 가는 건, 프네우마의 하늘만이 아닐지도 모르겠다는 생각이 들었다.

이렇게 새로운 길이 제시된 것만 하더라도, 그에게는 커다란 기연이나 마찬가지였다.

그렇게.

연우에게 큰 충격을 가져다준 천마는 마무리를 지으려는 듯, 허겁지겁 물러서는 검은 풍요의 요신에게 끝까지 따라붙어 연타(連打)를 퍼부었고.

퍼버버벙!

콰아앙—

검은 풍요의 요신은 남은 화신체마저 대부분 박살이 난 채로, 힘없이 튕겨 나고 말았다. 화신체가 떨어진 장소는 '밤'이 일렁이고 있는 저 너머의 영역이었다.

"……!"

"……!"

"……!"

그 광경을 지켜보던 혼세팔신과 타계의 신들은 안색이 더 딱딱하게 굳고 말았다.

제아무리 의념 중 일부만 끌어내어 만든 불완전한 화신체라고 하지만, 검은 풍요의 요신은 분명히 그렇게 쉽게 당할 존재가 아니었다.

하지만 천마는 그것을 보란 듯이 너무 쉽게 꺾고 말았으니. 녀석이 본체가 아닌, 정신체라는 것을 잘 알기에 충격은 더더욱 클 수밖에 없었다.

하지만 그들의 생각은 거기서 멈춰야만 했다.

츠츠츠!

검은 풍요의 요신을 처리한 뒤, 갑자기 제자리에서 천마의 몸뚱이가 여러 갈래로 나뉘기 시작한 것이다.

분신술(分身術). 제천대성 손오공이 소싯적에 즐겨 사용했던 선술이 발휘되면서, 여러 명으로 분화한 천마가 다른 혼세팔신과 타계의 신들에게로 쏟아졌다.

제천류(齊天類)

유수행(流水行) 오의(奧義)

분화원영신(分化元靈身)

쉬쉬쉬쉭—

한 명만 하더라도 이토록 큰 충격이었는데, 여러 명이나 된다고? 그것은 차라리 '밤'에 있어서 재앙이나 다름없었다.

"저 괴물이 셋, 넷…… 열은 넘는 거 같은데."

"미쳤……! 저건 좀 너무한 거 아냐……?"

"궁금한 게 있는데. 저렇게 되면 저들의 인성은 배가 될까, 아니면 제곱이 될까? 열 제곱이라고 생각하면, 차라리 세상이 무너지는 게 낫다고 보는데."

'낮'이라고 해서 생각이 다를 건 없었지만.

우라노스와 메타트론, 바알은 마치 보지 말았어야 할 것을 봤다는 듯 안색이 창백하게 질려 있었다.

하지만 천마의 그런 분신들은 착실하게 혼세팔신들을 '밤'의 영역으로 튕겨 내고, 힘겹게 밖으로 나오려던 타계의 신들을 갈가리 찢어 버렸다.

그야말로 속수무책. '밤'의 존재들이 천마를 대상으로 하는 저항은 완전히 무의미했다.

한편으로, 그 와중에도 분신들이 저마다 펼치는 제천류의 비기와 오의들은 연우의 감각에 속속 각인되었다.

그때.

팟!

분신 중 하나가 연우가 있는 쪽으로 달려왔다. 정확하게
는 연우와 대치하고 있던 기어 다니는 혼돈이 있는 방향이
었다.

허. 락. 된. 유. 열. 여. 기.
피. 해. 복. 구. 힘. 들.
한. 세. 월.
그. 렇. 다. 면.

기어 다니는 혼돈은 동생의 모습을 한 상태로, 끝을 체감
하면서도 태연하게 중얼거렸다.

연우는 모든 감각을 다시 녀석에게로 재빨리 돌려야만
했다. 본능적으로 뭔가 불길한 느낌이 들었다.

그러거나 말거나.

기어 다니는 혼돈은 갑자기 왼손으로 오른팔을 통째로
뽑아 허공에다 던졌다.

['기어 다니는 혼돈'의 신화가 일부 분리되었습
니다!]

[분리된 '기어 다니는 혼돈'의 신화가 당신이 삼

친 '기어 다니는 혼돈'의 잔재 신화와 강하게 호응
합니다!]

　　[두 신화가 부족분을 채우기 위해 합쳐지고자 서
로를 거세게 잡아당깁니다!]

"무슨……!"

전혀 생각지도 못한 돌발 행동.

녀석의 오른팔이 잘게 부서지면서 안개로 변해 자신에게
로 쏟아졌던 것이다.

연우는 녀석이 무엇을 노리는지 알 수 없었다. 하지만 여
태껏 하는 짓들을 봐서는 경계를 게을리할 수 없었기에 음
검을 전개해야만 했다.

　　[알 수 없는 힘이 분리된 '기어 다니는 혼돈'의 신
화를 거부하고자 합니다!]

　　[투쟁의 신위가 꿈틀거립니다.]

　　[권능, '하데스의 식령검'이 식탐(Gula)의 성질
을 드러냅니다. 분리된 '기어 다니는 혼돈'의 신화
를 강하게 요구합니다!]

하지만 음검으로 베기도 전에 안개는 마치 진공청소기를

켠 듯 연우에게 급속도로 빨려 들어가고 말았고.

이. 것. 이. 면.
더. 재. 밌. 는. 걸. 볼. 수. 있.

기어 다니는 혼돈은 기괴하게 웃어 댔다. 입가에 어린 만
족에 찬 미소. 그리고 곧 정면으로 닥친 천마에게 일격을
얻어맞으며 '밤'의 영역으로 튕겨 나고 말았다. 화신체가
크게 부서지고 있음에도 불구하고, 광기로 번들거리는 눈
빛은 '밤' 너머로 사라지기 전까지도 전혀 지워지질 않았
다.
두근!

[합쳐진 '기어 다니는 혼돈'의 잔재 신화가 강하
게 꿈틀거립니다!]

두근, 두근!
심장이 거칠게 뛰었다.
연우는 흡수된 녀석의 신화가 크로노스의 육체가 아닌,
자신의 영혼으로 흘러 들어간다는 느낌을 받았다.
혹시 이전처럼 의식 세계를 침범하려 드는 건가 싶었지

만, 그런 건 아닌 것 같았다. 한순간 혈류가 급하게 돌다가 금세 잦아들었으니까. 하데스의 식령검도 어느새 흡수된 신화를 전부 소화하는 데 성공한 것 같았다.

연우는 그것이 못내 불쾌하고, 의심스러웠다. 적선하듯이 그냥 신화만 던져 주고 사라진다고? 기어 다니는 혼돈은 결코 그럴 녀석이 아니었다. 뭔가 다른 노림수가 있는 게 분명했다.

하지만 연우는 그런 걸 더 깊게 고민할 새가 없었다.

뭔가 이상이 있을 줄 알았던 기어 다니는 혼돈의 신화는 언제 그랬냐는 것처럼 쥐 죽은 듯이 조용해졌고, 천마도 어느새 '밤'에 대한 정리를 끝마쳐 가고 있었기 때문이었다.

"마지막으로 할 말은 있냐?"

천마는 자신을 잔뜩 노려보는 경계의 거주자 앞으로 걸어가다 우뚝 멈춰 섰다.

"지금은 이렇게 떠나나, 아버지를 찾고자 하는 우리의 열망까지 없앨 수는 없을 것이다."

"삼류 악당들이나 할 대사 같은 거 떠들어 대면 낯간지럽지 않냐?"

"무슨 말인진 모르겠지만, 아무리 너라고 해도 결국 아버지께서 깨어나시는 것까지 막진 못할⋯⋯!"

"그래. 알았으니까, 이만 가라."

천마는 경계의 거주자를 발로 뻥 하고 걷어찼다. 녀석의 화신체가 그대로 부서지면서 한순간 윔홀만 한 크기로 작아져 날려지듯 '밤'으로 돌아갔다. 그 자리를 '낮'의 푸른 하늘이 단숨에 채웠다.

방금 전까지 사위를 강하게 짓누르던 전장의 압박이 거짓말처럼 온데간데없이 사라졌다. 볼일을 끝낸 천마의 분신들도 하나둘씩 조용히 사라졌다.

연우는 아주 잠깐이지만, 살짝 넋이 나간 채로 그런 천마를 바라봤다.

'낮'이 그토록 힘겹게 겨우겨우 막아 내던 '밤'의 존재들을 저토록 쉽게 내쫓아 버리는 힘이라니.

이 정도면 시기나 질투보다는 경외에 가까운 감정이 들 수밖에 없었다.

스승인 무왕을 따라 언젠가 '황'에 다다르고자 하는 욕심도 갖고 있는 연우로서는 더더욱.

『천마에 대해서도 잘 알고 있나 보구나. 이 정도면 창세에 대해서 의도적으로 숨겨진 것 외에는 거의 다 안다고 봐도 무방하겠어. 허허! 그리고 이제 우리에 대해서도 알게 되었으니, 거의 다 알게 된 셈인가.』

우라노스는 그런 연우를 보면서 가볍게 껄껄 웃었다. 메타트론과 바알은 저마다 수하들에게 지시를 내리면서 '밤'

이…… 아니, 천마가 휩쓸고 지나간 전장을 뒷수습하고 있었다.

『이래저래 많이 복잡한 것 같습니다.』

『복잡하지. 그렇다마다. 각기의 사회들이 그려 내는 창세 신화가 다 다른 건 그만큼 많은 비밀을 품고 있어서란다. 어쩌면 우주 창생이란 것은 아직도 진행 중인 것인지도 모르지. 그 중심에는 바로 저자가 있는 것이고.』

연우는 우라노스의 말 속에서 아주 잠깐이지만 씁쓸함을 느낄 수 있었다.

천마.

신들에게 있어 '마(魔)'라고 불릴 정도로 지고한 존재.

그렇기에 그는 오히려 의도적으로 모든 신화에서 존재가 지워지고 있었다.

신들은 절대 자신들의 머리 위에 다른 무언가가 있다는 것을 허락지 않기 때문이었다. 의도적으로 그에게로 향할 신앙을 도중에 가로채려는 속셈도 있었다.

그러면서도 천마는 존재가 지워지기는커녕, 여전히 우주를 환하게 비추는 빛으로 남아 있으니.

우라노스는 그런 그를 경계하면서도, 동경하는 것처럼 보였다.

『그래도 천마를 선망하거나 경외는 하되, 추구하려고 들지는 말거라. 애당초 그와 너는 걷는 길이 다르다. 그것을 무리해서 좇으려 하면 네가 쌓은 것까지 전부 망가질 우려가 크다. 애당초…… 그와 '우리'는 달라도 너무 다르단다.」

그렇기에 우라노스는 연우가 혹여 천마에게 빠지지 않을까 우려했다. 제아무리 신들 사이에 천마를 배척하고자 하는 움직임이 있어도, 개중에는 반대로 천마를 숭상하는 이들도 더러 있었으니까. 특히 어린 존재들이라면 더더욱 그러기가 쉬웠다.

『걱정하지 않으셔도 됩니다.』

연우는 그런 그의 염려를 알고 딱 잘라 말했지만, 우라노스는 여전히 미심쩍어하는 투가 역력했다.

연우는 그런 조부님에게 구태여 자신의 생각을 하나하나 설명하려 애쓰지 않았다. 자신이 천마를 보면서 놀랐던 것은 어디까지나 압도적인 위용과 여유, 그리고 제천류에 대한 완성도 때문일 뿐. 사실 그 외의 부분에서는 경계심이 없잖아 있었다.

'나는 올포원을 끄집어 내리려 한다. 그렇다는 건, 때에 따라서 천마와 대적하게 될지도 모른다는 뜻이기도 하겠지.'

—아, 참. 나중에 아들 녀석 다시 만나거든, 미안하다는 말 좀 대신 전해 주라.

연우는 창공 도서관을 떠날 당시에 천마가 했던 말을 아직도 잊지 않고 있었다.

천마와 올포원 사이에 대체 무슨 일이 있었는지는 모른다. 올포원은 천마를 원망하나, 천마는 여전히 올포원을 사랑하는 것 같았으니, 둘 사이에 어떤 오해가 있는 건지도 몰랐다.

하지만 연우는 그 사실을 알고 싶은 마음 따윈 없었다. 그의 적은 올포원이었고, 그로 인해 천마와 척을 진다고 해도 어쩔 수 없는 일. 그만한 각오는 진즉에 하고 있었다. 그를 경외할지언정, 선망도 추구도 하지 않는 이유였다.

애당초 그가 갖고 있는 힘의 근원은 천마와 정반대되는 칠흑왕의 것이기도 하고.

우라노스의 말마따나, 걷는 길이 전혀 다른 것이다.

『그렇다면…… 다행이다만.』

우라노스는 걱정을 한시름 놓으면서도, 연우의 자세한 생각을 알지 못했기에 조금 미심쩍어하는 투였다.

『한데 말이다.』

『예.』

『지금 말고, 혹시 다른 시간대에서도 천마를 본 적이 있 더냐?』

전혀 생각지도 못한 생뚱맞은 질문.

『그게 무슨 말씀이십니까?』

『이 할아비의 착각인지는 모르겠다만. 아무래도 천마는 너를 잘 알고 있는 듯한 눈치여서 말이다.』

『……?』

우라노스의 말이 무슨 뜻인가 싶던 그때.

연우는 이쪽을 쳐다보는 천마와 눈이 마주쳤다. 그 순간, 천마의 눈동자가 화안금정으로 빛났다.

그리고.

파아앗!

별안간 천마의 신형이 꺼지나 싶더니 연우 앞에 공간을 열 고 나타났다. 혼세팔신들을 내쫓을 때보다도 더 빠르고 강렬 한 신속함. 심지어 그 속에는 짙은 감정이 일렁이고 있었다.

살의(殺意)!

"……!"

차아앙!

연우가 머리로 내려쳐지는 여의봉을 막기 위해 검을 들 어 올리려는 순간, 우라노스가 인상을 잔뜩 일그러뜨린 채 로 둘 사이에 나타나 그의 공격을 튕겨 내었다.

"천마! 대체 이게 무슨 짓이요!"

분노에 찬 그의 포효가 쩌렁쩌렁하게 세상을 울렸다. 메타트론도, 바알도 무슨 일인가 싶어 황급히 이쪽을 돌아보는데.

그러거나 말거나, 천마는 여태껏 보였던 여유로운 모습과 달리, 지독하게 차가운 얼굴을 하고서 연우를 노려보고 있었다.

"너."

단순히 지칭한 것인데도 불구하고.

연우는 등골을 따라 오소소 소름이 돋는 것을 느껴야만 했다. 본능이 울어 대고 있었다. 지금 당장 여기서 벗어나지 않는다면 죽고 말 것이라고!

[경고! 본 신화로 해석을 감당하기 힘든 거대 존재가 당신에게 강한 적의를 드러냅니다! 신화의 기반이 흔들립니다! 당장 재생을 멈추십시오!]

[경고! 본 신화로 연출할 수 없는 거대 존재가 당신에게 지독한 살의를 드러냅니다! 신화가 붕괴될 우려가 있습니다! 당장 빙의에서 탈출하십시오!]

[경고! 본 신화로⋯⋯.]

⋯⋯

[재생을 멈출 수가 없습니다!]

[빙의가 정지되지 않습니다!]

[본 신화가 거대 존재에 의해 강제 조정됩니다!
신화의 질서가 통째로 흐트러지기 시작합니다!]

......

[신화가 붕괴됩니다!]

[신화가 붕괴됩니다!]

쉴 새 없이 떠오르는 경고 메시지와 함께.

천마가 으르렁거렸다.

마치 절대 봐서는 안 될 존재를 마주한 것처럼.

"내 아들을 죽일 운명을 타고났구나. 어째서 미래의 나
는 너를 '읽었으면서'도 그냥 내버려 둔 거지?"

"......!"

"미안하지만, 여기서 죽어 줘야겠다."

Stage 81.
신화 붕괴

운명?

그런 게 있다고?

전혀 예상치도 못했던 말.

연우로서는 황당할 수밖에 없는 말.

하지만 그의 생각은 길게 이어지지 못했다.

"도망쳐라, 손자야!"

천마의 여의봉을 겨우 막고 있던 우라노스가 마력을 담아 일갈을 내질렀다.

콰아앙!

연우는 뒤도 돌아보지 않고, 양쪽 하늘 날개를 활짝 내뻗

치면서 내빼야만 했다.

[6차 용체 각성]
[권능 전면 개방]

이미 그는 하늘 날개를 깨우치면서 본체에 필요한 권능과 신화는 전부 끌어들인 상태. 당연히 몸 상태는 어느새 본체와 크게 달라진 것이 없어 빠른 도주를 시도할 수 있었다.

지금 여기서 천마와 맞부딪쳤다간 죽는다.

가뜩이나 '밤'과의 충돌로 인해 크로노스의 신화가 크게 어지러워진 상태였다. 그런데 여기서 천마에게 죽는다고? 그건 완전한 붕괴로 이어질 수밖에 없었다. 크로노스라는 존재 자체가 지워지고 마는 것이다.

그래서야 붕괴되는 신화에 매몰되는 연우도 살아남긴 힘들겠지. 아니, 천마가 그 정도도 보지 못했을 리가 없었다. 아마 저 천마는 이곳이 어느 존재의 신화 속이고, 그곳을 유영하고 있는 연우로부터 무언가를 읽어 낸 것인지도 몰랐다.

화안금정은…… 모든 진실을 엿보는 법이니까. 특히 천마의 눈은 그보다 더 깊은 내면을 들여다볼 수 있을지도 몰랐다.

"어딜!"

천마는 우라노스를 옆으로 밀어내면서 어떻게든 연우를 잡고자 왼손을 뻗었다.

휘이잉!

막대한 인력(引力)과 함께 일대 공간이 그의 손에 붙들려 그대로 뜯겨 나갔다. 연우가 상당한 거리를 벌려 놨음에도 불구하고, 그것이 전부 무시당하고 만 것이다. 그의 왼손이 재빨리 연우의 목덜미를 움켜쥐려는 순간.

"대체 무슨 일인지는 모르겠네만."

"거기서 멈춰 줬으면 하는데?"

콰르릉—

쿠쿠쿠!

어느새 메타트론과 바알이 연우 옆으로 공간을 열고 나타나 천마에게 공세를 퍼부었다. 새하얀 섬전이 튀어 오르고, 검은 저주가 천마 머리 위로 내려앉았다.

동시에 올림포스의 공신들도 나타나면서 천마를 막아서고자 했다.

덕분에 연우는 천마와 다시 간격을 벌릴 수 있었고.

"이 새끼들이."

천마는 다시 목표를 놓치게 되자, 인상을 잔뜩 일그러뜨리면서 으르렁거렸다.

"안 비켜?"

파직, 파지직—

콰르르릉!

천마에게서 삐져나온 황금색 빛무리가 단숨에 뇌성벽력이 되어 그를 에워싼 신격들의 권능을 전부 지워 버렸다.

"……으으음! 친우의 아들, 아니, 손자 구해 주려다가 잘못하다간 우리가 낭패를 입겠는걸."

메타트론은 멀찍이 떨어지면서 난감하다는 듯이 혀를 찼지만, 깊게 가라앉은 두 눈은 천마의 일거수일투족을 예리하게 쫓고 있었다.

"자네가 왜 우라노스의 새끼를 노리는지는 모르겠네만, 그래도 길은 열어 줄 수가 없다네. 프네우마…… 아니, 프네우마와 퀴리날레의 후손을 이리 쉽게 잃을 수는 없는 노릇인지라. 그리고 그런 것을 떠나서라도 이 이상 날뛰는 건, '협정'에도 위반되는 것이고."

그러면서 쌍검을 뽑아 천마에 맞서고자 했다. 어느새 대천사의 무리들도 몰려와 천마를 에워싸기 시작했다.

['낮(에로스)'이 천마에게 적의를 띕니다!]

천마는 비딱하게 고개를 외로 꼰 채로 그들을 쓱 훑어보다가.

"협정? 웃기는군. 그 속에 칠흑의 '알'이 될지도 모르는 것을 지킨다는 내용도 있던가?"

"'알'이 될지 안 될지는 모르는 일이지 않은가."

"좋아. 그렇게 생각한다 그 말이지?"

흉포하게 웃었다.

"그럼 전부 모가지가 돌아간 뒤에도 똑같은 말을 할 수 있는지 보자."

콰아아앙!

천마가 빠르게 움직였다.

『전부 조심해라!』

메타트론의 경고와 함께.

'낮'과 천마가 충돌했다.

쿠쿠쿠쿠!

*　　　*　　　*

'이게 대체……!'

쐐애애액—

연우는 쉴 새 없이 공간을 넘어 다니면서 천마의 인지에서 벗어나고자 애썼다.

하지만 천마의 속성과 신위는 빛.

이 우주에 빛이 닿지 않는 자리는 어디에도 없으니, 그의 인식 영역에서 완전히 탈출한다는 것은 거의 불가능에 가까운 일일지도 몰랐다.

그래도 우라노스 등이 시간을 벌어 주는 동안, 어떻게든 최대한 멀어지고자 했다.

닥치는 대로 임의의 좌표를 붙잡아 계속 열어젖히고 있는 중이라, 어디로 움직이고 있는지도 알 수 없었다.

[신의 사회, '데바'의 영역에 입장하였습니다.]

['데바'의 신들이 갑작스러운 방문객의 등장에 당혹스러워합니다.]

[아고니가 당신을 살핍니다.]

[바루나가 당신을 의심합니다.]

……

[브라흐마가 고개를 갸웃거립니다.]

……

[신의 사회, '아스가르드'가 예기지 못한 불청객의 입장에 인상을 찡그립니다.]

[오딘이 눈을 가늘게 뜹니다.]

[토르가 당신의 행로를 지켜봅니다.]

......

['멤파스' 의 영역을 지났습니다!]
['딜문' 의 영역을 지났습니다!]
......

그 와중에 여러 사회의 영역을 지나면서 이목을 사기도
했지만, 다행히 그의 앞을 가로막는 이들은 없었다.

한편으로는 이게 정말 크로노스의 신화 속이 맞나 의구
심이 들기도 했다. 그저 일개 신화에 불과할 뿐인데도, 이
토록 넓은 세계를 모두 수용하고 연출할 수 있다는 사실이
신기할 뿐.

[신화가 붕괴됩니다!]
[신화가 붕괴됩니다!]
......

[붕괴 속도가 빨라지고 있습니다! 본 신화에서 탈
출할 것을 강력하게 권고합니다! 신화에 함몰될 시,
빠져나오지 못할 수 있습니다!]

그러다 연우는 신력이 거의 소진되었을 즈음해서야 겨우

이동을 멈출 수 있었다.

본체의 신화를 일부 끌어다 썼다고 해도, 육체가 본체처럼 완전한 건 아니라 한계가 있을 수밖에 없기 때문이었다. 이 육체에는 드래곤 하트도, 현자의 돌도 없었다. 이미 과부하도 단단히 걸려 몸 여기저기가 삐거덕대고 있었다.

하아.

하아.

하지만 그래도 연우는 천마의 시선이 따라붙을 것을 염려해 결계를 몇 겹이나 둘러치고야 숨을 돌릴 수 있었다.

자신이 있는 곳이 어딘지도 몰랐다. 좌표도 이리저리 꼬인 탓에 측정하기도 힘들었다. 그래도 생명체의 기척이 느껴지지 않는 행성만 찾으며 움직이다 보니, 신력만 잘 갈무리한다면 눈에 띌 일은 크게 없을 듯했다. 심지어 항성에서도 제법 거리가 멀어 빛이 닿지 않는 죽은 행성이었다.

"이제, 어쩌지?"

연우는 이를 바득 갈았다. 어쩌다 이렇게 일이 꼬이고 만 것인지.

프네우마의 하늘을 깨닫고, '밤'과 '낮'으로 대변되는 우주 창생의 비밀을 얼핏 엿본 것까지는 좋았다. 하지만 천마가 갑자기 이렇게 적의를 보일 줄은 생각도 못 했던 탓에 당혹스러울 수밖에 없었다.

더군다나.

[2:57:49_25]
[2:57:49_24]
......

[제한 시간이 3시간도 남지 않았습니다. 빠르게 목적을 완수하고 신화를 나올 것을 권고합니다.]
[제한 시간을 초과할 시, 과도한 재생으로 인해 신화에 자아가 잡아먹힐 우려가 있습니다.]

카운트는 이 시간에도 착실하게 떨어지고 있었다. 프네우마의 하늘로 시간을 현저히 느리게 굴러가게 한 것이 겨우 이 정도였다.

그것도 아니었다면 이미 도주하고 있는 와중에 제한 시간을 훨씬 초과하여 신화에 파묻히고 말았겠지.

남은 시간은 극도로 적고, 신화는 이 순간에도 시시각각 무너지고 있었다. 아마 제한 시간과 붕괴 시간이 얼추 맞아떨어지지 않을까 하는 게 고작 그가 할 수 있는 예상일 뿐.

'재생'은 좀처럼 끝날 기미를 보이지 않고 있었다. 아니, 기미가 있다고 해도 그대로 둘 수 없었다. 어떻게든 붕괴되지 않고, 수복할 수 있는 방법을 찾아야만 했다. 자신으로 인해 아버지가 다시 희생되게 할 수는 없었다.

하지만 방법을 찾으려면 자유롭게 움직일 수 있어야만 할 텐데.

언제 어디서 천마가 나타날지 알 수 없으니 그러지도 못했다. 사실 겨우 숨어 있는 이곳도 언제 그에게 발각될지 몰랐다. '황'에 다다른 천마라면, 분명히 전지와 전능도 갖추고 있을 테니까.

'할아버지는 무사하실까?'

우라노스나 메타트론, 바알 등 '낮'의 소속원들도 괜찮을지 걱정이 들었다.

부디 다들 무사해야 할 텐데. 천마가 제아무리 '낮'과 손을 잡은 관계라고 하지만, 그의 성격상 적이라 인식된 이들까지 내버려 둘지도 의문이었다.

가슴이, 먹먹했다.

마치 무거운 돌을 얹어 놓은 것처럼.

"젠장……!"

연우는 주먹을 꽉 쥐었다.

어떻게든 방법을 찾아야만 했다.

천마의 발을 묶으면서, 신화도 함께 수복할 수 있는 방법을.

남은 시간이 얼마 없기 때문에 빠르게 일을 해치워야만
했다.

다만, 그렇게 편한 수가 있을까 싶기도 했지만.

'없는 건, 아니다.'

연우의 머릿속을 스치는 뭔가가 있었다.

문제는 그것이 가능성이 있냐는 것이고, 자칫 혼란해진
신화를 더 혼탁하게 만들 우려가 있다는 것인데…….

그. 생. 각.

난. 괜. 찮. 동. 의.

그 순간, 갑자기 연우의 머릿속으로 익숙한 의념이 울렸
다.

[흡수된 '기어 다니는 혼돈'의 두 신화가 뒤섞이
며 자아를 각성합니다!]

['기어 다니는 혼돈'의 자아가 당신을 보면서 이
죽거립니다.]

등골이 쭈뼛 섰다.

뭐지? 왜 이놈이 느껴지는 거지? 분명히 천마가 '밤'의

영역으로 튕겨 내는 걸 봤었는데? 아니면 이쪽에서 '밤'으로 건너오기라도 한 걸까?

연우는 본능적으로 검으로 손을 가져가며 검뢰를 피워 올렸고.

그. 렇. 게. 해. 도.
나. 못. 찾.

녀석은 그런 연우를 비웃기라도 하듯이 킬킬거렸다.

그제야 연우는 녀석이 이 근처에 있는 것이 아니라, 자신의 영혼 한복판에서 말을 걸고 있다는 사실을 깨달을 수 있었다.

『아. 아. 이렇게 하면, 되나?』

기어 다니는 혼돈은 여러 의념들을 하나로 정제하면서 천천히 말을 걸었다.

『이렇게 언어로 사고를 정리해서 내보내니, 중구난방으로 여러 의념을 풍기는 것보다 훨씬 효율적이고 표현도 간결해져서 좋군. 대신에 그만큼 프로세스가 너무 간단해져서 사고가 획일화되고 우둔해질 우려가 크다는 단점이 있긴 하지만…… 뭐, 편하게 대화를 나누기엔 이보다 좋은 건 없는 것 같군. 제아무리 미개한 피조물이라 해도, 배울 건 배워야겠지.』

그러면서 흡족한 웃음기를 머금는 것이, 스스로에게 제법 만족한 눈치였다.

"분리했던 신화…… 그걸 잔재 신화와 섞어서 자아를 깨운 건가?"

연우는 기어 다니는 혼돈이 천마에게 내쫓기기 직전에 한쪽 팔을 뜯어 하데스의 식령검에 먹히게 했던 것을 떠올렸다.

그때, 기어 다니는 혼돈의 두 신화가 서로 호응했다는 메시지를 보긴 했지만, 설마하니 이런 용도였을 줄이야.

『난 궁금한 건 절대 참지 못하는 성미라서 말이지. 크큭.』

기어 다니는 혼돈에게 있어서 연우란 존재는 노다지나 다름없었다. '밤'과는 전혀 다른 '낮'의 세계부터, 미래에서 찾아온 다른 시간대의 존재. 그리고 그가 자신을 죽이기도 했으니 어찌 관심을 가지지 않을 수 있을까.

그래서 기어 다니는 혼돈은 이대로 떠나면 다시는 이번처럼 재미난 기회를 만나지 못할 거란 생각에 자신의 일부를 뜯어놓고 가는 기행을 저지르고 만 것이다.

『그리고 한 가지 가정이 틀렸어.』

"그게 무슨 말이지?"

『난 신화를 분리한 적이 없다만. 필요 없는 부위를 버린 적은 있어도 말이지.』

"······!"

연우는 녀석의 말뜻을 알아채고, 눈을 부릅떴다. 저 말은 자신에게 깃든 자아가 본체이고, '밤'의 영역으로 내던진 것이 분신이란 의미였으니까.

더군다나 녀석은 자아는 깨웠을지언정, 연우에게 어떻게 해코지는 절대 못 할 상황이었다. 이미 녀석은 식령되어 천천히 소화가 이뤄지고 있었으니까. 뒤섞인 신화들이 있다고 한들, 이렇게 자아를 계속 유지하고 있는 것만 해도 대단한 일이었다.

정말이지, 연우로서는 이해를 하려야 할 수가 없는 정신 구조였다. 미쳐도 이렇게 미친놈이 있을까.

그렇기에 연우는 이대로 녀석을 내버려 둘 수 없었다.

찜찜했다.

'무슨 꿍꿍이를 가질지 모르니까. 차라리 놈의 신화만 분리해서 내버리는 것도······.'

연우가 눈을 차갑게 빛내려는데.

『후후. 나를 떨쳐 내려는 생각을 하는 건 좋다만, 과연 한눈을 팔 겨를이 있을까?』

기어 다니는 혼돈이 이죽거렸다.

연우는 재빨리 고개를 위로 들었다.

[천마의 시선이 다가옵니다!]

어떻게 되었는지는 알 수 없어도, 아무래도 천마가 '낮'의 방해에서 벗어나 자신을 찾고 있는 모양이었다.

어둠에 잠긴 행성 위로, 빛이 닿고 있었다. 황금색으로 반짝이는 한 줄기의 빛. 천마의 의념이 섞인 '시선'이었다.

결계를 아무리 겹겹이 쳤다고 해도, 저 시선이 닿는다면 들킬 수밖에 없다.

연우는 기어 다니는 혼돈에 대한 염려를 뒤로 미루고 검을 세게 움켜쥐었다. 아직 신력이 다 회복된 건 아니었지만, 아무래도 여기서 한번 정면으로 부딪치거나 다시 도주를 시도해야 할 것 같았다.

그래서 마른침을 삼키며 '시선'이 점차 행성을 지나 이쪽으로 다가오는 것을 경계하는데.

『도와줄까?』

"뭐?"

『천마의 시선으로부터 회피할 수 있게 도와주겠단 뜻이다. 그대가 죽어서야, 나도 힘들게 자아를 이쪽으로 옮긴 보람이 없지 않은가?』

연우는 기어 다니는 혼돈의 도움을 빌린다는 게 영 꺼림칙했지만, 지금은 물불을 가릴 때가 아니었다.

"어떻게 돕는다는 거지?"

『천마는 빛, 그 자체다. 그렇다면 어둠으로 가려야지. 우리더러 '밤'이라고 부른다지? 그런다면 그 힘을 빌려 어둠 속으로 숨으면 될 일이 아닌가.』

"하지만……."

『시간이 없지 않냐고? 글쎄. 아버지의 후계인 그대에게는 그리 어렵지 않을 것 같은데 말이지. 그 괴상한 법칙을 부려도 될 테고.』

연우는 프네우마의 하늘을 사용하면 되지 않냐는 충고에 재빨리 고개를 끄덕였다.

[권능, '프네우마의 하늘'이 작동하여 '작은 굴레'에 간섭합니다!]

['작은 굴레'가 굴러가는 속도가 현저히 감소합니다.]

[인과율이 작동합니다.]

[일정 범위에 걸쳐 시간이 현저히 느려집니다!]

연우는 재빨리 자신의 주변 일대의 시간만 느려지게 한 다음, 기어 다니는 혼돈이 일러 주는 대로 결계의 구조식을 새롭게 짜 넣었다.

이미 에메랄드 타블렛을 연구해 둔 전적이 있었기 때문에 타계의 지식을 이해하는 건 그리 어렵지 않았다.

그리고.

[천마의 시선이 당신에게로 향합니다!]
[천마의 시선이 결계에 닿았습니다!]

[천마의 시선이 당신을 살핍니다!]

어느새 다가온 빛줄기가 그가 있는 결계에 한참 머물렀다.

연우는 바짝 긴장했다.

천마는 신들조차도 보지 못하는 것을 볼 수 있다. 시공의 제약을 벗어나 홀로 존재하며, 모든 것을 관측할 수 있는 것이다. 하지만 그것을 위해서는 '빛'이라는 매질이 있어야만 하니.

기어 다니는 혼돈이 말한 것처럼 어둠으로 빛을 가린다는 말이 틀리지 않는다는 것은 잘 알고 있었다.

하지만 그렇다고 해도 쫓기는 입장에서는 바짝 긴장할 수밖에 없었고.

[천마의 시선이 유달리 수상한 곳을 발견합니다.]

[빛이 닿지 않는 지역입니다.]

[천마의 시선이 결계 주변을 꼼꼼하게 살핍니다.]

연우는 부디 천마가 아무것도 발견하지 못하고 그냥 지나쳐 주기만을 바라는 수밖엔 없었다.

그리고 만약의 사태에 대비해 검을 꽉 쥐었다.

혹시 자그마한 기파라도 흘러나갈까 싶어 일부러 신력을 끌어 올리지 않고 있었지만.

긴장감으로 인해 손에 땀이 가득 찰 정도였다.

[천마의 시선이 닿습니다!]

그렇게 같은 내용의 메시지만 떠올라 있기를 한참.

[천마의 시선이 잔뜩 의문을 표시합니다.]

[천마의 시선이 별다른 이상을 찾지 못하였습니다.]

[천마의 시선이 떠납니다!]

황금색 빛줄기는 이상한 낌새가 느껴지는 결계 주변만을

계속 살피다가, 결국 아무 이상도 찾지 못하고 다른 곳으로 떠났다.

『곧바로 움직일 생각은 아니겠지?』

하지만 기어 다니는 혼돈은 연우가 혹시 섣부른 행동을 보일까 싶어 경고했다.

물론, 연우는 꿈쩍도 하지 않았다.

천마는 시니컬해 보이는 겉모습과 다르게 아주 용의주도한 성격을 지니고 있었다. 당연히 미심쩍은 곳을 두고, 아무런 조처도 없이 그냥 이렇게 쉽게 떠날 리가 없었다.

[천마의 시선이 슬그머니 이쪽을 바라봅니다.]
[천마의 시선이 떠났습니다!]

떠나는 척하면서 혹시 다른 움직임이 있지는 않나 다시 한번 살폈던 것이다.

하지만 연우는 황금색 빛줄기가 완전히 떠나고 난 뒤에도 한참 동안 제자리에 머물렀고, 더 이상 아무 이변이 없을 즈음에야 겨우 움직였다.

입에서 단내가 났다. 움직이지 않는다고 해도, 극도의 긴장감은 정신력은 물론 체력까지 막대하게 앗아 가는 법이었다. 입고 있던 옷도 식은땀으로 흠뻑 젖은 상태였다.

그리고 연우는 자신이 설치한 결계를 묘한 눈으로 바라 봤다.

'밤'의 법칙을 일부 적용한 것만으로도 이런 효과를 가질 수 있다니. 역시 지식의 세계는 한계가 없이 무궁무진했다. 그리고 기어 다니는 혼돈은 그중에서도 가장 손꼽히는 지식인이라고도 할 수 있겠지.

그래서 고민되었다.

이놈에 대한 처리를 어떻게 할지.

『당장 급한 불은 껐어도, 아직 전부 끝나지 않았다는 건 알고 있을 테지?』

기어 다니는 혼돈은 그런 연우의 의중을 단번에 눈치채고, 아주 자연스럽게 화제를 돌렸다.

녀석은 대놓고 말하고 있었다. 이렇게 쓸모 있는 자신을 그냥 버릴 수 있겠냐고. 천마의 추격이 집요하게 따라붙을 텐데, 자신의 지식과 판단이 필요하지 않겠냐고.

이미 한차례 쓸모를 보인 것으로, 자신과 함께한다면 역전을 꾀할 수 있을 거라고 회유하는 것이다.

위기를 기회로 삼는 것이다. 어째서 그동안 거인족과 용종이 녀석의 꾐에 넘어가 몰락하고 말았는지, 조금은 알 것 같았다.

『그래서 말이다만.』

연우는 잠시간 아무 말 없이 기어 다니는 혼돈을 이대로 두었을 때에 가질 이점과 그로 인해 자신이 감수해야 할 단점을 저울질해 보았다.

기어 다니는 혼돈은 자신이 원하는 곳에다 무게추를 더 올리기 위해 낮은 목소리로 속삭였다.

『처음에 그대가 떠올렸던 방법 말이다. 아무래도 괜찮은 것 같아서 말이지. 그것을 잘만 활용한다면 이 위기를 해결할 수 있을 뿐만 아니라, 지금 그대가 맞닥뜨리고 있는 문제도 같이 해소할 수 있을 것 같은데.』

순간, 연우의 얼굴이 딱딱하게 굳었다.

"너."

『그대에게 깃들면서 얻은 정보만으로도, 그대가 어떤 입장에 처해 있는지는 쉽게 추론할 수 있지.』

기어 다니는 혼돈은 그깟 일쯤이야 별것 아니라는 투로 말을 이어 나갔다.

『어떤 목적으로 타인의 신화에 빙의를 했다가, 생각지도 못한 돌발 변수에 의해 그 신화 속에 억류된 상태라……. 그런 거라면 미래의 나를 해치운 작자가 이 시간대에 나타나는 것도 전혀 이상하지는 않지. 안 그래?』

"……."

『다만, 단순히 한 존재를 이루는 신화라고 하기엔 사실

성이나 개연성이 너무 방대하게 풀어지고 있다는 게 신기하긴 하지만…… 그만큼 대단한 존재의 신화에 들어왔다고 한다면, 영 이상할 일은 아니지.』

"그래서? 하고 싶은 말이 뭐지?"

『더구나 사실 따지고 보면, 그대와 비슷한 위기를 겪은 예가 아예 없는 것도 아니기도 하고.』

비슷한 예가 더 있다고?

그렇다는 건 그중에 해결책도 있다는 뜻일까?

연우는 입술을 꾹 다문 채 아무 말도 하지 않았다. 그저 녀석의 설명을 더 들어 보기로 마음먹었다. 보이려는 패가 무엇인지 좀 더 확인하기 위해서였다.

『신화, 한 개인이 쌓아 올린 업(業)이 승화되어 존재를 이루는 근간이 되지. 신위, 계급, 권능…… 그 모든 것들이 거기서 비롯되니까. 하지만 그건 어디까지나 뼈대로만 봤을 때의 이야기. 그 자체만을 놓고 본다면, 본질적으로 신화는 '스토리텔링'이다.』

설명이 이어지는 내내. 연우는 어쩐지 가슴 한편이 간질간질한 느낌을 받았다.

『존재가 쌓은 '이야기'를 끊임없이 세계에다 말하는 것이지. 그래야 신도들에게 끊임없이 회자되고, 더 강하게 인식되어서 신앙이 보일 테니까. 법칙에 대한 구속력이 생기는 것이다. 하지만 이걸 역으로 뒤집으면, 신화를 생성하고 유지하기 위해서는 이야기의 골자만 잘 지키기만 해도 된다는 뜻이 된다.』

순간, 연우의 머릿속으로 스치는 생각이 있었다.

"이야기의 큰 흐름만 어긋나지 않게 방향을 잡아 주면 된단 뜻인가?"

『그래. 결말만 확실하게 잡아 주면 되는 것이다.』

연우는 얼핏 짐작 가는 바가 있었다.

『천마가 날뛰어서 문제라면, 천마가 그대에게 더 이상 관심을 가질 수 없을 만큼 더 큰 골칫거리를 던져 주면 그만이지 않은가?』

기어 다니는 혼돈이 거론한 것일 뿐, 사실 연우도 방금 전까지 고려하던 방법이기도 했다.

다만, 그것이 더 큰 혼란을 부를 수 있었기에 생각만 했을 뿐, 섣불리 시도할 엄두를 내지 못하고 있었는데.

하지만 기어 다니는 혼돈은 그런 연우의 생각을 밀어붙이라 하고 있었다.

『게다가 그 방법이면 나도 충분히 도움이 되어 줄 수 있을 거라 자부하는데 말이지.』

연우는 어쩐지 기어 다니는 혼돈을 볼 수 있다면, 녀석이 키득거리고 있을 것 같다는 생각이 문득 들었다.

『'아버지'를 같이 깨우자. 이 신화의 결말은 그 뒤에 맞추는 것이다.』

*　　　*　　　*

"……천마는?"

"알 수 없다. 어쩌면 창공 도서관으로 되돌아갔을지도."

"제길!"

우라노스는 메타트론의 대답에 신경질적으로 근처에 있던 돌부리를 걷어찼다.

화가 끓어올랐다. 누군가 이토록 그의 심기를 건드린 건, 수백 년 만에 처음이었다. 그와 함께한 공신들도 한숨만 내쉴 뿐 어쩔 줄 몰라 했다.

천마는 그들과 싸우다 말고, 분신만 남긴 채 뒤로 내빼 종적을 완전히 감춰 버렸다.

"그래도 일단 말라흐뿐만 아니라, 우리 쪽 놈들에게도 같이 뒤져 보라고 일러뒀으니, 조금만 참고 기다려 보세나."

바알은 안타까운 마음에 그를 달래려 했지만, 일그러진 우라노스의 얼굴은 좀처럼 펴질 기미를 보이지 않았다.

사실 그도 이런 말이 별다른 위로가 되지 못한다는 건 잘 알고 있었다.

천마는 아주 끈질기다. 그리고 집요하다. 포기를 모르는 그런 성격이 오늘날의 그를 탄생시켰을지는 모르지만, 그와 적으로 마주친 이들에게는 그보다 더 큰 공포가 없었다.

호시탐탐 노려오는 천마의 송곳니는 항상 공포를 부르니. 실제로 그와 갈등을 겪었던 신과 악마들 중에는 노이로제 때문에 먼저 횡사를 당하는 경우도 종종 있는 편이었다.

그런데 천마의 그런 집요함이 연우에게로 쏠렸다고 한다. 당연히 불안감이 들 수밖에 없었다.

말라흐와 르 인페르날을 포함한 '낮'의 병력들이 전 우주로 흩어졌다지만.

이토록 넓은 세계에서 특정한 존재를 찾기란 쉽지 않겠지.

하물며 존재감마저 갈무리해 버렸다면 더더욱 어려워질 테고.

'분명 방금 전까지 빗발치던 항의도 지금은 더 이상 없고……. 대체 어디로 간 거지? 외곽으로라도 빠졌나?'

왜 사전에 별다른 말도 없이 무단으로 영역을 침범하느냐며 무더기로 날아오던 다른 사회들의 항의도 지금은 잠잠해진 상태.

이걸 희소식이라고 봐야 하는 걸까, 아니면 천마에게 뒷덜미가 붙잡힌 거라고 봐야 하는 걸까.

"미치겠군. 당이 너무 당기는데."

바알은 얼굴을 와락 일그러뜨리면서 손으로 머리를 쓸어 올렸다. 속이 답답해도 너무 답답했다. 집에다 두고 온 쿠키나 사탕이 미치도록 당겼다.

아니, 이럴 때 궐련을 딱 하나 물면 괜찮으려나. 원래 다과에 취미를 붙였던 것도 금연을 위해서였던 것이니. 데바에 가서 브라흐마에게 하나 달라고 하면 될 것 같긴 한데, 또 그러기엔 너무 귀찮고 짜증 났다.

아니, 어쩌면.

'우라노스에게는 미안하지만, 멀리 봐서는 차라리 잘되었다고 해야 하나? '알'의 후보가 사라졌다고 봐야 할······.'

바알은 그런 생각에 다다랐다가, 뒷머리를 벅벅 긁었다.

'내가 미쳐도 단단히 미쳤군. 쓸데없는 생각은 하지 않는 게 좋겠어.'

분명히 '알'의 유력한 후보가 될지 모르는 인물이 사라지는 건, 장기적으로 봤을 때 두 팔 벌려 환영해야 할 일인지도 모른다.

하지만 바알은 그런 가정이나 생각을 염두에도 두지 말자고 마음먹었다.

단순히 칠흑왕이 두렵다 하여 친우의 혈육이 다치는 것을 내버려 두어서야, 애당초 그들이 배신하고 돌아섰던 칠흑왕과 다를 바가 없어지게 되는 셈이니.

'알'의 존재가 두렵긴 하다지만, 그건 어디까지나 그 아이가 감당해야만 할 일.

현재 자신이 할 수 있는 것은 지금 이 시간대에 충실하는 것밖에는 없었다.

그러니 어떻게든 최선을 다해서 그 아이를 찾아봐야겠지.

그리고 어쩌면.

'설사 '알'로 점찍혔다고 해도, 프네우마와 퀴리날레의 진전을 동시에 잇는다면…… 어떻게든 방책을 만들어 낼 수 있을지도.'

바알의 두 눈이 깊어졌다.

'어쨌거나 그 우둔한 미치광이를 가장 먼저 정면에서 들이받았던 게 그네들이었으니.'

그렇게 생각을 정리하며 르 인페르날의 보고를 재차 확인하려는데.

『수좌님, 수좌님! 크로노스를 찾았습니다!』

페어링을 통해 메시지가 다급하게 날아들었다. 서열 39위의 말파스였다.

바알은 고개를 번쩍 들었다.

『뭐? 거기가 어디냐?』

『베다의 관할하에 있는 '자야'라는 행성입니다. 한데, 그것이……!』

『왜? 무슨 문제라도 생겼나?』

바알은 혹시 천마가 먼저 연우를 발견했나 싶어 바짝 긴장했다.

그런데.

『그, 그게 아닙니다.』

『그럼?』

『시, 시비를 걸고 있습니다!』

『……뭐?』

바알은 이게 대체 무슨 말인가 싶어 잠시 멍한 표정을 짓고 말았다.

그의 상식으로는, 연우를 찾아낸 것과 시비를 거는 것 사이의 연관성을 도저히 찾을 수가 없었던 것이다.

하지만 말파스도 당황해하기는 매한가지였다.

『자야의 수호신인 비야사를 찾아가서는 다짜고짜 주먹을 날렸…… 습니다.』

『……?!』

『비야사를 구하러 온 지원군들도 같이 두들겨 패서는 튀어 버리고…… 그 때문에 데바가 발칵 뒤집혀서 크로노스를 당장 잡아야 한다며 뒤를 쫓고 있습니다.』

『…….』

바알은 한순간 머릿속이 새하얗게 탈색되는 기분이었다.

천마에게 쫓기고 있는 상태잖아? 그런데 왜 올림포스의 영역도 아니고, 다른 사회의 영역까지 가서 깽판을 치고 있는 거지?

하지만 그의 혼란은 거기서 그치지 않았다.

마치 기다렸다는 듯이, 다른 수하들로부터도 급보가 다급하게 빗발쳤던 것이다.

『아스가르드의 영역인 '발할라'에서 발리가 크로노스와 다투다가 실신해서 현재 추격대가 크로노스를 쫓는 중……!』

『멤파스에서 민이 다친 것을 두고, 크로노스를……!』

『딜문에서 올림포스에게 이번 일에 대해 책임을 묻고, 전면전을 선포할 것이라고 경고하였습니다!』

『제스크넬리에서도 크로노스를 추격……!』

대체 무슨 일이 벌어지고 있는 걸까.

바알은 식은땀을 흘리면서 저도 모르게 고개를 옆으로 돌렸고.

"……."

"……."

자신과 똑같이 이마에 식은땀이 송골송골 맺히고 있는 메타트론과 눈이 마주치고 말았다.

아무래도.

저쪽도 비슷한 보고를 열심히 받고 있는 것 같았다.

*　　　*　　　*

쿠쿠쿠쿠……!

하늘이 울렸다.

땅거죽이 수십 킬로미터나 높게 치솟으면서 흩어진 분진이 방금 전까지 푸르렀던 행성의 표면을 자욱하게 뒤덮고, 그 아래로 검은 벼락이 쉴 새 없이 빗발치면서 대기를 뜨겁게 달구었다.

그렇게 온도가 급격하게 올라간 대기는 빠져나갈 구석도 없이 갇힌 채로 온실 효과를 일으키며 행성을 더욱더 지옥의 구렁텅이로 몰아넣었다. 갈라진 지표면 사이로 유황불이 치솟았다.

대멸종을 겪는 행성의 입장에서 지금과 같은 상황은 딱 한 단어로 표현할 수밖에 없었다.

재앙.

『이런 빌어먹을!』

『크로노스! 이게 대체 무슨 짓이란 말이냐!』

『정녕 올림포스는 우리 아스가르드를 적으로 돌리려 하

는 것이냐!』

『절대 용서치 않겠다!』

브룬힐다 계(界). 이곳은 '아스가르드'가 각별히 생각하는 요충지였다. 데바, 올림포스, 멤파스의 영역들과 맞물리는 장소이기도 해서 평상시에도 상당한 병력을 배치시키며 감시를 게을리하지 않았었지만.

그런 그들의 수고도, 한 사람의 등장 앞에서는 전부 물거품에 지나지 않았다.

『하하하! 역시 '밤'을 버리고 그대에게 갈아탄 것은 아무래도 옳은 선택이었던 모양이로군! 이런 생각지도 못한 정신 나간 광경을 연달아 보게 될 줄이야!』

기어 다니는 혼돈은 연우의 눈을 빌려 무너지는 브룬힐다 계를 보는 내내 파안대소를 멈추지 않았다.

'아버지'를 같이 찾으러 가지 않겠냐고 제안한 이후.

연우는 거기에 대해 가타부타 아무 답변도 하지 않고 어디론가 움직였다. 올림포스가 아닌 다른 신의 사회가 다스리는 영역.

보통 신들은 자신의 영역에 대한 애착이 큰 편이었으니. 별다른 양해나 협조 요청도 없이 무단 침입한 무뢰한은 즉결 처분해도 절대 이상하지 않았다.

그래도 연우가, 아니, 연우가 빙의한 육체의 신분을 눈치챈 신들은 연우더러 당장 물러나라고 경고를 했지만.

　　—미안하지만, 지금부터 이곳을 뒤집어엎으려는
데 다들 알아서 도망쳤으면 좋겠군.
　　—……?
　　—추후에 변상은 이 몸의 주인께서 알아서 하실
테니 걱정 말고. 원래 아들이 저지른 허물은 아버지
가 덮어 주는 법이라고 하잖아?

　　연우는 오히려 태연하게 그들에게 앞으로 사고를 칠 것이
니 다치기 싫으면 알아서 떠나라는 무책임한 말을 던졌다.
　　당연히 영역의 주인들은 단단히 뿔이 날 수밖에 없었고.
　　연우는 '난 이미 경고했으니 감당은 너희들의 것이다' 라
는 말도 안 되는 궤변을 떠들어 대면서 신력을 마구잡이로
풀어헤쳤다.
　　하늘 날개를 펼치고, 검뢰를 마구잡이로 떨어뜨리는 판
국에 어디 웬만한 행성이 버틸 수나 있을까.
　　권능만 따진다면 신왕 급에 다다른 연우였기에, 웬만한
행성쯤은 눈 감고 신력을 개방해도 금세 망가뜨릴 수 있었
다. 그런데 전력을 다하는 데야 하급 신들이 버틸 수 있을
리가 만무했다.

그리고 그렇게 영역 하나를 초토화시키고 난 뒤, 연우는 여러 행성을 전전하면서 문제란 문제를 죄다 일으키고 다녔다.

기어 다니는 혼돈으로서는 황당할 수밖에 없는 노릇이었다.

'아버지'를 같이 찾아 깨우자고 한 것이 자신이라고는 하나, 그 방법을 먼저 떠올린 것은 연우였다.

그런데 거기에 대한 답은 주지 않고서 괜히 죄 없는 다른 사회들만 들쑤시고 다녀서야, 천마에게 '나 여기 있소!' 하고 광고하는 꼴밖에 더 되겠는가.

그래서 문득 혹시 새로운 자살 방식인가 싶었지만.

기어 다니는 혼돈은 머지않아 연우의 노림수를 깨달을 수 있었다.

『그래. 혼란은 더 큰 혼란으로 덮어 버리는 게 제격인 법이지. 파하하!』

녀석의 웃음소리가 커질수록 연우의 인상은 짜증으로 가득해졌지만.

"나도 굳이 이렇게 귀찮은 짓을 하고 싶지는 않았다."

[1:45:33_20]
[1:45:33_19]

...

   카운트가 떨어질 때마다, 연우는 눈앞이 어지러워지는 기분이었다.

   사실 연우가 목표로 하는 것은 칠흑왕이 묻힌 장소였다.

   그것이 오히려 우라노스와 '낮'이 아득한 세월 동안 지키고자 했던 것을 망가뜨릴 우려가 있었지만, 당장 천마의 위협으로부터 몸을 피하고 크로노스 신화를 종결지어야 하는 그의 입장으로서는 물불을 가릴 때가 아니었다.

   물론, 칠흑왕이 공허에 갇혀 있다는 사실은 알고 있었다.

   하지만 공허는 아주 넓다.

   '낮'의 우주에도, '밤'의 우주에도 속하지 못한 채 그 곁에서만 떠돌고 있는 곳. 좌표 개념도 없는 그곳에서 칠흑왕이 잠들어 있는 특정 위치를 탐색한다는 것은 너무나 오랜 시간을 필요로 할 게 틀림없었다. 아무리 기어 다니는 혼돈이 도와준다고 하더라도.

   연우도 그 사실을 잘 알기에 대지모신을 공허에다 처박을 생각을 했던 것이 아니겠는가.

   그런 판국에 제한 시간을 무시하고 장소를 물색한다는 건 불가능한 일이었다.

   '그렇다고 해서 빙의를 한 상태에서 심연으로 출입을 시

도할 수도 없어. 시간 차가 어떻게 날지도 모르고.'

이 시간대라면 하르모니아도 없겠지만, 그렇다고 해서 '문'을 지키는 또 다른 칠흑왕의 후예가 아예 없으리란 법도 없었으니까.

설사 문지기가 없다고 해도, '문'을 직접 여는 건 별개의 영역이었다.

'조부님을 몰래 찾아간다 하여도 가르쳐 주실 리는 만무할 테고.'

제아무리 우라노스가 자식과 후예들을 아끼는 성격이라 하여도, 공과 사는 철저하게 구분 짓는 사람이었다.

아무리 생존법을 모색하려 한다 해도, 그런 이에게 가서 지난 숙명을 배반하는 짓을 해 달라고 부탁하면 치도곤만 당할 테지.

하지만.

그래도 다행히 칠흑왕이 묻혀 있는 장소를 아는 이가 아예 없는 건 아니었다.

아니, 설사 모른다 하여도 단서쯤은 알고 있을 존재들이 있었다.

'죽음의 신과 악마들.'

이쪽 우주에서도 유달리 칠흑왕을 추종하던 무리들.

그들은 연우가 칠흑왕의 형틀을 하나둘씩 얻을 때부터

속속 나타나서 깊은 관심을 보이곤 했었다.

각자가 소속된 진영과 사회가 있을 텐데도 불구하고, 그런 걸 전혀 개의치 않으면서 때로는 연우에게 시련을 내어 주기도, 권능을 공유해 주기도 하다가 이제는 그를 자신들의 영도자(領導者)로 인정하는 상황에까지 이르렀다.

하지만 그러면서도, 한편으로는 칠흑왕을 추종하는 다른 무리인 타계의 신에 대해서는 적의를 숨기지 않았으니.

그들과 따로 접촉해 본다면 어떤 수가 나올 게 분명했다.

'문제는 역시나 이 넓은 우주에서 극소수에 불과한 그들의 위치를 몰래 찾아 접근한다는 것이 불가능에 가까운 일이라는 점이다.'

그래서.

연우는 생각을 아예 뒤집기로 마음먹었다.

'내가 찾아갈 수 없다면, 차라리 그들이 한데 모일 수밖에 없게 만들면 될 테지.'

연우의 두 눈이 깊게 가라앉았다.

'아예 판을 깨 버려서 내가 어디로 튈지 아무도 짐작할 수 없게 만들 수도 있을 테고.'

자신이 원하는 판이 만들어지지 않는다면, 깽판을 놓아서 상대도 원하는 것을 취하지 못하게 만드는 게 강자들을 맞았을 때 연우가 늘 취하던 전략이었으니.

상대의 사고와 판단을 그르치게 만들고, 이쪽에서 가진 패를 가리기 위한 수였다.

지금도 마찬가지.

연우는 의도적으로 이렇게 여기저기를 들쑤시고 다니면서 천마와 '낮' 뿐만 아니라, 다른 신의 사회도 강제로 끌어와 판을 아예 엎어 버리고자 했다. 기어 다니는 혼돈이 웃으면서 내뱉은 말마따나, 혼란을 더 큰 혼란으로 덮으려는 것이다.

『그럼, '아버지'를 깨울 생각은 하고 있다는 것으로 받아들여도 되나?』

기어 다니는 혼돈은 연우의 그런 의중을 전부 파악하고, 비릿한 웃음소리를 내면서 물었다.

하지만 연우는 거기에 대해 아무런 답변도 해 주지 않았다.

『또 다른 뭔가를 꾸미기라도 하고 있나?』

기어 다니는 혼돈이 재미있어 죽겠다는 듯 소리 죽여 웃었다.

『뭐, 아무래도 좋아. 설사 네가 '아버지'를 깨우는 척만 할 생각이라고 해도, 내가 어떻게 나설 수 있는 건 아닐 테니까. 아니, 오히려 그 과정에서 벌어질 기만이며 책략 등이 더 재미나려나?』

"……."

연우는 여전히 아무 대답도 하지 않았다.

그러면서도 든 생각은 기어 다니는 혼돈이 어쩐지 다른 '밤'의 존재들과 달리, 칠흑왕에 대해서 그렇게 깊은 충의를 가진 것 같지는 않아 보인다는 점이었다. 어떨 때는 저런 식으로, 불경하다 싶을 정도의 생각을 내비치기도 했다.

이쪽 우주의 신과 악마들이 각자 생각도 성격도 다 다르듯이, 타계의 신들도 모두 하나같이 칠흑왕만 쫄래쫄래 따라다니는 건 아닐 테지. 연우는 더 이상 녀석들에 대해 깊게 생각하지 않기로 마음먹었다.

지금은 이 아슬아슬한 줄타기에 집중하는 것이 더 중요했다. 여기서 조금이라도 삐끗했다간 죽는다. 그런 생각밖엔 들지 않았다.

"온다."

그 순간.

콰르르릉!

[천마가 강림합니다!]

황금색 빛줄기가 먼지구름으로 뒤덮인 행성 표면을 뚫고 내려앉았다.

『천마?』

『천마라고?』

『이게 대체 무슨……!』

연우를 에워싸면서 본영으로부터 지원 병력을 기다리고 있던 아스가르드의 신들은 전혀 예기치도 못한 존재의 격에 하나같이 경악을 내뱉고 말았다.

가뜩이나 연우가 저지른 짓만 해도 골치 아픈데, 모든 신들에 있어 주적이나 다름없는 천마가 왜 이곳에 나타난단 말인가?

하지만 그런 이들의 충격 따윈 아랑곳하지 않고, 빛줄기가 가라앉은 자리로 천마가 나타났다.

그는 짜증이 단단히 난 얼굴을 한 채, 손으로 머리를 쓸어 올리면서 으르렁거렸다. 여태 얼마나 뛰어다닌 건지, 옷이며 얼굴에 숯 검댕이 가득했다.

"이 새끼가. 나를 자꾸 똥개 훈련 시켜?"

천마는 연우가 깽판을 치고 사라지는 족족 계속 한발 늦게 나타나 모진 고생을 해야만 했다.

원래 빛이 닿는 곳이면 언제든 연우를 발견하고 나타날 수 있어야 했지만.

대체 무슨 수를 저지르고 다니는 건지 이따금 계속 인식에서 벗어나는 데다가, 어떻게 발견해서 직접 잡으러 움직이려 하면 그때는 이미 내빼고 난 뒤였다. 그래서 즉각 뒤쫓으려 해도, 소식을 듣고 찾아온 지원군들이 죄다 자신이 사고를 친 것으로 오해를 하고 말았으니…….

덕분에 천마는 생각지도 못하게 여러 신의 사회들과 연신 전쟁을 치러야만 했다. 그들을 때려눕히면서 연우를 쫓으니, 속도가 제대로 날 수가 없었던 것이다.

천마는 그렇게 말도 안 되는 짓거리를 몇 번이나 거듭 반복한 뒤에야 겨우 연우의 꼬리를 잡을 수 있었다.

그답지 않게 며칠 씻지 않은 것처럼 꼬질꼬질해지고 만 것도, 전부 연우 때문이었다.

그런데 보아하니 지금도 상황은 그리 썩 좋지 않은 것 같았다.

　　[헤임달이 강림합니다!]
　　[티르가 강림합니다!]
　　[토르가 강림합니다!]
　　……
　　[신의 사회, '아스가르드'의 본영이 모습을 드러냅니다!]

먼지로 어둑한 하늘이 흔들린다 싶더니, 거대한 성채가 나타난 것이다.

발할라(Valhalla).

토르를 비롯한 아스가르드의 상급 신들이 머문다는 궁전.

『올림포스 주신의 막내아들이 사고를 친다기에 그게 무슨 말도 안 되는 헛소리인가 싶었는데…… 과연. 천마, 당신도 있었던 거였나?』

발할라에서 오딘의 분노에 찬 목소리가 쩌렁쩌렁하게 울렸다. 천마의 얼굴도 더 크게 일그러졌다.

저들은 우주 여기저기서 벌어지고 있는 숱한 피해들이, 아직 성인식도 치르지 않은 우라노스의 막내가 저지른 것이 아니라, 천마가 일으킨 소요라고 납득하고 있는 모양이었다.

누가 봐도 그쪽이 더 신빙성이 있는 말이었지만, 가뜩이나 연우로 인해 필요 없는 싸움을 숱하게 했던 천마로서는 울화통이 터질 소리였다.

하지만 그러거나 말거나.

[신의 사회, '아스가르드'가 천마에게 전면전을 선언합니다!]

[오딘의 권능, '세 까마귀의 관찰'이 발동합니다!]
[토르의 권능, '하늘을 찢는 번개'가 작렬합니다!]

[헤임달의 권능, '무지개의 일곱 칼바람'이 작렬
　합니다!]
　　　……

　발할라가 보유하고 있다는 정예병, 에인헤랴르가 일제히
천마에게로 쇄도했다.
　"젠장!"
　천마가 짜증 섞인 투로 다시 황금색 빛줄기를 터뜨리려
는데.
　『천마.』
　별안간 연우가 그에게 어기전성을 보내 왔다.
　『왜 이 새끼야!』
　『선물이 하나 더 있습니다.』
　『무슨……!』
　천마는 '무슨 개수작을 또 부리려는 거냐!' 라고 소리를
치려다 말고, 발할라 주변으로 갑자기 열리는 숱한 공허들
에 소리 없는 경악을 내뱉고 말았다.

　　　[신의 사회, '데바'의 본영이 모습을 드러냅니다!]
　　　[신의 사회, '천교'의 본영이 모습을 드러냅니다!]
　　　[신의 사회, '멤파스'의 본영이 모습을 드러냅니다!]

......

여태껏 연우가 지나쳤던 영역들이 죄다 연결되면서, 그 많은 신의 사회들이 일제히 모습을 드러냈던 것이다.

쿠쿠쿠쿠!

강하게 짓눌린 수많은 영압 때문에 행성의 붕괴 속도는 더 빨라졌다.

[대다수의 신들이 자신들에게 치욕을 준 천마에게 강한 적의를 표출합니다!]

그리고 그들은 시비를 걸었던 연우보다, 뒤늦게 나타나 배후로 짐작되는 천마에게 더 큰 살의를 표출하고 있었다.

제아무리 천마가 날고 긴다고 해도, 이 많은 숫자들의 신들을 한꺼번에 상대하기란 그리 쉬운 게 아니었다.

그리고.

당연한 말이지만.

천마가 이 말도 안 되는 짓거리를 저지른 연우를 찾으려 했을 때, 이미 그는 '밤'의 지식을 이용한 결계로 종적을 감추고 난 뒤였다.

"으아아아아! 이 개새끼가아아!"

천마의 비명 아닌 비명이 울려 퍼졌지만.

곧 이어지는 폭음에 묻혀 사라지고 말았다.

콰르르릉, 콰릉, 콰르르—

우르르르!

＊　　＊　　＊

[신의 사회, '아스가르드'가 '올림포스'에 전면전
을 선포하였습니다!]

[신의 사회, '천교'가 '올림포스'에 전쟁을 선언
하였습니다!]

[신의 사회, '멤파스'가 '올림포스'에 선전포고를
하였습니다!]

……

"……나이가 들었나. 왜 이렇게 자꾸 헛것이 보이는 것
같은지, 원."

"우라노스."

"왜 그러나?"

"신이 늙는다는 말도 우습지만, 자네, 제대로 보고 있는
거 맞네."

"……."

"심심한 위로를 표하는 바이네."

"###, 이놈을 내 당장……!"

우라노스는 애써 외면하려다 메타트론에 의해 강제로 현실을 마주하고 난 뒤, 얼굴을 잔뜩 붉히면서 길길이 날뛰기 시작했다.

가뜩이나 '밤'을 상대하는 것만으로도 머리가 아파 죽겠는데, 갑자기 다른 신의 진영들까지 한꺼번에 상대하라니!

만약 연우가 눈앞에 있었다면 충동적으로 팔다리를 분질러서 '밤'에다 던져 버렸을지도 몰랐다.

하지만 우라노스는 어떻게든 화를 삭여야만 했다.

자신이 빚은 사고가 아니라고 하더라도 일단 벌어진 일이었다. 나중에 연우를 잡아다가 치도곤을 할지언정 지금은 빠른 상황 판단이 필요한 시점이었다.

바알이 덧붙인 말도 있었고.

"그래도 꼴에 가만히 숨어 다니지만은 않겠다고, 뭐라도 해 보겠다고 열심히 뛰어다니는 모습은 가상하군. 덕분에 천마도 많이 바빠질 테고 말이지."

바알은 쿠키를 한입 베어 물면서 피식 웃었다. 방금 전까지만 해도, 그 역시 우라노스처럼 연우가 친 사고로 당이 급격하게 떨어져 피곤했던 상태였지만. 막내인 72위의 안

드로말리우스가 눈치껏 쿠키를 가져오면서 컨디션이 회복된 상태였다.

"다만, 문제는 단순히 천마의 위협으로부터 달아나기 위해서 다른 사회들을 끌어들인 건지, 아니면 다른 꿍꿍이가 있는 건지 그걸 알 수 없다는 점인데 말이야."

옛 신분이 어떻게 되었든 간에, 바알은 이제 마왕이었다. 그런 그의 입장에서 연우가 친 사고는 부담은 되어도, 성향상 마음에 들 수밖에 없었다. 자고로 악마는 체재에 순응하지 않는 반골들이 대부분이었으니까.

그래도 연우에 대한 평가는 냉정하게 내리려 하고 있었다.

이 모든 것이 연우가 당장 살아 보겠답시고 막무가내로 일을 저지른 것인지, 아니면 역전을 꾀하기 위한 큰 그림의 한 조각인지가 궁금했다.

전자라면 후폭풍 따윈 감내하지도 못하고 금방 스러질 멍청이일 테고, 만약 후자라면……

'올림포스를 천계, 그 자체로 만들 수 있을 동량(棟梁). 그렇게 볼 수 있겠지.'

또각!

입에 물고 있던 쿠키가 크게 부러졌다.

'그리고 거기에 따라, 차후 르 인페르날의 입지도 결정지을 수 있을 것이다.'

바알은 우라노스가 직접적으로 올림포스를 다스릴 수 있는 시간이 그리 길지 않을 거란 사실을 잘 알고 있었다.

비교적 '옛적'의 힘을 보유하고 있는 자신이나 메타트론과 다르게, 우라노스는 그야말로 모든 것을 내버린 수준이었으니까.

그리고 '낮'의 진영을 어떻게든 보존하겠답시고, 그 중심을 크게 키우겠답시고 일구었던 올림포스를 무리하게 확장하면서 신격에도 적지 않은 무리가 갔으니.

지금 당장은 신들의 사회에서도 손꼽히는 강자라고 통할지 몰라도, 그것이 언제든 허물어질 수 있는 모래성이라는 사실을 너무 잘 알고 있었다.

그리고.

우라노스도 그런 본인의 몸 상태를 누구보다 잘 알고 있었다.

실제로 그는 이미 자신의 사후(死後)에 있을 질서에 대해서도, 어느 정도 그들과 이야기를 나눴을 정도였으니까.

'나와 르 인페르날은 절대악을, 메타트론과 말라흐는 절대선에 각각 서서 양쪽 기둥이 되어 '낮'이 무너지지 않도록 단단히 받친다…… 그렇게만 되면 우리가 따로 개입하지 않아도 그럭저럭 굴러갈 테니까.'

하지만 그건 어디까지나 우라노스와의 약조일 뿐.

그의 후손들과 맺은 약조는 아니었다.

'문제는 그 후란 말이지. 절대선과 절대악의 경계는 지키려 해도, 결국 나나 메타트론이나 각자의 이권이나 패도를 추구할 수밖에 없을 테니.'

시작은 고결한 마음가짐에서 시작했을지 모르지만, 결국 많은 이들이 몸담은 세력을 이끄는 이상, 이기적인 성향을 띨 수밖에 없었다.

'거기서 올림포스의 위치가 아주 중요해. 우라노스의 여덟 자식들이 한때 우리와 함께했던 이들의 후손이라지만…… 녀석들은 그다지 선조들에 대한 열망이나 사명이 없어. 결국 추후에 있을 올림포스의 행보는 '낮'과는 많이 달라질 수밖에 없다.'

바알은 남은 쿠키를 전부 입 안에 쓸어 넣은 뒤, 손을 가볍게 탈탈 털었다.

세월은 속절없이 흐르고, 이상은 바랠 수밖에 없다. 선조들의 유훈을 잊었을 올림포스는 앞으로 어디로 갈 것인가.

이에 대한 대답이 될 수 있는 건 딱 한 가지였다.

우라노스의 차기로, 누가 왕좌에 앉느냐?

'그래도 비교적 맏이인 오케아노스 녀석이 제 아비를 가장 많이 닮고자 노력하니, 녀석이 앉는다면 좋겠지만…… 그리 쉬울 것처럼 보이진 않고. 엎치락뒤치락, 이런저런 소

란이 있다가 결국 그 꼴통 놈이 앉을 것 같단 말이지.'

바알은 망나니인 크로노스보다도 더 막 나가는 것처럼 보이는 연우를 높게 치고 있었다.

프네우마와 퀴리날레의 씨를 타고났으면서 칠흑왕의 힘까지 풍기고, 거기다 영특한 머리까지 지니고 있다면 두말할 것도 없었다. 그놈이 언젠가 올림포스의 대권을 쥘 게 분명했다.

'그런다면 '알'의 운명도 어떻게든 극복해 낼 수 있을 거란 믿음을 가져도 될 테고. 그럼 그때가 다시 '낮'이 피어나는 순간이 될 테지.'

바알은 메타트론의 생각도 자신과 크게 다르지 않을 거라 생각하고 있었다.

그런 바알의 생각을 아는지 모르는지.

우라노스는 팔짱을 끼면서 콧방귀를 뀌었다.

"흥! 그 엉큼한 놈이 설마 그 정도 복안이 없으려고?"

"흐."

바알이 저도 모르게 실소를 흘렸다.

우라노스의 한쪽 눈썹이 꿈틀거렸다.

"재수 없게, 왜 웃어?"

"그렇게 길길이 날뛰면서도 제 손자 자랑은 빼놓지 않는다 싶어서."

"뭐?"

"천하의 우라노스도 결국 혈육에 대한 사랑은 어쩔 수 없구만. 양자라도 자식은 자식이다, 이건가? 그렇게 냉혹하던 과거의 야드—타타그는 어디로 갔는지 몰라."

우라노스의 콧잔등이 잔뜩 붉어졌다.

"쓸데없는 소리 그만하고! 하여간 일이 더 커지기 전에 그 망나니 놈부터 잡으러 가자고! 여기 있으면 뭐 하나!"

우라노스가 투덜거리면서 연우가 한창 사고를 치고 있다는 곳으로 이동했다.

"하여간 솔직하지 못한 영감이라니까."

바알은 그런 그를 보면서 어이없다는 듯이 고개를 절레절레 흔들다가, 여태 아무 말도 없던 메타트론을 돌아봤다.

메타트론은 방금 전부터 깊은 생각에 잠겨 있었다.

"무슨 생각을 그렇게 해?"

"에녹서."

"……그건 왜?"

에녹서. 르 인페르날에서는 레메게톤이라 부르는, 우주의 비밀이 담겨 있다는 계시록.

"있다. 그런 것이."

하지만 메타트론은 바알을 힐끔 쳐다보기만 할 뿐, 별다른 말을 하지 않고 우라노스를 따라 사라졌다.

바알의 인상이 와락 구겨졌다.

"한 놈은 신경질적이고, 다른 한 놈은 당최 무슨 생각을 하는지 모르겠고. 이런 것들과 계속 같이 가야 하나?"

그래도 어쩌겠나. 저런 정신 파탄자들과 손을 잡은 내가 잘못이지. 바알은 그렇게 투덜거리면서 자신의 오른팔에게 한마디를 남기고 같이 사라졌다.

"아가레스, 잘 지키고 있어라."

르 인페르날의 서열 2위, 아가레스는 가타부타 별다른 대답도 하지 않았다. 그리고 바알도 거기에 대해 별달리 신경 쓰지 않았다. 애당초 그의 이상한 성격이야 예전부터 숱하게 겪었던 것이니.

그러다.

"……."

아가레스의 시선이 아무것도 없는 허공 쪽으로 비스듬하게 돌아가고.

스르륵!

허공이 벗겨진다 싶더니, 결계가 해제되면서 안쪽에 숨어 있던 연우가 천천히 모습을 드러냈다.

"아가레스. 거래를 했으면 하는데."

＊　　　＊　　　＊

연우는 지그시 아가레스를 바라봤다.

녀석을 찾아온 이유는 아주 간단했다.

'‘낮’의 수장들에게 들키지 않고, 죽음의 신과 악마들에게 접촉을 하려면 아가레스밖엔 없어.'

연우는 이 시간대에서 죽음의 신과 악마들에게 다가갈 만한 접점이 없었다. 분명히 천마가 여러 사회들과 다투고 있을 곳에도 몇 명은 있겠지만, 그곳은 너무 위험했다.

반면에 우라노스 등이 빠진 ‘낮’이라면?

충분히 가능성이 있었다.

“우습군. 의도적으로 바알 등을 피해서 만나고자 한 게 나라니. 참으로 우스운 애송이야.”

하지만 아가레스의 태도는 아주 차가웠다. 팔짱을 낀 채로 콧대를 살짝 올린 모습이 오만하기 짝이 없었다. 심지어 내리까는 시선에는 경멸감도 섞여 있었다.

원래 시간대에서 녀석이 연우에게 보이는 광적인 집착과는 전혀 다른 모습.

그러나 연우는 오히려 그런 녀석의 모습이 더 반가웠다.

오만하고 자기중심적인 아가레스야말로, 오히려 이야기를 나누기에 편했으니까.

"〈흉신악살〉."

전혀 생뚱맞은 말.

아가레스의 미간이 구겨졌다.

"뭐?"

"네가 나에게 주었던 권능이다."

"……."

"원래는 너의 트레이드 마크이기도 한 힘이지. 안 그런가?"

순간, 아가레스의 얼굴에서 표정이 사라졌다.

마치 밀랍인형처럼 차가우면서도 아름다운 모습.

"너도 진즉에 그걸 알아봤던 것 같고. 그러니……."

"무슨 일을 저지를지는 모르겠지만, 도와주지."

아가레스는 연우가 제대로 말끝을 맺기도 전에 한쪽 입꼬리를 말아 올렸다.

『보아하니 자신의 관심사 외에는 별 관심도 두지 않는 성격인데 같은데. 원래 저렇게 부탁을 잘 들어주나?』

'그럴 리가.'

기어 다니는 혼돈이 던진 질문에 연우는 눈을 가볍게 좁혔다. 아가레스가 무슨 생각인지 알 수가 없어서였다.

사실 연우는 흉신악살을 증거로 들어 녀석의 관심을 산다음, 거래 조건을 제시할 생각이었다.

아가레스가 항상 집착을 보이던 것은 그와 동생의 영혼이었으니. 연우는 자신의 영혼을 이루는 신화 중 일부를 떼어 줄 생각을 하고 있었다. 자칫 신격에 악영향이 갈 수 있고, 역량이 떨어질 수 있는 위험한 거래였지만, 지금은 물불을 가릴 때가 아니었기 때문이었다.

그런데 아가레스는 거래 조건도 듣지 않고 그냥 도와주겠노라고 말하고 있었다. 녀석의 시니컬한 성격을 생각해 본다면 절대 있을 수 없는 일이었다.

그렇기에 이번에는 연우가 단단히 경계할 수밖에 없었고.

"뭘 부탁할 건지, 말 안 하나? 그다지 여유롭진 않을 텐데?"

아가레스는 오히려 그런 연우를 도발하듯이 비웃음까지 날리고 있었다.

『어떻게 된 건지는 몰라도, 그래도 남는 장사가 된 셈인데. 그냥 진행하지 그러나? 놈이 무슨 꿍꿍이를 지니고 있을지 몰라도, 어차피 이 신화만 탈출한다면 안 볼 사이가 아닌가. 후후!』

기어 다니는 혼돈은 그런 둘을 보면서 웃기만 할 뿐이었지만.

하지만 그의 말도 일리는 있었다.

차라리 연우로서는 잘된 일이었다. 놈이 어떤 단서를 달고 있을지는 몰라도, 후불이라면 여차할 때 바로 내빼면 그만이었으니까.

"할파스를 만나게 해 줬으면 하는데."

"그놈은 왜 찾는 거지?"

38위의 할파스. 죽음과 전쟁을 상징하는 마왕.

순간, 아가레스가 영 탐탁지 않다는 듯 한쪽 눈썹을 꿈틀거렸다. 마치 맛있는 사탕을 봐서 잔뜩 기대하고 있었는데, 그게 자신이 아닌 다른 친구의 것이라는 말을 들은 어린아이 같다고 해야 할까.

연우는 아주 잠깐 이런 녀석을 계속 믿어도 될까 싶기도 했지만, 기왕 믿기로 한 것 계속 믿어 보자고 생각했다.

"안 되나?"

"내 직할의 동부군이라면 상관없겠지만, 녀석은 그게 아니라서. 그리고 부탁을 들어주는데, 이유쯤은 들어도 되지 않나?"

"죽음을 신위로 두고 있는 신이나 악마와 만날 필요가 있어서."

"……그렇군. 그런 거였나? 나보다도 더한 미친놈이 있을 줄이야. 큭! 그래서 미래의 내가 그런 표식을 남겨 뒀던 거였군."

아가레스는 그것만으로도 연우의 의도를 읽었던지 피식
거렸다. 광기마저 묻어나는 웃음소리가 잔뜩 억눌려 있었
다.

"좋아. 그럼 죽음의 악마라면 아무나 괜찮겠군그래?"

"그렇긴 하지만."

"그럼 할파스는 피하는 게 좋을 거야. 놈은 바알을 맹목
적으로 따르는 근위대장과 같은 격이라서 말이지. 대신에
다른 놈을 소개시켜 주지."

아가레스가 가볍게 손을 흔들었다. 그러자 공간에 균열
이 가면서 포탈이 활짝 열렸다.

[악마의 사회, '니플헤임'으로 가는 포탈이 열렸
습니다!]

니플헤임이라면, 헬을 소개해 주겠단 의미였다.

연우는 차라리 잘되었단 생각이 들었다. 아가레스가 이
때부터 니플헤임과 안면이 있을 줄은 몰랐지만, 그로서도
성격을 알고 있는 헬이 상대하기가 훨씬 쉬웠으니까.

"아 참, 깜빡할 뻔했군. 들어가기 전에 주의해 둘 점이
있다."

아가레스는 포탈을 타고 넘어가기 전에 연우를 돌아봤

다. 입가에 물린 비릿한 웃음이 어쩐지 불길하게 느껴졌다.

"알고 있을진 모르겠지만, 그곳의 수장이 꽤나 변태라서 말이지. 조심해야 할 거야."

"……?"

연우는 그게 무슨 말인가 싶었지만.

순간, 머릿속을 스치는 장면들이 있었다.

—멍! 멍멍!

—아아! ### 님! 당신을 뵌 저는 당장 죽어도 여한이 없답니다!

강아지처럼 꼬리를 흔들어 대며 좋아하는 펜리르와 이상하게 자신만 보면 헐떡대던 헬.

니플헤임의 수장이…… 그들의 아버지인 로키였지, 아마?

그런 녀석들이 사실 제 아버지를 닮은 거라면?

"……."

한순간.

연우는 등골이 오싹해지는 기분을 맛봐야만 했다.

＊　　　＊　　　＊

[악마의 사회, '니플헤임'의 본영에 입장했습니다!]

[당신은 현재 '니플헤임'을 둘러싼 '환상의 안개'에 에워싸여 있습니다.]

[당신의 입장은 허락되지 않았습니다. 물러나십시오.]

[인지에 혼란을 주는 공간입니다. 안개 속으로 깊숙하게 들어갈수록 미아가 될 확률이 높습니다. 허락을 맡은 뒤, 다시 입장하시길 권고합니다.]

연우가 아가레스를 따라 도착한 장소는 온통 안개가 자욱한 곳이었다.

시각부터 촉각에 이르기까지, 모든 감각을 흐트러지게 만드는 안개.

거기다 정신계에도 간섭을 하는 건지, 웬만한 신이나 악마들도 여기에 휘말려서는 제정신을 온전히 되찾지 못할 것 같았다.

하지만.

['냉혈' 특성으로 이성을 유지합니다.]

[스턴 상태가 해지되었습니다. 혼란에 대한 내성
이 생겼습니다.]

[신통(神通)이 발동합니다.]

[분산된 감각이 하나로 집중됩니다. 혼란된 감각
이 다시 교정됩니다.]

[천안통이 길을 비춥니다.]

[천이통이 길을 밝힙니다.]

곧 연달아 들리는 메시지와 함께, 이리저리 흔들리던 세
상이 다시 보정되면서 어느 순간 안개가 확 흩어지고 없었
다.

"비교적 이곳에 익숙한 나도 올 때마다 불쾌하기 짝이
없는 감각인데, 이걸 금방 극복할 줄이야."

아가레스는 흥미진진하다는 듯 연우를 위아래로 훑었다.

그도 그럴 것이, 니플헤임은 그 명칭의 본래 의미가 '안
개의 세계'일 정도로 안개와 친숙한 사회였다.

우주 창생이 있은 지 얼마 되지 않아 존재하기 시작했다
는 말이 있을 정도로 기나긴 역사를 자랑했고.

그 때문에 니플헤임은 다른 어느 사회보다도 스스로에
대한 자부심이 대단했다.

수많은 사회들이 스러지고 합쳐지기를 반복하는 혼란한 시대에도 별다른 피해 없이 꾸준히 세력을 유지해 왔고, 초월자들 사이에서도 뛰어난 명성을 자랑하니 어찌 어깨에 힘이 들어가지 않을 수 있을까.

　하지만 그러한 자부심은 철저한 폐쇄성을 낳았다.

　굳이 외부와 따로 교류를 가지지 않아도 자신들은 강하고, 단합력이 뛰어나며, 선진적인 문화를 지니고 있다는 생각을 가지고 있었던 것이다.

　그래서 니플헤임은 외벽에다 두꺼운 안개를 둘러치고, 어느 누구의 방문도 일절 거절했다.

　이따금 인연이 있는 이들의 방문을 종종 허락할 때만 안개를 풀어 줄 뿐. 하지만 그마저도 허락을 구하는 데 상당한 시간과 복잡한 과정을 필요로 해서 방문자가 극히 드문 편이었다.

　'탑에서는 오히려 외부 활동이 비교적 잦은 것처럼 보였는데…… 천계에 갇히면서 저들의 성향도 바뀌었던 걸까?'

　연우로서는 니플헤임의 개방적인 호의만을 기억했기 때문에 원래 그들이 보였다던 특성이 조금 의외였지만.

　이렇게 안개를 직접 마주치고 나니, 그동안 상식적으로만 알고 있던 저들의 역사에 대해서 어렴풋이 이해할 수 있을 것 같았다.

실제로 안개에는 '거부한다'거나, '밀어낸다', '혼란해진
다'는 등의 의념이 잔뜩 섞여 있었다. 그리고 깊숙한 곳으로
들어갈수록 '저주한다'와 '죽인다' 등의 의념이 또렷해지는
것이, 저들의 폐쇄적인 성향을 확실하게 말해 주고 있었다.

하지만 그러한 니플헤임의 결계조차 천안통과 천이통을
물리치지는 못했다. 이미 안개의 특성인 '인지 부조화(認知
不調和)'를 해결할 방법을 알고 있어서 헤쳐 나갈 수 있었
던 아가레스로서는 연우가 신기하게 보일 따름이었다.

그리고.

그런 연우를 흥미롭게 보는 존재가 한 명 더 있었다.

『오호호! 또 어떤 멍청이들이 만용을 부리나 싶었는데,
이거 잘생긴 오라비들이 둘이나 나타났네? 소녀는 너무 불
끈불끈해져서 미칠 지경이야.』

츠츠츠!

위쪽에서 목소리가 울리더니, 안개가 조금씩 해체되면서
한 사람이 또각또각 걸어 나왔다. 하이힐이 땅바닥을 두들
기는 소리와 함께 우아한 각선미가 언뜻 드러나고, 곧이어
눈이 이대로 머는 게 아닐까 싶을 정도로 아름다운 미모를
자랑하는 여인이 나타났다.

'어머니……?'

연우는 그녀를 본 순간 골이 띵 해지는 기분이 들었다.

분명히 어머니와 닮은 구석이 어느 한 군데도 없는데도 불구하고, 풍기는 기품이나 느낌이 비슷해도 너무 비슷했다.

그러다 연우는 눈살을 가볍게 좁히고 말았다.

'아니, 에도라? 아냐. 세샤가 크면 비슷할 것 같은…… 이게 뭐지?'

화사하게 웃고 있는 여인의 얼굴 위로 여러 사람들의 얼굴이 빠르게 겹쳤다가 사라졌다.

그 때문에 저절로 마음이 편해지고 상대에 대한 호의가 샘솟았지만, 오히려 연우는 거기에서 적지 않은 위화감을 느끼고 말았다.

어쩐지 그런 작용들이 전부 부자연스럽게 느껴졌던 것이다.

['냉혈' 특성으로 이성을 유지합니다.]
[천안통이 눈을 트이게 합니다.]
[천이통이 귀를 트이게 합니다.]
[상대의 가려진 진면목이 드러납니다!]

그러자 머릿속이 한결 맑아지면서 여인의 얼굴이 더 이상 겹쳐지는 이미지 없이 깨끗하게 눈에 들어왔다.

순간, 여인의 입꼬리가 씰룩 말려 올라갔다.

"'인지 부조화'는 눈썰미가 좋아서 그렇다 치더라도, '호상 환각(好相幻覺)'까지 제칠 거라고는 생각도 못 했는데. 오딘의 그 시건방진 까마귀 놈들도 겨우 알아본 것인데 말이지. 이 오라버니, 너무 마음에 든다."

여인은 천천히 다가와 손끝으로 연우의 쇄골을 가볍게 쓰다듬었다.

뭇 남정네들의 심장을 떨리게 할 만큼 아리따운 교태였지만, 연우는 어쩐지 불쾌감이 치솟아 그 손길을 거세게 내쳤다.

하지만 여인은 연우의 그런 태도가 더 마음에 든 듯 붉은 혀로 입술 주변을 훑었다.

"거기다 튕기기까지 하네? 지적인 데다 차갑고. 정말 마음에 들어. 정말."

연우는 대꾸하고 싶은 마음조차 들지 않아 이것 좀 어떻게 해 보라는 식으로 아가레스를 노려보았다. 어쩐지 그녀가 누군지 짐작이 갔기 때문이었다. 여인은 이제 아예 노골적으로 연우에게 끈적끈적한 시선을 보내고 있었다.

"불쾌하니 그딴 말투 좀 집어치워라, 로키."

아가레스도 짜증 난다는 듯 미간을 좁히면서 여인, 니플헤임의 수장인 로키를 노려보았다.

로키.

펜리르, 요르문간드, 헬. 니플헤임을 대표한다는 세 남매의 '아버지'가 저런 모습으로 나타난 것이다!

로키를 대표하는 신화 중에 '성별을 마음대로 전환하여 희롱과 장난을 마구 일삼는다'는 내용이 있다는 건 알고 있었지만.

'실제로 보니까 더 짜증 나.'

이런 비정상적인 취미를 갖고 있다면 가까이할 이유가 없는 것이다.

『후후! 성별이란 것이 무엇인지는 알 수 없지만…… 적어도 내가 봤을 땐 너도 충분히 저런 놈들과 같은 종류로 보인다만?』

기어 다니는 혼돈이 던진 말은 그냥 무시하기로 마음먹었다.

그래도 아가레스가 경고를 해서 그런지, 로키는 더 이상 연우에게 치근덕대지 않고 뒤로 물러서고 있었다. 그래서 조금이나마 고마운 마음을 가질까 싶었는데.

"그놈은 내가 먼저 맡아 놓았다. 내 것에다 함부로 손댈 생각 따윈 하지 않는 게 좋을 거다."

뭐?

"어머! 어쩌죠? 저는 임자 있는 몸을 빼앗는 걸 더 즐기는데."

"뒈지고 싶나?"

"오! 이거 그거죠? 한 남자를 둘러싼 두 사람의 치정극! 저 이런 거 꼭 해 보고 싶었답니다!"

"……"

살기를 한껏 풀풀 날리는 아가레스와 좋아서 환호하는 로키를 보면서.

연우는 슬그머니 뒤로 몇 발자국 물러서야만 했다.

『흐흐. 미친 것들투성이로군.』

연우는 진지하게 어쩌면 자신이 마굴로 들어온 건 아닌가 하는 생각을 가져야만 했다.

기어 다니는 혼돈은 아주 재미있어 죽겠다는 듯 시시덕 댔지만.

＊　　　＊　　　＊

"원래대로라면 따로 허락받지 않은 방문은 절대 용납하지 않는 것이 저희들의 원칙이지만…… 그래도 잘생긴 오라버니가 두 명이나 오셨으니까 특별히 소녀가 힘을 써 보았어요."

또각또각. 로키가 호호 웃으면서 걸음을 옮길 때마다 니플헤임을 둘러싼 안개가 조금씩 걷혀 나갔다.

그러자 드러나는 광경.

그건 전부 아름다움으로 치장된 풍경이었다.

맑은 하늘 아래 섬처럼 부유하고 있는 땅을 따라 바다가 넓게 펼쳐져 있는 곳. 각각의 구획마다 사철의 예쁜 풍경이 꾸며져 있어 보는 이로 하여금 마음을 저절로 녹게 만들었다.

보통 악마가 사는 곳을 두고 마경(魔境)이라고 표현한다지만, 이곳은 언뜻 알려진 그런 곳들과는 이미지가 전혀 달랐다.

오히려 강제로 마음을 녹게 만드는 아름다움을 품고 있다고 해야 할까. 하나 그것이 오히려 연우에게는 부자연스럽게 다가와서 거북하게 느껴졌다. 억지로, 강요를 하는 듯한 느낌이었기 때문이었다.

그 와중에 간간이 보이는 짐승들은 풀을 뜯거나 하늘을 날면서 마기를 강하게 풍기고 있었다. 르 인페르날의 악마들이 대개 인간의 형태를 띤다면, 니플헤임의 악마들은 짐승의 형태를 보이는 것 같았다.

로키가 니플헤임에 대해 이런저런 설명을 해 댔지만, 연우는 전혀 듣는 척도 하지 않았다. 지금은 그저 니플헤임을 관찰하는 것에만 집중할 뿐. 그리고 그건 니플헤임의 악마들도 마찬가지였던지, 하나같이 간만에 찾아온 방문객인 연우를 탐색하는 시선으로 바라보고 있었다.

"흐음! 참 도도해도 너무 도도하다니까. 오라버니, 그렇게 노골적으로 무시를 하면 소녀가 오히려 오기가 생긴……!"

그러다 로키가 눈을 가늘게 좁히면서 연우를 바라봤다. 하지만 그는 뭐라고 말을 하다 말고 도중에 멈춰야만 했다.

별안간 저만치 떨어진 능선에서부터 거대한 늑대가 빠르게 달려왔던 것이다. 뜀박질을 할 때마다 땅이 쿵, 쿵, 하고 울릴 정도였다. 펜리르였다.

녀석은 로키의 앞을 휙 하고 지나치더니 갑자기 연우의 앞에 멈춰 섰다. 그리고 쿵쿵거리면서 연우의 냄새를 맡기 시작했다.

"얘는 아빠가, 아니, 엄마가 바로 앞에 있는데도 다른 사람한테 관심을 보이는 거니? 그것참."

로키는 자신에게 일절 관심도 내비치지 않는 펜리르가 어이없다는 투로 투덜거리면서도, 신기하다는 듯이 펜리르와 연우를 번갈아 보았다. 자식들 중에서도 타인에 대해 가장 경계심이 많은 녀석이 난생처음 보는 이에게 호기심을 가지니 신기할 수밖에.

특히 펜리르가 니플헤임의 악마들 중에서도, 아니, 전 우주를 통틀어서 가장 특별한 '감각' 을 지녔다는 것을 감안한다면…….

'이 사람에게 뭔가가 있다는 걸까?'

아무래도 아가레스가 범상치 않은 손님을 데리고 온 것 같다는 생각에 로키의 눈이 가늘게 좁혀졌다.

애당초 장난기가 많은 그로서는 언제나 오만하기 짝이 없는 아가레스가 이렇게 챙기는 존재가 있다는 사실이 흥미로웠기에 더더욱 관심이 커질 수밖에 없었다.

더구나 로키를 더 재미나게 만든 점은 펜리르의 외형만 보고도 겁을 먹는 신과 악마들이 즐비한 데 반해, 연우가 아주 편하게 그를 상대하고 있단 점이었다.

그러다 펜리르가 갑자기 아가리를 쩍 벌리면서 연우의 뒷덜미를 덥석 물었다.

순간, 녀석이 하는 꼴을 마음에 들지 않는다는 투로 바라보던 아가레스는 펜리르가 연우를 공격하려는 줄 알고 눈썹을 꿈틀거리며 마기를 끌어 올렸지만.

오히려 연우가 손을 뻗어 그의 행동을 가로막았다.

펜리르는 자신의 등에다 연우를 태우고 있었다.

어쩐지 연우는 펜리르가 따로 말을 하지 않아도, 무엇을 말하려는 건지 알 것 같았다.

"나를 데리고 갈 데가 있는 거냐?"

으르르, 왕!

연우가 던진 질문에 펜리르는 기분 좋게 웃으면서 고개

를 크게 끄덕였다.

"그래. 어딘진 모르겠지만, 가 보자."

연우는 펜리르의 목덜미를 가볍게 손으로 쓰다듬었다. 펜리르는 기분이 좋다는 듯 꼬리를 가볍게 흔들더니, 자신이 왔던 곳과는 다른 방향으로 다시 냅다 뛰었다.

한순간 눈앞에서 연우를 잃어버린 로키가 황당하다는 듯 눈을 동그랗게 뜨고.

특히 아가레스는 분개한 듯 주먹을 꽉 쥐며 부르르 떨기까지 했다. 얼굴은 이미 시뻘겋게 달아올라 있었다.

"이 개새끼가!"

그러거나 말거나.

펜리르는 연우를 태운 채로 한껏 내달리고 있었다. 봄에서부터 겨울까지, 사막부터 빙산까지. 갖가지 구획들이 빠르게 연우의 눈앞을 스쳐 지나가고 다다른 곳은 높게 깎아지른 벼랑의 끄트머리였다.

왕! 왕왕!

아우우!

펜리르는 거대한 머리를 치켜들면서 뭐라고 자꾸 짖어대더니, 크게 하울링까지 내뱉었다. 마치 무언가를 찾는 듯한 모습.

절벽 아래로 탁 트인 평원이 드넓게 펼쳐진 것이 보였다.

하지만.

연우의 시선을 사로잡은 건 그런 게 아니었다.

『아아! 위대한 왕의 후예께서…… 예언의 계시대로, 바로 이 자리에 드디어 임하셨도다!』

평원의 한가운데에서.

헬이 양옆에 화롯불을 활활 피운 제단 위에서 크게 기도를 외치고 있었다.

그리고.

[오시리스가 강림합니다!]

[네르갈이 강림합니다!]

[태산부군이 강림합니다!]

[쿄시티―가르바가 강림합니다!]

……

[아이쉬마―다이바가 강림합니다!]

……

제단 앞쪽으로 여러 죽음의 신과 악마들이 속속 강림하면서 한쪽 무릎을 꿇고, 천천히 머리를 조아렸다.

자신들을 이끄는 왕에 대한 경배이자, 충성 맹세였다.

이곳에서 맞닥뜨릴 거라 전혀 생각지도 못한 광경에.

연우의 눈이 저절로 커졌다.

＊　　　＊　　　＊

" '비탄에 찬 눈물'의 B7 부품은?"

"여기."

"음. 사이즈가 조금 안 맞는 거 같은데? 여기 좀 깎아 봐."

"저기요! '파열 제동기' 어디 있는지 아시는 분 계세요?"

"그거 여기 있는데?"

"그걸 거기다 두면 어떡해요! 지금 엔진과 결합 요소를 연구해야 하는데!"

칠흑으로 뒤덮인 세계에서.

헤노바와 아나스타샤를 중심으로 한 명장들의 작업은 어느새 막바지에 다다르고 있었다.

정해진 시간이라고 해 봤자 불과 12시간밖에 되질 않으니 어떻게 뭔가를 제대로 만들 수 있을까 싶을 수 있어도.

그전부터 연우가 헤노바와 함께 준비해 둔 부품들이 적잖은 데다가, 시간의 흐름도 외부와 철저히 격리되어 있다 보니 명장들이 체감하고 있는 시간은 벌써 며칠이 지나 있는 것과 똑같았다.

그동안 정신적으로도 육체적으로 피곤해하면서도, 잠들
새도 없이 계속 망치질을 해 댔으니. 하나 그들은 어째서
'명장'이라는 칭호를 얻을 수 있었는지를 말해 주기라도
하듯, 내놓는 결과물마다 높은 완성도를 선보였다.

　[불후의 명작, '시간의 지침'이 탄생하였습니다!]
　[불후의 명작, '푸른색을 담은 옥구슬'이 탄생하
였습니다!]
　……
　[명장들 간의 협업 체계로 인해 능률이 300% 이상
폭발적으로 증가합니다!]
　[불후의 명작이 연달아 탄생하고 있습니다. 역사
에 길이 남을 명장면입니다.]
　[보정 효과로 명장들의 체력 회복 속도가 40%씩
빨라집니다.]
　[정신력 소모 속도가 60%씩 감소합니다.]
　……
　[현재 탄생하는 작품들은 모두 세트 아티팩트입
니다!]
　[하나로 조합될 시, 강한 공명을 일으킬 수 있습니다.]
　[모든 신과 악마들이 신물로 특별히 탐낼 만한 물건

입니다. 제물로 바칠 시, 해당 대상의 신력이 증폭되
며 제작자들에게 아주 큰 축복을 내릴 것입니다.]

아나스타샤가 전체적인 공정을 지휘하고, 헤노바가 세세
한 부분들을 도맡으면서 작업 속도와 퀄리티까지 전부 책
임질 수 있게 된 것이다.

그리고.

따아아앙!

헤노바가 곰방대를 질끈 깨물면서 망치를 내려쳤을 때.

[마지막 불후의 명작, '옥쇄원동파생기(玉碎原動
派生機)'가 완성되었습니다!]

드디어 기다리던 마지막 메시지가 떠올랐다.

하아아!

헤노바는 한껏 들이켰던 숨을 길게 내뱉었다. 덕분에 폐
속 깊숙하게 들어왔던 담배 연기가 주변에 자욱하게 퍼졌
지만, 그의 시선은 오로지 모루 위에서 징징 울고 있는 원
반에 고정되어 있었다.

"헤노바, 그것은⋯⋯?"

"오! 드디어 완성한 겐가?"

"시간적으로 여유가 많이 부족했을 텐데. 역시 자네로군!"

주변에 있던 명장들은 헤노바가 완성한 것을 두고 옹기종기 모여 하나같이 감탄사를 터뜨렸다.

그만큼 지금 탄생한 물건은 여태 완성된 것들 중에서도 가장 독보적인 위치를 차지하며, 스퀴테에서도 가장 중요한 부품이었으니까.

하지만.

헤노바에게는 그런 칭찬들이 전부 놀리는 것처럼 들렸다.

[옥쇄원동파생기]

종류: 보조

등급: 측정 불가

설명: 특정한 물건을 보조하고, 구동하기 위해 만든 장치. 막대한 신력을 감당하고 제어할 수 있을 만큼 대단한 기술력이 접합되어 있어 외부에 공개될 경우, 수많은 신과 악마들이 대신물로 탐낼 만한 물건이다.

하지만 아쉽게도 내구도는 그리 좋지 못한 듯하다.

"고작 일회용품을 두고 뭔 말들이 이렇게 많아! 다들 남은 잔업이나 마무리해!"

옥쇄원동파쇄기. 옥쇄, '옥을 부순다'는 말에 나와 있듯이, 스퀴테의 코어가 되어 줄 칠흑옥의 힘을 잔뜩 끌어낼 제어 장치였다.

이것을 구상하고 직접 제작하느라 얼마나 많은 시간과 심력을 소모했는지를 감안한다면, 정말이지 욕지거리가 절로 나왔다. 현자의 돌을 만들었을 때는 시간적 여유라도 충분했지, 이건 그렇지도 않잖은가.

하지만 단언컨대, 이 물건은 현자의 돌보다도 훨씬 값어치가 있었다.

피조물들로서는 그 존재 여부조차 잘 모르는 이들이 더 많다는 칠흑왕의 힘을 제대로 구현하기 위해 만든 장치다. 당연히 그만한 수고와 노력이 들어갈 수밖에 없었다. 아마 헤노바와 명장들이 앞으로 평생 살면서 머리를 다시 맞댄다고 한들, 이보다 뛰어난 결과물을 만들어 낼 수 있을지는 미지수였다.

다만, 문제가 있다면, 내구도가 그리 좋지 못하다는 점인데……. 이 점은 어쩔 수가 없었다. 내구도를 신경 쓰면 칠흑옥의 힘을 제대로 뽑을 수가 없는 데다가, 오히려 스퀴테의 완성도만 떨어질 가능성이 컸기 때문이었다.

그러니 차라리 내구도를 포기하더라도 성능을 최고 효율로 뽑아내자는 게 명장들의 합의 사항이었고…… 그로 인한 결과물이 바로 이것이었다.

비록 일회성에 불과하더라도 헤노바는 자신 있었다. 이것을 세상에 내놓는 순간, 탑은 발칵 뒤집힐 것이다.

문제는 이것의 주인이 될 놈이 영 무신경하다는 성격이지만.

"빌어먹을 놈. 예나 지금이나 실컷 부려먹기만 하지, 얼굴은 내비치지도 않고. 에잉."

헤노바는 혀를 끌끌 차면서 곰방대를 손에 쥐었다. 뭔가 못마땅한 눈치를 하면서도, 그의 시선은 온통 다른 곳에 단단히 붙들려 있었다.

이제 슬슬 올 때가 됐는데…….

곰방대 속에서 타들어 가는 담뱃잎만큼이나.

헤노바의 속도 바짝 타들어 가고 있었다.

[0:59:47_88]

[0:59:47_87]

……

*   *   *

콰아아앙!

거친 폭발과 함께, 페렌츠 백작과 흡혈군주는 거칠게 튕겨나 지상에 겨우 착지했다. 그들은 온통 상처로 도배되다시피 한 상태였다.

"쉽지…… 않군."

쿨럭!

페렌츠 백작의 입술을 따라 피가 울컥 쏟아졌다.

"당신……!"

"아직은 괜찮다오. 아직은. 당신이야말로 어떠오? 방금 전부터 흡령마(吸靈魔)가 계속 흔들리는 것 같았소만."

페렌츠 백작은 걱정하는 시선으로 바라보는 흡혈군주를 잘 타이르면서, 그녀를 따라 금방이라도 꺼질 것처럼 위태롭게 흔들리는 검은 아지랑이를 바라보았다.

흡혈군주는 아랫입술을 질끈 깨물다가, 고개를 완강하게 털었다.

"아직은 괜찮아요."

"그렇다면 다행이구려."

페렌츠 백작은 그것이 아내가 부리는 객기라는 것을 잘 알고 있었다. 올포원은 빛의 세계를 침범하려는 무수히 많은 신격들을 상대하면서도 전혀 흔들리는 기색이 없었고, 도리어 본체를 내부에다 직접 강림시키면서 근원의 싹을 제거하고자 하고 있었다.

당연한 말이지만, 근원의 싹은 연우였다.

지금은 칠흑의 세례를 받은 자신들이 어찌어찌 맹렬하게 싸우고 있는 중이었지만, 예나 지금이나 올포원은 강해도 너무 강했다.

이미 신도들 중 상당수가 중상을 입어 리타이어된 상태. 사망자들도 적잖았다. 물론, 그런 이들은 그림자 속으로 빨려 들어갔다가, 디스 플루토가 되어 다시 나타난다지만 그래도 올포원을 상대한다는 것은 쉽지 않은 일이었다.

흡혈군주가 자랑하던 흡령마도 반 이상이 '찢겨' 나간 상태. 빛에 있어 어둠은 천적이지만, 반대로 어둠에 있어서도 빛은 상성이 맞질 않는다. 연우의 신도들이 치명상을 입는 것도, 올포원의 그러한 빛을 이용한 권능 때문이었다. 사실상 체급이 맞질 않는 것이다.

하지만 그럼에도 불구하고.

흡혈군주를 비롯한 이들은 올포원에 저항하고자 했다. 한 방. 어떻게든 딱 한 방이라도 먹이고픈 열망으로 가득했다.

그들 모두 올포원에 의해 강제로 억류되거나, 피했다 하더라도 한없이 도망만 쳐야 했던 삶들이 아니던가. 그 울분을 토해 내고 싶었다. 지금 조금이라도 복수를 하지 못한다면, 언제 또 이런 기회가 올지 몰랐다.

그렇기에 페렌츠 백작은 그런 아내의 오기를 만류하지

않았다. 객기를 부리고 있는 건, 사실상 자신도 마찬가지였으니까.

"나 역시 아직 너끈하게 몇 날은 더 새울 수 있을 것 같구려."

페렌츠 백작이 천천히 자리에서 일어나면서 웃었다.

"우리 딸도 저렇게 고생을 하는데, 다시 한번 더 가 봅시다."

저 멀리, 이곳으로 뚜벅뚜벅 걸어오는 올포원의 본체가 있었다. 그 앞을 라나가 가로막고, 하늘에서는 거대한 몸집을 지닌 괴수가 주먹을 거칠게 내려치고 있었다.

『망자들이여. 그대들은 어찌 자연의 순리를 따르지 아니하고, 죽음을 거스르면서까지 이리도 처절하게 싸우는가? 그대들은 자유의 항쟁이라 부르는 이 모든 시도들이, 실상은 스스로를 쇠사슬에 묶어 인형으로 전락시키는 꼴에 지나지 않는다는 것을 어찌 모르는가?』

콰르르릉—

그러다 갑자기 올포원의 일갈과 함께 터져 나온 빛무리가 괴수를 수도 없이 난도질했다. 몸집을 따라 균열이 거미줄처럼 잔뜩 퍼져 나가더니, 마치 유리가 깨지는 듯한 소리와 함께 그대로 와르르 무너지면서 웬 중년인 하나를 이쪽으로 토해 냈다.

「아파용! 너무 아프답니당! 연약한 제가 감당하기엔 여기가 너무 난이도가 헬이라구용! 정말이지, 이런 무식한 곳에 약해 빠진 저를 던져 넣은 ### 님은 무슨 생각인 건지!」

토끼 귀를 단 스킨헤드의 흑인에게 연약이라는 건 너무 어울리지 않는 단어인 듯 보였지만.

라플라스는 여기저기가 쑤시는지 울상을 지으면서 민머리를 벅벅 긁어 댔다.

페렌츠 백작은 특유의 사람 좋은 웃음을 흘리면서 어느새 옆에 선 그에게 물었다.

"괜찮소?"

「그래 보이나용?」

"그렇지는 않은 것 같소."

「그럼 이상한 거 묻지 말아용. 아파서 제대로 말할 겨를도 없으니까.」

"하지만 즐거워 보이오."

「어째서?」

"웃고 있지 않소?"

라플라스는 그제야 손으로 제 입가를 매만져, 자기도 모르게 입꼬리가 씰룩거리고 있단 사실을 깨달을 수 있었다.

「맞아용. 있는 거라고는 시궁창 같은 악취와 심심함밖에 없는 마해보단 여기가 나아도 훠어어얼씬 낫죵. 이 라플라

332 두 번 사는 랭커

스는 당장 죽어도 여한이 없답니당.」

"이미 죽었잖소?"

「그러니. 더 좋은 것 아니겠어용? 흥흥흥.」

그렇게 웃는 사이에.

쿵.

쿵.

세상을 울리는 근원이 이쪽으로 다가오고 있었다.

올포원은 라나도 크게 밀어내면서 천천히 걸어왔다. 세상의 법칙이 그를 중심으로 돌아가면서, 빛의 세계를 물들이려던 어둠을 이리저리 휘저어 대고 있었다.

『다시 묻겠다. 그대들은 어찌하여 스스로 손발에 사슬을 채우는가? 그러면서도 어찌 스스로 항쟁을 한다고 표현하는가? 결국 위치만 바뀌었을 뿐인, 헛된 되풀이에 불과하지 않은가?』

올포원의 목소리는 나지막했다. 마치 혼잣말에 가까운 중얼거림이었지만, 빛의 세계 곳곳에서 울리면서 그들의 귀에, 아니, 뇌리에 단단히 각인되었다.

『죽음은 죽음일 뿐이노라. 하지만 칠흑은 그것을 거슬러, 그대들에게 새로운 삶을 주고 자유를 되찾게 해 준다는 감언이설로 회유하여 오히려 노예로 삼고자 한다. 오히려 기약된 끝이 없는 영속(永屬, 영구한 속박)일 뿐인 것이다.

또한, 나에게서 벗어나 위로 올라가고 싶다고 하였느냐? 그 역시 잘못되었도다.』

페렌츠 백작은 어쩐지 올포원의 목소리가 울분으로 가득한 것 같다는 생각이 들었다. 아무도 알아주지 않고, 원망받기만 하는 사명을 되풀이하는 존재의 넋두리.

『위쪽은 그대들과 같은 피조물들을 그저 사육할 짐승으로만 여기는 신과 악마들이 사는 터전일 뿐이다. 그들을 막지 않고서야, 그들이 활개를 치게 내버려 두고서야, 피조물들은 언제고 영락을 거듭하기만 할 터. 절지천통(絕地天通)이 있지 않고서 결국 이 땅에 살아가야 할 피조물들에게 미래는 없는 것이다.』

올포원은 어느새 그들의 지척에 다가와 있었다. 그것을 두고, 페렌츠 백작은 당신이 잘못되었다고 말하려 했다.

당신의 사명만 옳다 여기고, 자신들의 소망은 잘못되었다고 단정 짓는 올포원의 편협한 생각에 대해 힐난하고 싶었지만.

『아니. 전제가 잘못되었어.』

페렌츠 백작 등이 나설 겨를 따윈 없었다. 그보다 앞서서 다른 이가 먼저 맞받아쳤기 때문이었다. 비웃음을 잔뜩 머금은 채로.

휘휘휘!

페렌츠 백작 등의 앞으로. 올포원의 앞을 가로막으면서. 차
정우의 사념체가 잔뜩 일그러진 얼굴로 올포원을 노려보았다.

『당신에게 무슨 자격이 있어서 그런 것들을 함부로 재단
하는 거지, 비바스바트?』

[0:45:66_92]
[0:45:66_91]
……

　　　　　　　*　　　　*　　　　*

[0:39:78_87]
[0:39:78_86]
……

연우는 속속 나타나면서 자신에게 충성을 맹세한 죽음의
신과 악마들을 가만히 바라보았다.

처음에는 이들이 한꺼번에 나타난 것에 의문이 가득했지
만.

조금 시간이 지나 냉정하게 생각해 보니 충분히 그럴 수
도 있겠다는 생각이 들었다.

"하늘 날개를 완성했을 때, 내 존재를 감지한 거로군."

『처음엔 저희도 긴가민가하였습니다만…… 왕께서 천마를 상대하시매, 그때 보이신 여러 이적들을 보고 그제야 저희들도 확신을 얻을 수 있었습니다.』

헬은 우아한 자태로 한쪽 무릎을 꿇으면서 고개를 조아렸다. 원래 시간대에서는 찾아볼 수 없던 모습. 하지만 어쩐지 내숭을 떨고 있는 듯한 느낌을 받았다.

연우는 가만히 고개를 끄덕였다. 확실히 천마를 피해 달아나긴 했지만, 그 와중에 엮인 사회가 한두 개가 아니었다. 그에게서 칠흑의 흔적을 읽은 이들도 적잖았을 테지.

그래도 아직까지 여러 사회들이 교류를 크게 가지지 않는 이 시대에, 이렇게 빨리 한자리에 모일 수 있다는 뜻은 하나.

'역시 죽음의 신과 악마들은 소속과 상관없이, 그들만의 결사(結社)로 묶여 있었어. 당연히 그 중심은 칠흑왕일 테고.'

아마 이들도 단순히 연우가 칠흑의 후예라는 이유만으로 충성을 결의한 것을 아닐 것이다. 천마와의 다투는 과정을 지켜봤으니, 충분히 믿어 볼 만하다고 판단했겠지. 연우로서는 살고자 발버둥 친 것이, 뜻하지 않게 새로운 기회로 찾아온 셈이었다.

연우는 죽음의 신과 악마들을 빠르게 훑었다. 대부분이 낯선 얼굴들이었지만, 간혹 익숙한 얼굴도 보였다. 개중에는 원래 시간대에서 감쪽같이 사라졌던 아즈라엘도 있었다.

그들 각자가 주는 인상은 다 달랐지만.

느낌만큼은 똑같았다.

찰칵.

찰칵.

저들의 중심에 자신이 있었다.

그들이 발산하는 신앙은 모두 자신에게로 연결되고, 신위는 톱니바퀴처럼 자신에게로 맞닿아 있었다. 연우라는 존재가 있기에, 저들의 존재도 성립하고 있었던 것이다.

'내가 올 걸 예언으로 알았다고 했지?'

계시록에 적혀 있었단 뜻이다.

'칠흑왕은 내가 방문하리란 것을 짐작하고 있었던 걸까?'

그것도 아니라면.

[칠흑왕이 머나먼 꿈에서 넘어온 자신의 후예를 물끄러미 바라봅니다.]

세상에 빚어지는 모든 현상과 사실들이 칠흑왕의 '꿈'이라는 말처럼.

이 역시 칠흑왕이 꾸는 꿈 중 일부이기 때문에 알았던 걸까.

연우는 죽음이라는 개념이 완성되면서 자신에게로 쏠린, 세상 이면에 잠들어 있는 존재의 시선을 확실하게 감지할 수 있었다.

그리고 확신했다.

칠흑왕은 자신이 처음 이 신화에 들어온 순간부터 자신의 일거수일투족을 관찰하고 있었단 것을.

후예가 어서 서둘러 자신을 찾아오길 기다리고 있었던 것이다.

"칠흑왕이 잠든 곳이, 어디지?"

그래서 연우는 일부러 '그분'이니 '아버지'니 하는 존칭을 쓰지 않았다. 그런 존칭을 입에 올렸다간, 더더욱 강제로 그곳에 속박될 것 같은 느낌이 들었다.

[칠흑왕이 흥미롭게 자신의 후예를 관찰합니다.]

헬은 그런 사실을 모르는지, 아니면 알면서도 모르는 척하는 것인지, 전혀 흔들리는 기색 없이 천천히 자리에서 일어나 허공에다 손을 흔들었다.

『길을 열겠나이다.』

그러자 연우와 죽음의 신, 악마들 앞으로 새롭게 포탈이 열렸다.

그 너머로 드넓은 우주가 드러났다. 어디서나 쉽게 볼 수 있을 우주 한복판이었지만, 죽음의 신과 악마들은 칠흑왕이 잠든 장소에 다가간다는 사실만으로도 흥분했던지 얼굴이 잔뜩 상기되어 있었다.

하지만.

그들과 반대로, 연우의 얼굴은 굳고 말았다.

그곳은 연우에게 너무 익숙한 장소였으니까.

태양계.

그중에서도 세 번째 행성인 푸른 별, 지구가 눈에 밟혔다.

『아아, 저곳이…….』

『푸르군. 볼 때마다 느끼는 것이지만, 아주 아름다워.』

『본영에 있는 진주라도 보는 것 같군.』

지구가 뽐내는 아름다운 모습에 신과 악마들이 하나같이 고개를 주억거렸다.

그들은 지구가 어느 정도 익숙한 듯, 크게 놀라거나 하는 모습이 보이질 않았다. 오히려 저만한 아름다움을 자랑하는 곳이니, 칠흑왕이 잠들어 있을 만하다고 여기는 눈치였다.

또한.

『저곳이…… 아버지께서 계시는 곳……!』

기어 다니는 혼돈은 껄껄 광기에 찬 웃음을 터뜨렸다. 녀석의 웃음소리 때문에 머릿속이 울릴 정도였다.

'밤'이 숱한 세월 동안 정처 없이 이곳저곳을 떠돌아다니면서 찾아 헤매던 곳을, '아버지'께서 잠들어 계신 이상향을 드디어 찾은 것인데 어찌 기쁘지 않을 수 있을까!

비록 타계의 신 중에서도 신실함이 가장 적은 녀석이라 할지라도, 오히려 '아버지'에 대한 열의와 갈망만큼은 누구보다 강렬했던 것이다.

무엇보다. 기어 다니는 혼돈은 어렴풋하게나마 느낄 수 있었다. 선잠에 드신 '아버지'의 의식이 지금 이 순간 저곳에 고정되어 있다는 것을.

육체를 잃어버렸는데도 불구하고, 정신체를 찌릿찌릿하게 울리는 감각이 그걸 말해 주고 있었다!

그래서 기어 다니는 혼돈은 연우를 재촉하고 싶었다.

대체 무엇을 하는 것이냐며.

어서 '아버지'를 깨우러 가자고 다그치고 싶었지만.

그는 섣불리 말을 꺼낼 수가 없었다.

연우의 정신이 크게 흔들리고 있었기 때문이었다.

'이게 대체⋯⋯.'

어서 지구로 달려들고 싶어하는 저들과 다르게, 연우는 적잖게 당황하고 있는 중이었다.

왜 하필 이 넓고 넓은 우주에서.

그리고 커도 너무 큰 세계에서, 어째서 지구인 걸까?

지구와 태양계는 처음에 크로노스도 그 존재 여부조차 잘 몰랐을 만큼 변방에 위치한 곳이었다. 마법과 신력에 대한 개념도 없고, 초월적인 존재들도 손을 뻗치지 않았던 곳.

그래서 여태 지구는 형이상학(形而上學)과는 전혀 거리가 먼 곳으로만 여겼었는데.

'칠흑왕이 잠들어 있다고?'

그 순간, 연우의 머릿속으로 불현듯 스치는 생각이 있었다.

　　—우리 올림포스의 신화가 왜 여기서 들리는 거지? 그럼 이곳은 올림포스의 영역인가……? 하지만 분명히 이전 생에서는 아스가르드의 신화가 들리지 않았었나? 천교의 것으로 보이는 것도 있었는데……!

크로노스가 왕좌를 빼앗기고 우주에다 내던졌던 '태엽' 이 지구에 다다랐을 때.

그는 몇 번씩이나 전생을 거듭하면서 똑같은 의문을 여러 차례 던지곤 했었다.

올림포스, 아스가르드, 천교 등, 수많은 신화들이 회자되던 행성. 어떻게 그런 것이 존재할 수 있는 걸까?

그런 것은 크로노스가 까마득한 세월 동안 우주를 통치하면서도, 단 한 번도 보지 못했던 광경이었다. 당연히 의문이 커질 수밖에 없었다.

지구에서 신격을 찾을 수 없었던 것이야 그 후에 천마가 신들을 탑에다 가둬 버렸기 때문이라는 사실을 알게 되었다지만.

그래도 그 의문에 대해서는 끝까지 밝혀내지 못했던 것이다.

　　─신화라는 것은 그렇게 동시다발적으로 들릴 수
　　있는 것이 아니니.

　　─애당초 필멸자들이 그렇게 정확하게 초월자들
　　의 신화를 꿰뚫어 본다는 게 그로서는 소름 끼치는
　　일이었다.

어쩌면.

그런 기이한 현상이 빚어진 것이, 칠흑왕이 지구에 잠들어 있는 것과 어떤 연관성이 있을지도 모르겠다는 생각이 들었다.

'꿈…… 이라고 했었지.'

계시록에 따르면, 깊은 잠에 든 칠흑왕에게 있어 이 세상에서 빚어지는 모든 인과와 현상들은 꿈으로 비친다고 한다. 기약도 없을 아주 기나긴 꿈. 그리고 칠흑왕이 그러한 꿈에서 깼을 때가 바로 시의 바다에서 일컫는 '종말'이다.

하지만 이것을 뒤집어서 생각해 본다면, 꿈은 몇 번이나 되풀이될 수 있고, 두서없이 여러 가지가 나열될 수도 있다는 뜻이기도 하다.

즉, 신들이 빚어내는 신화도 결국 칠흑왕이 꾸는 꿈에 불과할 테니, 신들은 전혀 인식하지 못할 장소에서 여러 신화들이 혼재되고, 제멋대로 가공되어 있어도 전혀 이상하지 않을지도 모르겠다는 생각이 든 것이다.

'지구가 만약 정말로 칠흑왕과 가장 가까운 장소라면, 그런 현상도 더더욱 빈번하게 발생할 테고.'

연우의 두 눈이 깊게 가라앉았다.

'아버지의 '태엽'이 지구에 닿았던 것도, 어머니가 여기서 아버지를 찾았던 것도…… 전부 우연이라 여겼던 것들이, 사실은 우연이 아니었을지도.'

우주를 떠돌아다녔을 '태엽'이 지구에 떨어진 것은. 어쩌면 크로노스가 모시는 신이었던 칠흑왕에게로의 귀소 본능에 따른 결과였을지도 몰랐던 것이다.

[칠흑왕이 자신의 후예가 내릴 선택이 어떨지 가
만히 지켜봅니다.]

그리고 그런 연우를 놀리기라도 하듯이, 칠흑왕과 관련
된 메시지가 떠올랐다.

연우는 저 시선이 절대로 후예에 대한 관심 같은 게 아
닐 거라고 자신할 수 있었다. 말하자면 어린아이들이 개미
집을 흥미롭게 관찰하는, 그런 호기심에 가까운 게 아닐까.
녀석에게 있어 연우는 한낱 벌레에 불과할 테니까. 잠에서
깨어나면 덧없이 사라질, 그런……

『왕이시여. 저에게. 저에게 당신을 바로 곁에서 모실 수
있는 영광을 주소서.』

그때, 아즈라엘이 날개를 한껏 접으면서 연우 옆으로 조
용히 착지했다. 고개를 숙이는 모습에서는 예의 바른 태도
와 고상한 기품이 느껴졌지만, 그의 두 눈은 열망으로 활활
타오르고 있었다.

현 시간대에서도 단순히 연우가 칠흑왕의 후예라는 이유
만으로 가장 열정적인 태도를 보이던 녀석답게, 지금도 열
의에 찬 모습을 보이고 있었다.

차이점이 있다면, 당시에는 연우에게 고압적인 태도만
보였지만, 지금은 한없이 공손한 태도를 유지한다는 점이

었다.

애당초 아즈라엘은 칠흑왕의 열렬한 추종자인 만큼, 그와 관련된 위계는 제 목숨처럼 따르는 편이었다.

그러자 여태껏 죽음의 신과 악마들을 대표하던 헬의 한쪽 눈썹이 꿈틀거렸다. 이래서야 그녀의 권위를 무시하는 꼴이지 않은가. 당연히 짜증이 날 수밖에 없었다.

그래도 위대한 왕께서 직접 보고 계시는 곳에서 못난 모습을 보일 수는 없는 일. 헬은 애써 언짢은 심기를 누르며 비틀린 입술처럼 말투를 배배 꼬았다.

『흐응. 무슨 말을 하는 것이죠, 아즈라엘? 왕께서 직접 임하신 장소는 니플헤임이고, 그런 만큼 길을 안내하는 것도 제가 맡기로 이야기되었던 것 아니었던가요?』

하지만 아즈라엘은 헬이 항의하건 말건 그쪽으로 신경도 쓰지 않은 채, 연우에게 자기 어필을 열심히 하고 있었다.

『저는 죽음을 기리는 천사이며, 영혼을 수확하고 관장하여 왕께서 언젠가 아버지이신 칠흑을 설파하실 때에 그네들과 함께 나팔을 불 악사이나이다.』

『괜히 순번을 어지럽혀서야 다른 죽음의 신과 악마분들의 얼굴에도 먹칠을 하는 꼴일 텐데.』

『응당 악사가 짊어질 의무는 왕께서 가시는 길을 세계만방에 널리 알리고, 모든 신하와 백성들로 하여금 그 길로 모여 경배를 드리게 하는 것. 그 의무를 이룰 수 있게끔, 예행(豫行)을 하게끔 허락해 주십시오.』

『이렇게 쉽게 설명해도 전혀 알아듣질 못하니, 역시……사마엘도 되지 못한 얼치기는 어쩔 수 없는 걸까요? 같은 신위를 둔 동료로서, 이 헬은 참으로 서글픈 것이에요.』

헬은 계속 자신의 말을 무시하는 아즈라엘을 보다가 살짝 분이 쌓였는지, 혼잣말인 척 다 들으라는 듯 큰 소리를 냈고.

아즈라엘도 더 이상 무시하지 못하고 고개가 뒤쪽으로 확 하고 돌아가고 말았다. 그에게는 치부라 할 수 있는 이름을 부러 거론하는 것은 대놓고 싸우자는 뜻이나 다름없었으니까.

물론, 그 역시 왕이 보는 앞에서 못난 모습을 보일 생각은 없었다. 거기다 그의 요사스러운 혀는 말라흐에서도 독보적이었다.

『우둔한 서리 거인의 피가 섞여서 그런가, 참으로 어리석은 말만 잘도 골라 해 대는군.』

『뭐라구요?』

헬의 목소리에 살짝 가시가 돋쳤다.

『아직도 모르겠나?』

『뭘 말이죠?』

『이 몸은 이미 저분과 한 몸이노라.』

『뭔……!』

아즈라엘은 헬의 따가운 눈총에 아랑곳하지 않고, 자아 도취에 잠긴 채로 떠벌렸다.

『내게 어떤 은총이 닿아 저분과 영혼이 교통하였는지는 알 수 없으나, 이 못난 영혼이 저분의 체취에서 묻어나는 것을 어찌 맡지 못하고 있단 말인가?』

『……!』

『참으로 애석하구나. 하니, 너는 물러나라. 저분과 이 몸이 함께하고 있는 영역은 그대가 함부로 발을 디딜 수 있는 곳이 아니노라.』

'제3천의 영을 빼앗았던 것을 두고 말하는 거로군.'

연우는 자신을 누가 모시느냐를 두고 설전을 해 대는 아즈라엘과 헬을 보면서 혀를 가볍게 찼다. 자신이야 누가 앞장선들 관심도 없는 것을, 저들끼리 신경전을 벌이니 조금 우스웠던 것이다.

그래도 그는 굳이 만류하거나 제지하지 않았다. 신하들의 충성 경쟁은 상황에 따라서 요긴하게 쓰일 수 있는 법이었으니까.

'하지만 헬이 그런 걸 알 리는 없을 테니, 여기서 봤던 성격상 반발이 심해질…….'

『하악.』

'……?'

헬이 아즈라엘과 드잡이질이라도 할 거라고 예상했던 연우는 거친 숨소리에 저도 모르게 움찔 물러서고 말았다.

하지만 이미 헬의 얼굴은 붉은색으로 잔뜩 상기되어 있었다. 앵두 같은 입술 사이로 거친 단내가 풀풀 날렸다. 정수리 위로 김이라도 모락모락 피어오르는 것 같았다.

『가뜩이나 아가레스도, 아버님도 왕께 깊은 관심을 보이고 계신데…… 그래서 이 소녀의 마음이 활활 불타고 있는 중이었는데…… 한 몸, 한 몸이라니! 이미 그렇고 그런 사이라니! 이러다 이 헬은…… 죽어욧!』

'……'

빌어먹을 색욕의 돌. 연우는 잔뜩 폭주하기 시작한 헬을 보면서 속으로 욕지거리를 내뱉었다. 어째 그동안 봤던 헬답지 않게 너무 조용하다 싶었지. 아무래도 내숭을 부리고 있었던 모양이었다. 과연 로키의 막냇자식답달까.

연우는 이대로 있다간 정말 니플헤임에 휘말리겠단 생각에, 자신이 타고 있던 펜리르의 목을 세게 두들겼다.

"저곳으로 넘어가고 싶은데. 도와줄 수 있을까?"

왕!

펜리르는 걱정 말라는 듯이 크게 뜀박질을 했다. 절벽에서부터 포탈에 다다르기까지, 단번에 허공을 가로지르는 모습은 장엄하기까지 했다.

『가, 같이 가요!』

헬도 그제야 연우와 펜리르를 쫓아 날개를 한껏 휘저었다. 아즈라엘도 다급하게 뒤쫓았다. 666명에 달하는 죽음의 신과 악마들이, 모두 포탈을 건넜다.

*　　　*　　　*

포탈을 건너자마자, 연우가 느낀 감정은 딱 한 가지였다.

'휑…… 하군.'

분명히 같은 지구인데도 불구하고.

연우가 살던 현 시대의 지구와, 크로노스 신화 속 지구의 모습은 전혀 다른 행성이라고 해도 될 정도로 너무나 달랐다.

하늘에서는 앞이 제대로 보이지 않을 정도로 폭우가 빽빽하게 쏟아지고, 지층에서는 열이 펄펄 끓는 바다가 넘실넘실 춤을 추고 있었다. 대기는 온통 유황 가스로 가득해서 과연 원시적인 생명체는커녕 제대로 된 유기 화합물이라도 있을까 싶을 정도였다.

원시 지구.

정확한 연대는 측정하기도 힘들 만큼, 아주 오래전의 모습을 간직하고 있는 것이다. 원래 시간대의 지구를 기준으로 둔다면 이제야 겨우 갓난아기 신세를 벗어난 수준이 아닐까.

이런 곳 과연 어디에 칠흑왕이 잠들어 있는 건가 싶었지만.

"......이건?"

대기를 뚫고 깊숙한 곳에 다다른 순간, 연우는 갑자기 사방에서 쏟아지는 무수히 많은 사념들을 감지할 수 있었다.

하하. 그렇군. 왔구나. 저것이 바로 나의 아이인가. 나의 잠을 깨울. 자명종. 알. 그런 것.

수두룩하게 되풀이되는 이 많은 꿈에서 길을 찾을 수 있는 건.

래그서 이 화는신 날 수 볼 있는 가건.

너는 대체 몇 번째의 나인 거지.

연우는 느꼈다. 어느곳하나특정할수없는사방에서쏟아지는무수히많은감시의시선을.

가나다라마바사아자차카타파하

칠흑왕의 생각인 걸까 싶은 사념에서부터, 무슨 뜻인지 알 수 없게 뒤죽박죽 섞인 생각들, 무의미하게 나열된 말들도 있었다. 심지어 그중에는 연우의 시점에서 연우를 보고 있는 해괴한 사고도 있었다.

시끄러웠다.

마치 헤아릴 수도 없을 만큼 아주 많은 존재들이 사방에서 소리를 지르고 있는 게 아닐까 싶을 정도로 소란스러웠다.

문제는 그런 소리들이 하나같이 신격들조차도 재단할 수 없을 만큼 거대한 격을 지니고 있어서, 영혼이 흔들릴 정도라는 점이었다.

[원인을 알 수 없는 이유로 영혼이 흔들립니다. 자아가 혼란해집니다.]

['냉혈' 특성으로 이성을 유지합니다.]

[알 수 없는 이유로……]

['냉혈' 특성으로 이성을 유지합니다.]

['냉혈' 특성으로 이성을 유지합니다.]

……

['냉혈' 특성으로 이성을 유지합니다.]

……

연우는 특성이 없었더라면 과연 자아나 유지할 수 있을까 싶은 극심한 혼란을 겪어야만 했다. 자신과 함께 포탈을 건넜을 펜리르나 다른 죽음의 신과 악마들에 대한 걱정은 할 겨를도 없었다.

　　['냉혈' 특성으로 이성을 유지합니다.]
　　[스턴 상태가 해지되었습니다. 혼란에 대한 내성이 생겼습니다.]
　　[신통(神通)이 발동합니다.]
　　[분산된 감각이 아주 조금씩 집중됩니다. 혼란된 감각이 아주 천천히 교정됩니다.]
　　[집중과 교정에 상당한 시간을 필요로 합니다. 잠시만 기다려 주십시오.]

　　[칠흑왕이 수많은 꿈이 소용돌이치는 터전에 찾아온 자신의 후예를 기껍게 바라봅니다.]

　'이런 걸 아버지가 느끼지 못하셨었다고?'
　연우는 머리가 깨질 듯한 두통을 억지로 참으면서, 크로노스가 어떻게 지구에서 만 년이 넘는 세월을 살면서 칠흑왕을 감지하지 못했는지 도통 이해할 수가 없었다.

그리고 칠흑왕을 공허에 처박았다고 자신만만하게 소리쳤던 천마에게 의문을 가질 수밖에 없었다.

'천마는 대체 무슨 생각을 한 거지? 아무리 먼 미래라고 해도, 어떻게 자신이 태어났던 고향에다 칠흑왕을 재울 생각을 한 거야?'

천마는 비록 피조물인 지구인으로 태어났으나, '황'이 되면서 시공을 초월하여 태초로 환원하였고, 그곳에서 칠흑왕을 거꾸러뜨리면서 표류 중이던 우주 창생(宇宙創生)을 마무리 지었던 존재.

그런 그가 칠흑왕이 묻힐 장소로 지구를 점찍었다는 건, 그만한 이유가 있단 뜻이었을 터.

하지만 그 뜻이 대체 무엇인지 연우로서는 이해가 가질 않았다.

이토록 거대한 사념의 격류가 있는 곳에 제대로 된 생명체가 나타날 수 있을까? 없었다. 그런데도 불구하고, 어떻게 연우가 살던 미래가 나타날 수 있었던 건지, 그 점이 의심스러웠다.

[천안통이 상대의 모습을 바라봅니다.]
[천이통이 상대의 목소리를 듣습니다.]

그러다 혼란스럽던 인지와 감각이 정리되었다.

연우는 사념의 격류, 그 너머에 무언가가 도사리고 있다는 것을 감지할 수 있었다. 동시에 그곳과 자신의 영혼 사이에 보이지 않는 사슬이 연결되어 있다는 것도.

사슬이 한껏 팽팽하게 당겨지고 있었다. 마치 이곳으로 오라는 듯. 말을 듣지 않는다면 강제로 끌어내겠다는 듯이.

촤르르륵!

이어 도르래가 돌아가는 소리와 함께 사슬이 한층 더 강하게 연우를 잡아당겼다. 연우는 그 힘을 거스르지 않고, 단번에 바닷속으로 풍덩 빠졌다.

얼마나 침잠했을까. 지구의 내핵에 다다른 게 아닐까 싶을 정도로 깊숙하게 들어갔다 싶을 무렵.

연우는 어느 순간 자신이 지구가 아닌, 새카맣게 칠해진 공허에 들어와 있다는 사실을 깨달을 수 있었다.

그곳에.

도저히 크기를 짐작할 수 없을 존재가 있었다.

공허로 칠해져 있어 분명히 보이지는 않았다. 하지만 그 크기는 연우가 인지할 수 있는 범위를 훨씬 초과해 있었다.

그에 비하면 연우라는 존재는 극히 아주 작은 한 점(點)

에 불과했다. 아니, 격을 가늠하는 것조차도 '불경'한 게
아닐까 싶을 정도였다.

　　[칠흑왕이 자신의 후예를 바라봅니다.]

　이렇게 보는군……

　새로운…… 나의 꿈……

　알……

　알이구나……

　너는 내가 점지한 후예들 중에서도 가장 낫구나……

　역시 그 피가 피를 이어 여기까지 다다랐겠지……

　좋아……

　너로 선택하마……

[칠흑왕의 점지에 따라, 칭호가 '칠흑왕의 후예'
에서 '칠흑왕의 분신'으로 교체되었습니다!]

아직은 일어날 때가 아니지만……

그래도 가볍게 기지개를 펼 정도는 되겠지……

으레……

잠꼬대는 있으니까……

칭호가 '후예'가 아닌, '분신'으로 변경되었다고?
연우는 쉴 새 없이 울리는 목소리에서 본능적으로 엄청
난 위화감을 느꼈다. 어쩐지 저것이 여태껏 고민을 반복하
던 자신에 대한 '쓰임새'를 완전히 결정지은 듯한 뉘앙스
로 여겨졌기 때문이었다.
그러면서도 한편으로.
각기 떠들어 대는 목소리라 '한' 존재의 것이 아니라는
생각이 강하게 들기도 했다. 마치 주 인격이 깊게 잠들어
있는 것과 별개로, 제멋대로 활동하는 부산물 중 일부가 인
격처럼 분리되어 활동하는 듯한 모습.

'마성!'

그제야 연우는 알 수 있었다.

자신에게 말을 걸고 있는 것이, 바로 마성의 원본(元本)이라 할 수 있는 칠흑왕의 껍데기 중 하나라는 사실을.

하지만 그렇다고 무시할 수는 없었다.

칠흑왕 자체는 잠들어 있을지언정, 저것은 본체를 대신하여 그 의사를 대변하고 있었으니까.

잠꼬대.

저것은 칠흑왕이 잠결에 내뱉는 헛소리와도 같은 것이었다.

『'아버지' 시여!』

그때, 기어 다니는 혼돈이 잔뜩 흥분한 채로 소리를 질렀다. 녀석의 목소리는 연우밖에 들을 수 없는 것이었지만, 전혀 아랑곳하지 않았다. 당연히 자신의 목소리가 칠흑왕에 다다를 것이라 믿어 의심치 않는 듯했다.

『당신을 찾기 위해 여기까지 왔습니다! 당신을 따르던 자식들 중에서도 아무도 해내지 못한 것을, 나만이! 오로지 나만이 해냈습니다! 그러니 나를 당신의 곁에…… 옆에 있게 해 주십시오! 당신께서 눈을 뜨실 그때에 옆자리를……!』

깨어나라……

기어 다니는 혼돈이 '아버지'에게 쏟아내던 열렬한 구애
는 도중에 멈춰야만 했다.

새로운 목소리가 이어진 순간, 연우를 둘러싸던 어둠이
모조리 부서져 내렸다. 내핵 속으로 빨려 들어갔던 것이 전
부 거짓말이었던 것처럼, 연우는 어느새 격랑이 이는 바다
한가운데에 서 있었다.

마치 방금 전까지 있었던 일이 백일몽이었던 것처럼 희
미하게 사라지려 하고 있었다. 그렇게 강렬하게 다가왔던
존재감이 전부 거짓말이었던 것 같았다.

웅, 우웅, 우우웅!

하지만 그의 손과 내핵 쪽으로 연결된 보이지 않는 사슬
이 여전히 풀리지 않고 있었다. 방금 전처럼 저쪽에서 별다
른 힘은 느껴지지 않았지만, 그래도 마치 꼭두각시 인형에
매달린 실처럼 느껴져 불쾌했다.

그러나 연우는 그런 점을 신경 쓸 겨를이 없었다.

격진(激震)으로 인해 바다가 엄청난 높이로 출렁이고 있
었다. 내핵에서 쏟아지는 어마어마한 양의 사념과 신력이
원시 지구를 뒤흔들어 놓았다.

['약속된 땅'이 떠오릅니다!]

그리고.

소용돌이치는 해수면을 가르면서, 육지가 서서히 떠오르기 시작했다. 아직까지 지구에 지반이 생기기도 전인 시대라는 것을 감안한다면 도저히 있을 수 없는 일.

『설마, 저것은······?』

『저것이 '그분' 께서 깨어나시는 날에 떠오른다던, 그것인가.』

『모든 법칙과 신위가 무용(無用)으로 돌아간다던, 약속된 그 날에나 나타나게 된다던 무위(無爲)의 옥좌(玉座)를 이렇게 마주하게 될 줄이야.』

연우와 다르게, 칠흑왕의 사념을 도저히 버텨 낼 재간이 없던 죽음의 신과 악마들은 상공에서 상황을 지켜보고 있었다.

하지만 그들의 눈에도 확연하게 보일 정도로, 육지는 매우 컸다. 대륙이라 할 수 있을 만한 크기. 그것을 보는 내내, 그들의 두 눈에는 기이한 광망이 흘렀다.

무용과 무위의 옥좌.

언젠가 '그분' 께서 기나긴 잠에서 깨어나 이 우주가 종말을 고할 때, '그분' 께서 일어나 앉게 되신다던 옥좌가 바로 저것이었다.

후예께서 직접 찾아오시매, 드디어 눈을 뜨시려는 걸까. 죽음의 신과 악마들은 그토록 간절히 바라왔던 순간이 찾아왔을지도 모른다는 기대감에 잔뜩 상기되어 있었다.

'아니. 저건 육지가 아니야. 저건……!'

그러나 기대와 환희에 젖은 그들과 달리, 연우의 얼굴은 딱딱하게 굳어 있었다. 육지가 올라올수록 쇠사슬도 같이 딸려 가고 있었다. 연결되어 있다는 뜻. 그렇기에 연우는 저것의 정체가 무엇인지 알아차릴 수 있었다.

저대로 내버려 둬서는 안 된다. 어쩌면 자신은 터무니없는 것을 자극한 건지도 모른다. 연우는 그런 생각이 강하게 들었다.

바로 그때.

『키키킥. 그래. 그런 것이란 말이지. 진즉에 알고는 있었지만…… 모른 척 넘어가고는 있었지만…… '아버지', 당신은 결국 우리를 이런 용도로만 생각하셨던 겁니까? 나를 어여뻐하셨던 것도, 어쩌면 이렇게 이 '알'을 당신에게 언젠가 가져다줄 것이라 보았기 때문일지도 모르겠군.』

기어 다니는 혼돈이 미친놈처럼 혼잣말을 계속 되뇌면서 키득대고 있었다.

『좋습니다. 당신께서 그렇게 구신다면. '아버지' 께서 가정에 소홀하게 구신다면, 저 역시 비뚤어진 아이가 될 수밖에 없겠지요. 그렇지 않습니까, 우둔한 아버지시여?』

그러다 무언가를 빠르게 판단 내린 기어 다니는 혼돈이 연우에게 말을 걸었다.

『눈치챈 것 같은데. 그렇지 않나?』

연우는 어쩐지 기어 다니는 혼돈의 말투가 많이 달라졌다는 느낌을 받았다. 분명히 똑같은 어조였지만, 그 속에 깔린 감정은 이전과 확연히 달랐다.

그토록 좇던 존재에 대한 배반감과 회한이 녀석의 심정에 어떤 변화를 준 걸까.

'그럼 역시.'

『그래. 저건 '살점'이다.』

기어 다니는 혼돈의 목소리에는 비웃음이 가득했다.

『우둔한 아버지를 이루던, 티끌만 한 한 조각에 불과하지만…… 모든 것을 이룰 수 있는 세포이기도 하지. 천마가 저것을 이런 곳에다 둘 거라고는 생각도 못 했어. 이러니 여태 찾질 못했던 것이겠지.』

육지가, 아니, 대륙이 바다 위를 지나, 어느새 허공으로 둥실 떠오르고 있었다.

우르르!

동시에 지구도 더 요란스럽게 떨렸다.

아니, 지구를 중심으로 한 우주 전체가 울리고 있었다.

[공간이 함몰됩니다!]
[좌표가 삭제됩니다!]
……
[신화가 붕괴됩니다!]
[본 신화로 재생이 불가능한 존재가 나타나고자 합니다. 붕괴 속도가 빨라지기 시작합니다!]
[경고! 어서 탈출하십시오!]
[경고! 어서 재생을 멈추십시오!]

['약속된 땅'이 완전히 모습을 드러내었습니다!]

『르' 뤼에. 우리는 저것을 그렇게 부른다.』
떠오른 육지가 가진 영압이 엄청나 공간이 금방이라도 무너질 듯이 이리저리 왜곡되었다. 그러다 좌표라는 개념이 완전히 무너지고 말았을 때, 육지를 중심으로 어둠이 먹물처럼 번져 나와 지구를 점차 물들이고자 했다.

['밤(녹스)'이 피어납니다!]

아. 버. 지.

아. 버. 지.

아. 버. 지.

당. 신. 을. 기. 다. 렸. 나.

우. 직. 한. 세. 월. 을.

우우우우!

점차 커져 가는 여러 목소리가 '밤'으로부터 구슬프게 이어졌다. 수백 개에 달하는 촉수가 다발로 튀어나와 육지를 붙잡기 위해 아른거렸다.

혼란이 샘솟았다. 무질서가 봇물처럼 터져 나와 세계의 법칙을 어그러뜨렸다. 어떻게 말로 표현할 수 없을 음산한 감각이 울리면서 공포가 조금씩 대가리를 치켜들었다. 우주가 떨리고 있었다.

그제야 죽음의 신과 악마들도 무언가 일이 심상치 않게 돌아간다는 생각에 표정이 딱딱하게 굳었다. 자신들이 기대했던 것과 다르게 일이 빚어지고 있었다.

['아스가르드'의 본영이 모습을 드러냅니다!]

['데바'의 본영이 모습을 드러냅니다!]

......

['올림포스'의 본영이 모습을 드러냅니다!]

['낮(에로스)'이 모습을 드러냅니다!]

그리고 당연히 그런 이상 현상을 감지하지 못할 신들이
아니었고.

그들은 천마와 다투던 것을 멈추고 앞다퉈 우주가 붕괴
되기 시작한 지점을 쫓아 일제히 모습을 드러냈다.

그 때문에 지구를 짓누르는 압력이 더 강해져 이제는 행
성이 붕괴될 우려까지 있었지만, 이상하게도 지구는 이미
임계점을 한참 초과했는데도 불구하고 격진을 일으키는 것
외에 아무런 변동이 없었다.

"허……!"

특히 연우를 찾고자 발에 땀띠가 나도록 백방으로 수소
문하고 다녔던 우라노스는, 이제 어떻게 수습할 수도 없을
만큼 엉망진창이 된 상황을 보고 허탈함에 젖고 말았다.

"우라노스, 아무래도 자네의 그 괴팍함은 대를 이어 가
면서 제곱으로 늘어나는 것 같은데. 어떻게 생각하나?"

바알은 쿠키를 한입 베어 물면서 옆에서 깐족거렸다. 어
찌 보면 태연하다고 할 수 있는 태도였지만, 쿠키를 쥐고

있는 손은 요란하게 덜덜 떨리고 있었다. 얼굴은 이미 반쯤 해탈해 있었다. 메타트론만이 별말 없이 멍하니 하늘을 응시할 뿐.

"바알."

"왜?"

"닥쳐."

"……."

그렇게 자잘한 대화가 오고 가는 사이.

쿠르릉!

[천마가 강림합니다!]

마지막으로 황금색 빛줄기와 함께 나타난 천마는 감상평을 딱 한 마디로 표현했다.

"이런…… 니미, 썅……!"

저것을 눌러 담느라고 내가 얼마나 뺑이를 쳤는데, 저걸 저렇게 꺼내 놔? 천마는 울컥하는 마음에 연우를 홱 하고 노려봤다.

마음 같아서는 연우를 당장 때려죽이고 싶었지만, 어느새 눈치껏 연우 주변으로 모여든 죽음의 신과 악마들을 보니 천마는 울화통이 터질 것만 같았다.

'낮'의 세 수장들까지 어느새 연우와 자신 사이를 가로막고 있었다.

천마의 얼굴이 잔뜩 찌그러진 캔처럼 더할 수 없이 일그러졌다.

"영감! 영감은 상황이 이 지경이 되었는데도 그 새끼 계속 내버려 둘 거야? 영감이 지키려던 걸 이렇게 깽판 놨는데도 계속 감싸고 돌 거냐고!"

"어쩌겠나. 새끼, 새끼 해도, 결국 이 새끼는."

우라노스가 쓴웃음을 지으면서 말을 이었다.

"내 새끼인 것을."

"우라질!"

"자네도 얼마 전에 아들을 낳았다면서? 앞으로 계속 기르다 보면 내 말이 무슨 의미인지 알게 될 걸세."

"됐고. 이것만 끝나 봐, 진짜. 다 뒈졌어!"

천마는 여의봉을 고쳐 쥐면서 시선을 육지 쪽으로 되돌렸다. 험악한 말투와 다르게 그의 눈빛은 깊게 가라앉아 있었다. 내핵에다 단단히 짱박아 뒀던 '살점'이 자극을 받아 튀어나온 것이야 그렇다 치더라도, '밤'이 확장되는 속도가 빨라도 너무 빨랐다.

이대로 있다간 정말 '밤'이 지구를 전부 먹어 치우고, 종말이 내려앉을지도 모르겠단 생각이 들었다. 칠흑왕이 깨어나면 모든 게 끝장이었다.

"후우우……!"

천마는 길게 숨을 내뱉었다.

그리고.

여의봉을 세게 움켜쥐면서 어깨에 얹어 투창 자세를 갖췄다.

목표는 르' 뤼에.

기회는 딱 한 번. 그 안에 모든 혼란을 잠재우고, 칠흑왕을 다시 잠재워야만 했다.

그리고 그 뒤에는…….

'이제야 좀 겨우 몸이 돌아오나 싶었는데. 또 한참 동안 반병신 신세로 지내야겠네.'

천마는 혀를 가볍게 차면서 눈을 가늘게 좁혔다.

화아아!

눈가를 따라 화안금정이 활짝 열렸다.

*   *   *

[칠흑왕이 자신의 분신을 바라봅니다. 어서 저 '살점'을 취하라고 속삭입니다.]

르' 뤼에서는 지표면을 따라 뭔가가 꿈틀거리더니, 하나둘씩 스스로 일어나기 시작했다. 사념이 똘똘 뭉쳐진 괴상한 생명체들. 충분히 세월을 먹고 자란다면, 언젠가 타계의 신으로 진화가 가능할 망량(魍魎)과 요괴(妖怪)들이었다.

그것들이 대거 쏟아졌다. 밟고 지나는 자리마다, 스치는 공간마다 '밤'의 영역이 퍼져 나가면서 혼란을 더 크게 키웠다.

그리고 그럴수록. 르' 뤼에로 연결된 쇠사슬이 팽팽해졌다. 칠흑왕이 이리 오라며 말하고 있었다. 이 모든 '살점'들을 취해 네 것으로 삼으라고. 그리하여 자신이 잉태될 그릇이자 알이 되라고.

『저걸 취한다면, 그대는 진짜 우둔한 아버지의 분신이 될 수 있을 것이다. 어쩌면, 아주 운이 좋다면 제대로 된 자아 따윈 없는 아버지, 그 자체가 될 수 있을지도 모르지. '밤'의 주인이 되고, 세상을 네 멋대로 주무를 수 있는 그런 존재가 되는 것이다.』

기어 다니는 혼돈이 키득거렸다.

『물론, 그것을 두고 과연 '너'라고 표현할 수 있는지는 논외겠지만 말이야.』

그래도 가지고 싶다면 가져라. 기어 다니는 혼돈은 그렇게 말하고 있었다.

"……."

연우는 말없이 쇠사슬을 매만졌다. 여기서 이것을 잡아 당긴다면, 그는 기어 다니는 혼돈이 한 말마따나 큰 힘을 얻을 수 있었다. 죽음과 꿈, 무질서와 혼돈이라는 개념을 넘어선 진짜 칠흑왕의 일부가 될 수 있는 것이다.

그리고.

그건 아마도 크로노스의 신화라는 한계를 넘어, 새롭게 도약할 수 있는 기회가 될지도 모른다.

『말하지 않았나? 신화는 하나의 주제를 가진 이야기라 고. 그 주제란 당연히 주체가 살아온 업(業)이고. 그래서 그 업의 마무리만 잘 된다면, 이야기도 통일성을 갖춰서 신화 도 무사할 거라고 하였었지. 하지만 여기에도 예외는 있는 법이다.』

기어 다니는 혼돈은 어느새 연우의 고민을 읽고, 새로운 호기심과 지식욕을 충족하기 위해 속삭였다.

『그 업이 기존의 업을 훨씬 뛰어넘는다면? 이야기의 새 로운 끝이 기존의 끝을 수용하면서도 훨씬 크다면? 그때는 어떻게 될까? 그 역시 새로운 신화의 완성이라 볼 수 있지 않을까?』

원래 연우가 원했던 것은 칠흑왕을 깨워 천마를 붙잡아 두는 것으로 크로노스의 신화를 완성시키는 거였다. 그리고 그 의도는 달성을 거의 목전에 두고 있었다.

하지만 여기에 새로운 선택지가 더해지고 있었다.

칠흑왕의 분신이 되는 것. 그 일부에 귀속되어, 새로운 마성(魔性)으로 깨어나는 것이다. 화신(Avatar)이 된다고도 할 수 있었다.

문제는 칠흑왕이 원하기에 따라서 얼마든지 존재가 삭제될 수 있고, 어떤 용도로 쓰일지 아무도 모른다는 것이지만.

연우에게는 그런 것을 감수할 만한 이점이 딱 한 가지 있었다.

'칠흑왕에게 귀속된 정우의 영혼을 찾을 수 있게 된다……'

지금껏 오로지 그 하나의 목표만을 바라고 달려왔기에, 연우로서는 섣불리 칠흑왕의 권유를 뿌리치지 못하였다.

어쩌면.

칠흑왕도. 이런 것을 계산에 뒀을지도 모르겠다는 생각이 들었다.

[0:04:15_12]
[0:04:15_11]
……

『그대의 선택은, 무엇이냐?』

아주 잠깐, 연우는 선택의 기로에 서서 자신을 둘러싼 여러 시선들을 보았고.

"커져라, 여의."

　그사이, 천마가 있는 힘껏 여의봉을 르'뤼에 쪽으로 던졌다. 여의봉은 순식간에 거대한 빛줄기가 되어 르'뤼에를 관통하고, 지구의 내핵에 다다랐다.

　번쩍. 거기서 펴져 나온 빛무리가 '밤'을 비롯한 주변에 있던 모든 신의 사회들을 집어삼켰다. 그 안에는 연우도 있었다.

　그 순간, 연우는 아주 잠깐이지만, 거대한 크기로 빳빳하게 일어선 여의봉이 '탑'을 닮은 것 같다는 인상을 받았다.

　　[크로노스의 신화가 모두 붕괴되었습니다!]
　　[재생이 중단되었습니다.]

＊　　　＊　　　＊

『차정우.』
　올포원은 호기롭게 자신의 앞을 가로막은 차정우의 사념체를 보면서 눈을 가늘게 좁혔다.

비록 빛무리에 둘러싸여 있어 이쪽에서는 표정을 제대로 읽을 수 없지만, 차정우는 그가 어떤 얼굴을 하고 있는지 훤히 보이는 것 같았다.

『가녀린 아이야, 비키거라. 이곳은 네가 있어야 할 곳이 아니노라.』

그의 목소리는 단호했지만, 그 속에는 애틋한 동정이 가득 묻어 있었다.

〈천리안〉을 지닌 올포원은 제자리에서 탑 내의 모든 일들을 엿볼 수 있다. 그렇기에 그동안 차정우가 얼마나 고된 길을 걸었고, 그 후로도 얼마나 많은 꿈을 되풀이하면서 큰 상처를 입었는지도 잘 알고 있었다.

그렇기에 올포원은 되도록 차정우를 건드리고 싶지 않았다.

비록 순리를 따르고자 하는 그의 성격상, 차정우의 사념체는 그런 순리를 거부하고자 하는 망자에 지나지 않지만.

그것이 얼마나 부질없는 발악인지를 잘 알고 있기 때문에 굳이 제재를 가할 마음은 없었다.

어차피.

오늘을 넘기지 못하고, 저 사념체는 덧없이 사라지고 말 테니까.

하물며 이렇게 억지로 영체를 구현하고 있는 데야, 그만

큰 한정된 사념을 계속 소모하는 꼴밖에는 되지 않았다.

『예나 지금이나 옛 같은 소리를 잘도 하십니다, 비바스바트?』

하지만 차정우는 그런 올포원의 시선이 같잖다고 생각했다.

언젠가 그를 동경한 적이 있고, 그의 힘을 갈망하여 비밀을 풀어내고자 한 적도 있었다지만.

지금에 와서 생각해 보면 겉으로만 보이는 녀석의 허상에 끌린 것일 뿐, 사실상 다 부질없는 것에 지나지 않았다.

아니, 따지고 보면 올포원은 그에게 있어 적이었다.

자식을 구하고자 탑에 뛰어들었던 아버지에게 고난을 주고.

동생을 되찾고자 애쓰던 형에게 시련을 주었던 적.

그저 바라는 것이라고는 평화밖에 없었던 그들의 가족을 한데 모이지 못하게 만들고, 뿔뿔이 흩어지게 만든 원수였던 것이다.

더군다나 흡혈군주처럼 그로 인해 숱하게 많은 이들이 친지와 가족들에게 돌아가지 못한 채로 헛된 시간만을 되풀이해야 했으니.

녀석이 제아무리 어떤 원대한 이상을 지니고 있다 한들, 얼마나 대단한 사명을 간직하고 있다 한들, 절대 이대로 내버려 둬서는 안 되었다.

물론, 차정우는 자신이 올포원을 이기지 못하리란 사실을 누구보다 잘 알고 있었다.

몇 번이나 되풀되던 꿈속에서는 진지하게 탈각을 궁리했던 적도 있었으니까. 어떤 시도를 하여도 결국 배신자들에게 둘러싸이는 결과 속에서, 그것을 탈출할 방법으로 신격을 얻고자 하는 시도가 없을 수 없었다.

하지만 당연하게도 그러한 시도들은 번번이 실패했다. 한 번은 무척 짜증이 난 나머지 올포원과 전쟁을 치른 적도 있었지만, 역시나 참패였다.

그러니 지금 나선다 한들, 심지어 원래의 몸 상태도 아니고서야 올포원에게 지고 말 테지.

하지만.

『그러니 그 엿 같은 짓거리, 이제 좀 그만합시다. 꼴사나우니까. 미리내!』

『날 불러 주기만을 기다렸다.』

차정우는 맞서기로 결심했고, 그의 외침에 따라 네메시스가 즉각 반응하면서 하늘 위에서 언뜻 나타났다가 공허 속으로 다시 묻혀 사라졌다.

화아아아—

'꿈'이 번져 나갔다. 칠색으로 반짝이는 오로라가 올포원을 둘러싼 세상을 뒤덮으면서 팔각형으로 이뤄진 입자들을 하나둘씩 갖춰 나갔다.

차정우와 네메시스가 생전에 자주 구현하던 심상 결계, 〈환몽 세계(幻夢世界)〉.

차정우가 인지하고 있는 세계 속에 상대를 함몰시켜 빠르게 처치하는, 만통 특성에 특화된 결전기(決戰技)였지만.

『허튼짓이라는 것, 잘 알고 있을 텐데?』

올포원은 고작 이것으로 자신의 발을 어찌 묶을 수 있겠냐며 고개를 갸웃거렸다.

한 발을 내디딜 때 환몽 세계의 성립이 정지되고, 두 번째 발을 내디딜 때 결계 표면을 따라 균열이 가기 시작했다. 쩌걱, 쩌거걱. 올포원의 성역이나 다름없는 77층에서 이런 짓거리는 되도 않는 힘의 남용일 뿐이었다.

『잘 알지. 그래도 이게 있어야, 아주 잠깐이나마 나도 제대로 발을 내디딜 수 있어서 말이지.』

하지만 차정우는 입가에 머금은 비웃음을 숨기지 않았고.

『……설마?』

올포원은 순간 이쪽으로 다가오던 걸음을 뚝 멈췄다.

『당신. 탈각과 초월을 아주 싫어하지? 순리에 어긋난다 뭐다 하면서 개소리를 잘도 지껄이지만, 결국 분수에 맞게 살라는 거잖아? 무지렁이는 그냥 무지렁이끼리 살라는 건

데…… 다이아몬드 수저를 물고 난 새끼가 그딴 말을 해 봤자, 역겹기만 하거든?』

휘휘휘!

순간, 반투명했던 차정우의 사념체가 진짜 육체라도 얻은 것처럼 또렷해졌다.

찰나에 불과해도. 환몽 세계를 빌려 생전의 경지를 단숨에 복구한 셈이니까. 당장 탈각을 시도해도 모자라지 않을, 높은 경지를 개척한 성숙된 영혼.

『그러니까 그 싫은 거, 면상 앞에서 대놓고 해 줄게. 당신 앞에서 이렇게 막 나가는 새끼는 없었을걸?』

그 말이 끝나기 무섭게, 차정우를 중심으로 막강한 돌풍이 불었다. 그리고 등 뒤를 따라 찬란한 배광이 쏟아지면서 환몽 세계와 함께 뒤섞여 올포원의 빛을 밀어냈으니!

탈각.

차정우는 사념체라는 불완전한 상태를 벗어나, 온전한 형태를 갖추고자 하고 있었다.

이 순간, 격은 갖추었다.

신화가 될 업은 이미 넘쳤다. 무수히 많은 꿈을 반복하면서 겪은 생애들이 있었고, 이룬 업적들이 있었다. 그것들이 겹겹이 싸이고 또 싸여 절대 무너지지 않을 견고한 성이 되고 말았으니. 그 양만 따져도, 어떤 존재들이 오더라도 절대 뒤지지 않을 자신이 있었다.

『꿈속에서는 실패만 되풀이했지만, 이제부터는 다를 거야.』

올포원에게 홀로 대적하겠다는 다짐은 그의 정체성이 되어 신위를 오롯이 세웠고, 신성은 이미 연우의 권속이 되면서 획득한 지 오래였다.

신격, 신화, 신위, 신성, 신령.

신으로 거듭나기 위해서는 반드시 갖춰야 할 다섯 조건들이 정립되는 순간. 차정우는 사념체라는 '껍질'에서 벗어나 온전한 육체를 갖출 수 있었다.

[삭제되었던 플레이어 '차정우'의 데이터가 복원되었습니다!]

[탈각으로 인해 '차정우'의 자격이 '반신(半神)'으로 변경되었습니다!]

[시간의 태엽이 가호합니다.]

[죽음의 태엽이 축복합니다.]

[알 수 없는 힘이 반신 차정우를 응원합니다.]

[초월이 진행 중입니다!]

그리고.

제대로 된 싸움은 바로 지금부터였다.

쾨아아앙!

*   *   *

모든 것이 무너진 세계.

원래는 '크로노스'라는 존재를 구성하던 신화가 있던 곳
이었지만, 지금은 무용과 무위가 그 빈자리를 전부 채운 게
아닌가 싶던 그곳에서.

['시간의 태엽'이 정지하였습니다.]
['시간의 태엽'이 정지하였습니다.]

시스템 메시지가 계속 출력되고 있었다.

원래대로라면 이마저도 전부 사라져야 했지만, 메시지가
계속 출력된다는 것은 시스템 체계가 계속 작동 중이란 뜻
이었다.

[오류 발생.]
[오류 발생.]

......

[오류를 감지하여 원인을 검토하고 있습니다.]

[결과 값이 잘못 출력되었습니다.]

[결과 값을 정정합니다.]

[크로노스의 신화가 '모두' 붕괴되지 않았습니다.]

[타이머가 아직 남아 있는 것이 확인되었습니다.]

[현재 확인된 잔여 제한 시간은 2분 6초 4입니다.]

[크로노스의 신화 중 극히 일부가 생존하여 복구
를 시도하고 있습니다.]

[실패하였습니다.]

[실패하였습니다.]

[복구를 이루기에 기존 데이터의 훼손 정도가 심
각합니다. 복구를 시도할 에너지가 부족합니다.]

......

[알 수 없는 힘이 콘솔 시스템에 해킹을 시도합니
다. 데이터 복구가 시도됩니다.]

[중단된 크로노스의 신화가 재작동하기 시작합니
다.]

째깍.

째깍.

어디선가 초침이 느릿하게나마 다시 움직이는 소리가 났다.

　['시간의 태엽'이 아주 느릿한 속도로 천천히 감
기고 있습니다!]

화아아!

무너졌던 세상이 다시 꿈틀거렸다. 부서졌던 조각들이 하나둘씩 제자리를 찾아 가면서 모양을 갖춰 나갔다.

마치 연우가 과거에 음령을 완성하기 위해 자신의 신화를 낱낱이 해체하고 재조립하였듯이.

이번에는 크로노스의 신화가 새롭게 정립되고 있었다.

망가진 부분은 기존의 것들을 가져와 서로 잇고, 훼손된 부분은 덧칠하며, 엇나간 부분은 잘라 모자란 부분에 채워 넣었다.

연우는 반쯤 기능이 멈춰 있던 크로노스의 신화를 복구하다 못해 오히려 더 나은 형태로 강화하고 있었다.

　[알 수 없는 힘에 의해 시계의 태엽이 조금씩 복구
되고 있는 중입니다.]
　[파손된 13번 톱니바퀴가 교체되었습니다.]
　[훼손된 21번 톱니바퀴의 톱니가 수리되었습니다.]

......

[1,921번 톱니바퀴의 수리가 완료되었습니다.]

[초침이 모두 복구되었습니다.]

[초침이 돌아가는 속도가 조금 더 빨라집니다.]

[제한 시간이 상승하였습니다.]

[타이머에 반영됩니다.]

[00:03:41_32]

[00:03:41_33]

......

무너진 신화를 복구한다는 것은 결코 쉬운 일이 아니다. 까마득한 세월 동안 겹겹이 쌓아 올린 것들을 전부 되돌아보면서 수리하는 것이기 때문에 자칫 돌이킬 수 없을 만큼 큰 훼손을 가져올 수도 있었다.

그렇기에 가이아의 저주는 오랫동안 숱한 신들에게 있어 공포로 다가왔다. 신화의 균형을 망가뜨리고서야 어느 누구도 거기서 온전할 수 없으니까.

'낮'의 수장인 우라노스도, 신왕이었던 크로노스도 결국 가이아의 저주에서 벗어나지 못했다. 심지어 '황'에 다다랐던 무왕도 그렇지 않았던가.

하지만 연우는 하데스의 도움이라 하여도 가이아의 저주에서 무사히 벗어나는 데 성공해 항체를 얻었고, 음령을 이루면서 신화를 재정립하여 체질까지 바꿔 버리는 기염을 토해 냈다.

마취도 하지 않은 채, 손에 쥔 메스로 자신의 환부를 도려내고, 회복까지 끝마친 그에게 있어 크로노스의 환부를 찾아 정리하는 것은 그리 어려운 일이 아닌 셈이었다.

오히려 이미 한 번 경험이 있어서 작업 속도는 훨씬 빨랐다. 당시에는 의식도 없었지만, 지금은 그렇지도 않잖은가.

하물며.

'칠흑왕을 깨워, 분신이라는 칭호를 얻는다'는 막대한 신화까지 쌓은 데야.

불가능한 것은 절대 없었다.

[분침이 모두 복구되었습니다.]

그렇게 신위도 온전한 형태로 돌아가기 시작하고.

[시침이 모두 복구되었습니다.]

훼손의 정도가 심각해서 크로노스도 결코 손을 댈 수 없을 거라 여겼던 부분까지 모두 수리가 완료되었을 때.

[신위가 작동 중입니다.]
[완전한 신위입니다. 태엽이 그동안 상실했던 기능을 온전히 회복하였습니다.]

[알 수 없는 힘이 태엽을 강제로 작동시킵니다. 연료가 주입됩니다.]
[초침이 돌아갑니다.]
[분침이 돌아갑니다.]
[시침이 돌아갑니다.]
[시간의 태엽이 온전하게 작동합니다!]

['작은 굴레'가 다시 굴러가기 시작합니다.]
[과부하가 무시됩니다.]
……

[죽음의 태엽과 시간의 태엽이 맞닿아 최대 출력이 이뤄집니다!]

영원토록 정지한 상태로만 있을 줄 알았던 두 개의 태엽이 다시 맞물렸다.

　오랜만에 만난 두 신위는 마치 반갑다는 듯이 크게 공명(共鳴)했다.

　　[신화의 주인, '크로노스'가 복구되었습니다.]
　　[부활이 이뤄집니다!]
　　['크로노스'에 새로운 신화가 한 줄 더 추가됩니다: 자기 소생(自己蘇生)]

　　[어뷰저, ###가 눈을 뜹니다!]

〈다음 권에 계속〉